たったいま自覚した感情の正体を、リーシェは改めて確信した。

（きっと。私はずっと、自分でも分からないくらい当たり前に、このお方に恋をして——）

その直後、息を呑む。

「!?」

アルノルトに顎《おとがい》を捕らえられて、再びくちびるが重なったからだ。

リーシェと繋いでいない方の手が、リーシェの頬へと触れる。
まるで涙を拭うようにまなじりをなぞりながら、アルノルトは
無表情のままで双眸を伏せ、それでも柔らかな声でこう言った。

「……お前以外の美しいものを、
俺は知らない」

「その次の人生も、アルノルト殿下のお嫁さんになりたいです……」
「――……」
珊瑚色の髪を梳いてくれていたアルノルトの指が、息を呑むかのように止まった。

VOLUME. 6

TOUKO AMEKAWA

ループ7回目の悪役令嬢は、元敵国で自由気ままな花嫁生活を満喫する

雨川透子

ILLUST. 八美☆わん

THE VILLAINESS OF 7TH TIME LOOP ENJOYS FREE-SPIRITED BRIDE LIFE IN THE FORMER HOSTILE COUNTRY

CHARACTERS PROFILE

THE VILLAINESS OF 7TH TIME LOOP ENJOYS FREE-SPIRITED BRIDE LIFE IN THE FORMER HOSTILE COUNTRY

アルノルト・ハイン

軍事国家ガルクハインの皇太子で冷酷非道の残虐な男として知られている。前世までのリーシェの死に直接・間接を問わず関わるが、今世ではなぜかリーシェを気に入り、求婚する。

リーシェ・イルムガルド・ヴェルツナー

20歳で死んでは15歳の婚約破棄の時点に戻ってしまうようになった公爵令嬢。7回目のループを迎えた今生は皇太子アルノルトと婚約することに!?

オリヴァー・ラウレンツ・フリートハイム

アルノルトの従者。怪我により騎士の夢を絶たれたところをアルノルトに拾われる。あちこちで浮き名を流す色男。

テオドール・オーギュストハイン

アルノルトの弟で、自由奔放。兄と和解し、影から手助けすることを誓う。

ケイン・タリー

アリア商会の会長を務める名うての商人。リーシェの商人人生では、上司であり師匠だった。

エルゼ

貧民街育ちでリーシェのもとで働く新人侍女。リーシェの衣服にこだわりを見せる。

ミシェル・エヴァン

リーシェの錬金術師人生での師匠。やや倫理観に甘いところはあるものの、懐中時計や火薬を発明するなど、聡明な頭脳をもつ。

カイル・モーガン・クレヴァリー

雪国コヨルの第一王子。持病を抱えていたがリーシェにより快方に向かう。ガルクハイン国と技術提携を果たす。

レオ・フィリップス

ジョーナル公爵に仕える従者。暗殺者として育てられるが、教会での一件が落着し、心からミリアに仕えるように。

ミリア・クラリッサ・ジョーナル

ジョーナル公爵の一人娘。教団の本当の巫女姫であり、侍女人生のリーシェが仕えた。

ラウル

リーシェの狩人人生での頭首。飄々とした性格だが、謎が多く、非常に人を欺く能力が高い。それは自身の名前ですらも。

ハリエット・ソフィア・オファロン

シグウェル国第一王女。自信がなく内気だったが、事件を経て自己を確立。国政に貢献したいと前向きに。

CONTENTS

THE VILLAINESS OF 7TH TIME LOOP ENJOYS FREE-SPIRITED BRIDE LIFE
IN THE FORMER HOSTILE COUNTRY

プロローグ

歌劇場の屋上で、アルノルトと数秒ほど交わしていたはずのその口付けは、どうしてかほんの一瞬に感じられた。

「ん……っ」

重ねられていたアルノルトのくちびるが、リーシェのくちびるからゆっくりと離れる。リーシェにはそれがどうしても名残惜しくて、思わず火照った吐息を零《こぼ》した。

「……殿下……」

小さく彼のことを呼ぶ。

アルノルトはそれに言葉で答える代わり、お互いの指を絡め直すように繋《つな》いでくれた。離さずにいてくれるかのような触れ方で、ほんの少しだけ泣きそうな気持ちになる。

(アルノルト殿下のことが、好き)

たったいま自覚した感情の正体を、リーシェは改めて確信した。

(きっと。私はずっと、自分でも分からないくらい当たり前に、このお方に恋をして――)

その直後、息を呑《の》む。

「!?」

アルノルトに顎《おとがい》を捕らえられて、再びくちびるが重なったからだ。

「んん……っ!!」

「──────……」

その口付けは、ちゅっと音を立ててすぐに離れた。

けれどもその後、啄《ついば》むように次のキスが落とされる。繰り返され、リーシェは目を丸くした。

「ひゃ、む」

悲鳴を上げそうになったため、それをあやすように塞がれる。

触れるだけの口付けは、これも短い間しか交わされない。しかしアルノルトは、リーシェに覆い被《かぶ》さるようにして何度も角度を変え、幾多の口付けを繰り返してくる。

「んん……」

ちゅっ、ちゅ……と、可愛《かわい》い音が幾度も響く。たくさんの口付けを受け取ることになったリーシェは、何がなんだか分からなかった。

心音が聞こえてしまうのが怖くて押し退《の》けたいのに、アルノルトはそれを許さない。

「……っ」

リーシェが混乱していることくらい、彼は分かっているはずだ。

それなのに口付けを止《や》めてくれる気配がなくて、上手《うま》く出来ていない呼吸が限界になってくる。

ずうっと上を向かされているから、喉を反らす姿勢なのも原因だろう。

「ん、ん」

ぺしぺしとアルノルトの胸を叩《たた》く。だが彼はびくともせず、触れるだけの口付けを重ねるばかりだった。

恋心を自覚した直後なのに、この仕打ちはあまりにもひどい。

（このままじゃ、どきどきしすぎて死んじゃう……！）

リーシェはアルノルトの服をぎゅっと握り込みつつ、くちびるが離れた僅かな瞬間に、なんとか目を開けてアルノルトを見上げた。

しかし、それをすぐ後悔することになる。

視線が間近に重なった青の瞳が、鋭い光を帯びていたからだ。それがあまりにも美しかったので、結局泣きそうになってしまった。

けれど、ほとんど涙目の上目遣いで、言外に訴えた甲斐《かい》はあったらしい。アルノルトはようやく腕の力を抜き、捕まえていたリーシェを解放してくれる。

その離れ際、額にキスを落とされた。

「アルノルト、殿下……」

ぐずぐずになったリーシェは、一体どうしてこんなにキスをしてくれるのだろうかとアルノルトを見上げる。その結果、息を呑んだ。

アルノルトの今度のまなざしは、リーシェを見守るかのようにやさしかったのだ。

「これでもう、覚えたか？」

「え……」

リーシェのくちびるを、アルノルトが親指で、ふにっと押す。

「先ほど、後でいくらでもしてやると、約束した」

「！」

告げられて、リーシェはようやく思い出した。

『婚儀のためのやり方を覚えたいから、もっとキスをしてほしい』と望んだリーシェに対して、アルノルトは確かにそう答えたのだ。

たったいま、雨のように降らされたたくさんの口付けは、リーシェの願いを叶《かな》えるためだったのだろう。

「〜〜〜っ!!」

自分が望んだことのとんでもなさに、リーシェの頬はますます熱くなった。

「お、覚え、覚えました！」

「……ふ」

慌ててぶんぶんと頷《うなず》くと、アルノルトは息を吐くように笑う。そして、リーシェの髪を撫《な》でた。

「ならいい」

その言い方が柔らかくて、胸が苦しい。

アルノルトは、続いてリーシェの頬に手を添えると、穏やかな声音でこう言った。

「今日がお前の生まれた日であろうとも、そうでなくとも。――俺は俺の叶え得る限り、お前の望みを果たすということを忘れるな」

「……！」

渡されたのは、紛れもない祝賀の言葉だった。

（私はずっと、自分の誕生日が苦手だったわ。けれど）

いまは、こんなにも嬉《うれ》しい。

「ありがとうございます、アルノルト殿下……」

「……ん」

アルノルトはリーシェから手を離すと、屋上の椅子に座り直させてこう告げる。

「帰りの馬車を手配させる。ここで待っていろ」

リーシェがこくりと頷いたのを見守ってから、アルノルトが階下に向かう。その背中が見えなくなったころ、へたりと力が抜けてしまった。

（アルノルト殿下と、あんなにたくさんの口付けを）

触れられたところが全部、熱を帯びたように火照って温かい。

名前を呼ばれたことも、口付けを重ねたことも心に留《とど》めておきたいのに、先ほどのことを思い出すだけで胸が苦しかった。

『――リーシェ』

「どうしよう」

真っ赤に染まった自分の頬を両手で押さえ、リーシェは困り果てる。

「……本当は、キスの仕方なんて、全然覚えられていないのに……」

第一章

リーシェにとっては七回目の『十六歳』を迎えた、誕生日の翌日のこと。

自室の長椅子に腰掛けたリーシェは、船の入港予定表を手にしたまま、ぼんやりと窓の外を眺めていた。

婚姻の儀は間近に迫り、今日もやることが山積みだ。

にもかかわらず、どうにも集中することが出来ない。ぼうっと座っているリーシェの心は、自覚したばかりの感情でいっぱいになっていた。

（……私は、アルノルト殿下のことが好き……）

そのことを繰り返し思い出す度に、気恥ずかしさと落ち着かない動揺が湧き上がってくる。

心配した侍女たちが、朝から何度も様子を見に来てくれていた。けれども曖昧に答えるしかなくて、そのことがとても申し訳ない。

（殿下のことを考えると胸が苦しいのは、気の所為《せい》なんかじゃなかったのね）

そんな風に改めて振り返ると、いくつかの出来事に思い当たるのだ。

（先日、皇帝陛下に見付かったのを誤魔化すために、アルノルト殿下が私の髪にキスをして下さったとき。どきどきしたけれど安心できたのは、殿下のことをお慕いしていたからなんだわ……）

あのことを思い出すだけで、顔から火が出るほどに熱い。リーシェはぎゅむっと両頬を手で押さえ、考え込む。

（ヴィンリースの街で、アルノルト殿下と夫婦《ふうふ》喧嘩《げんか》をして寂しかったのも、あのときにはもう恋をしていたから？）

そもそもが、『夫婦喧嘩』になるほどアルノルトの発言が引っ掛かってしまったのだって、恋心が理由だったのかもしれない。

（それなら大神殿で、私のお膝を枕にしてお休みになる殿下を見て、なんだか苦しくなったのも？せっかく贈って下さった指輪を『嵌《は》めなくてもいい』と言われて、すごく悲しかったのも）

いいや、それだけではない。

（礼拝堂で、アルノルト殿下に初めて口付けをされたとき――……）

驚いたけれど、嫌ではなかった。

嫌悪感などはまったく無く、ただただその理由を知りたかっただけだ。あの出来事があったのは、この人生でアルノルトに出会ってから三週間ほどしか経《た》っていない時期である。

「う……」

誕生日に、何度も交わした口付けのことを思い出した。

（……どこまで記憶を遡ってみても、アルノルト殿下のことを好きじゃなかった瞬間のことが、思い出せないわ……）

いつから彼に恋をしていたのか、リーシェにはさっぱり見当もつかない。

（もしかして、一目惚《ひとめぼ》れだったのは私の方？　さすがにそんなはずは無い、のだけれど……！）

気恥ずかしさで居た堪《たま》れなくなるものの、同じくらいに心の中がふわふわする。

（駄目、しっかりしないと！　昨日も今朝も、アルノルト殿下と少しお話しするだけで緊張しすぎてしまったもの。婚礼の儀の準備もあるし、それに）

俯《うつむ》いたリーシェの脳裏によぎったのは、あの日のアルノルトの声だ。

『俺の妻になる覚悟など、しなくていい』

「…………」

その言葉に、ずきりと胸の奥が痛んだ。

（アルノルト殿下の戦争を、止めなくては）

そんな想《おも》いを、改めて心の中に抱く。

（もちろん、ただ止めるだけでは駄目だわ。未来の『皇帝アルノルト・ハイン』が、戦争という手段を使ってでも成そうとしていたこと。それをちゃんと知って、向き合わないと）

リーシェが恋をしたアルノルトと、残虐な皇帝として振る舞う未来のアルノルトとは、地続きの同じ人間だ。

どれほど違って見えていても、世界中を侵略した冷酷な『皇帝』は、いまのアルノルトが持つ性質を持ち合わせているはずである。

（思考の仕方も、合理性も。確かなやさしさも……）

……アルノルト殿下の、
リーシェはゆっくりと目を瞑《つむ》り、手にしていた書類をぎゅっと握り込む。

（あの方をお慕いしているからこそ、絶対にあの未来を回避する）

自分に言い聞かせるようにそう誓って、目を開いた。

（恐らく鍵を握るのは、アルノルト殿下のお父君である現皇帝陛下ね。迂闊《うかつ》には近付けないし、先日のことを思い出すだけで気が重いけれど）

そのとき、部屋の扉がノックされた。

「リーシェさま、失礼いたします」

「エルゼ。どうぞ」

入室してきたエルゼに対し、リーシェは申し訳ない気持ちで告げる。

「さっきはごめんね。ぼんやりしていた所為で、みんなに何度話しかけられても気付けなくて」

「いいえ。もうお元気になられましたか？　エルゼは心配だったので、よかったです」

ほっとしたように告げられて、ますます罪悪感が湧いた。決して体調不良ではないのだが、エルゼたちに恋心を打ち明ける勇気はまだ出ない。

（本当にごめんなさい。みんなには、もう少しだけ内緒にさせてね……）

内心でそんなことを考えていると、エルゼがリーシェに一通の封筒を差し出してきた。

「こちらのお手紙が、リーシェさまに」

「ありがとう」

受け取って中身を開き、内容を確かめる。謝罪から始まるその手紙は、実のところリーシェの待ち侘《わ》びていたものだ。

「リーシェさま。これは？」

「……」

リーシェは立ち上がり、エルゼに告げた。

「エルゼ、荷造りをしてくれる？　きっとまた、数日ほど泊まり掛けのお出掛けになると思うわ」

「わ、分かりました。でもリーシェさま、婚姻の儀は二週間後です。とってもお忙しいのでは？」

「ええ。だけどこの外出は、婚姻の儀のために必要なことなの」

エルゼが首を傾《かし》げる中、リーシェは内心で考える。

（問題ないわ。むしろ私は、『この時期に、この状況へ陥るように』計算して、わざと遅れが出るように動いていたのだもの。予定通り作戦に移行するためには、あのお方と話さなくてはいけないけれど……）

それでもリーシェは覚悟を決めた。

向かうのは、恋を自覚したばかりの相手の下だ。

＊＊＊

「――婚礼衣装《ウエディングドレス》？」

「は、はい、アルノルト殿下」

執務机越しのアルノルトを前に、ドレスの裾をぎゅっと握り締めながらリーシェはねだった。

「私のウェディングドレスは一年前、成人の際に故国で仕立てたものです。この国で婚儀を挙げるにあたり、ガルクハイン風の刺繍《ししゅう》を施して頂きに出したのですが」

「……例の、背中が大きく開いた意匠のドレスか」

（意匠画を一度お見せしただけなのに、細部まで覚えていて下さるなんて）

くすぐったい気持ちになるものの、アルノルトと目が合ったので、慌てて逸《そ》らした。

「そ、その……！　本来でしたら、私が着た際にどう見えるかの最終確認をするため、職人さんが皇都にお越し下さる予定だったのです」

アルノルトの後ろで書類を整理しているオリヴァーが、微笑《ほほえ》ましそうに口元を綻ばせる。

「女性にとってのウェディングドレスは、格別な思い入れがあるものとお聞きしますからね。リーシェさまもさぞかし楽しみにしていらっしゃるのでしょう」

「ですが、私の希望した糸がなかなか仕入れられなかったことで、遅れが生じているようで……。職人さんの移動日数を考えると、仕上がりの日程に合わせて、私がお伺いした方が効率的かと」

もっともこれはリーシェにとって、決して不測の事態ではない。

それどころか、リーシェの求める刺繍糸が不足する時期は、商人人生の経験から知っていた。

（こうしてウェディングドレスの準備に遅れが生じれば、今この時期に『あの街』に向かう口実になるわ。……ドレスを刺繍に出したときの計算通りになって、本当に良かった）

内心でほっとしつつも、リーシェは本題を告げる。

「ですからウェディングドレスのために、数日ほど滞在したいのです」

勇気を出してアルノルトを見据え、まっすぐに言い切った。

「ベゼトリア。――ガルクハイン最大の、運河の街へ」

「……」

その瞬間も、アルノルトの表情が変わることはない。

しかし今回のリーシェは、アルノルトが次に口にする言葉を予測していた。アルノルトは椅子の肘掛けに頬杖《ほおづえ》をつきながら、当然のように淡々と言い切る。

「俺も同行する」

（……やっぱり……）

アルノルトにも、この時期にあの街へ向かう理由が存在するのだ。

（アルノルト殿下の行動には、いくつもの意味がある。これもただ、私の我儘《わがまま》に付き合ってくださるだけではなくて）

だが、リーシェがそれを知っていたようには振る舞えない。

それに加え、アルノルトに無理をさせている自覚があるリーシェは、本心からこう尋ねた。

「アルノルト殿下。いつものことながら、ご公務がとてもお忙しいのでは？」

「オリヴァー」

「はい。もちろん調整いたします」

「オリヴァーさままで……！」

当然のように応えたオリヴァーに、リーシェは慌てる。

こうなることを計算していたとはいえ、やはりどうしても罪悪感があった。にもかかわらずアルノルトは、涼しい顔で書類にペンを走らせ始める。

「ベゼトリアであれば、行きは途中から船が使える。ここから二日ほどで着くだろう」

「では我が君、リーシェさま。こういうのはいかがでしょう」

アルノルトから受け取った書類を手にしたオリヴァーは、爽やかな笑顔で言い切った。


「ここはひとつ。おふたりの、『婚前旅行』という名目で」

「ひえ……っ」


その言葉に、リーシェは肩を跳ねさせる。

「諸々《もろもろ》のご都合を調整するにも、これが最も聞こえがよろしいかと。皇太子ご夫妻がご結婚前に旅行をされたとあれば、ベゼトリアへの観光活性化にも繋《つな》がりますし」

「そ、それは仰《おっしゃ》る通りかもしれませんが……!!」

オリヴァーはなんでもないことのように言うが、リーシェにとっては一大事だ。

(『婚前旅行』という、言葉の響きが……！)

リーシェは内心慌てつつ、アルノルトにも確かめる。

「あ、アルノルト殿下はどう思われますか……？」

「外出の名目がなんであろうと、別にどうでもいいが」

（そうですよね!!）

けれどもアルノルトは、無表情ながらにやさしいまなざしをリーシェに向けるのだ。

「それでも、お前が拒むことはしない」

「！」

柔らかな言葉に、心臓がどきりと高鳴った。

「望まないことがあるのなら、構わずに言え」

そんな気遣いに、俯いてからふるふると首を横に振った。

「……いいえ」

リーシェが困ってしまうのは、『婚前旅行』というその言葉が、決して嫌だからではない。

気恥ずかしさと同じくらい、嬉《うれ》しいと思う気持ちがある。それだけはきちんと伝えなければと、勇気を出して口にした。

「アルノルト殿下との婚前旅行、行きたいです……」

「……」

アルノルトが僅かに目をすがめる。オリヴァーは微笑んで、てきぱきと話を進めた。

「ご安心ください リーシェさま。我が君にとっても、リーシェさまと仲睦《なかむつ》まじくしていらっしゃるのを知らしめるのは利になりますので」

「殿下の利、ですか？　確かに皇太子殿下のお立場は、妃《きさき》を迎えることで盤石なものとなるのが通例ですが……」

とはいえ、それは結婚相手にもよるだろう。

「私は小国の、そのうえ公爵家の娘にしか過ぎません。この身分ではお役に立てないかと」

「いいえいいえ。我が君の後ろ盾となり得るのは、リーシェさまご自身の存在です」

「え!?」

微笑みながら告げられて、リーシェは驚いた。慌てて見遣《みや》ったアルノルトも、オリヴァーの発言へ事も無げに同調する。

「そうだな」

それは、少し楽しむような表情だ。

「コヨル国からの技術提供には、国内の目利きがすでに注目し始めている。新たな造幣事業が滞りなく進み始めているのも、シグウェル国の姿勢が協力的だからだ。どちらもお前の働きが大きい」

「我が君とリーシェさまの婚姻の儀も、国内外に注目されています。なにせ婚礼祝いには、世界中で信仰されているクルシェード教の次期大司教がご参列されるそうですから。これは歴史上初めてとも言われる異例の事態ですよ」

「あの、おふたりとも!?」

思わぬ方向に話が流れ、リーシェは急いでふたりを止めた。

「大袈裟《おおげさ》です。それらはすべて、アルノルト殿下のご決断があってこそのことですし！」

「爪紅の開発や、アリア商会との貧民街救済策についても、国民からの関心を集めているな」

「うぐ……！」

「政治にさほど関心のない人々も、おふたりの婚儀を楽しみになさっていますね。しかも当日はあの歌姫シルヴィアが、祝福の歌を歌うことになりましたし」

それはシルヴィアからの申し出だ。昨日会いに行った彼女は、『リーシェや皇太子殿下に何かお返しをしたいの』と言ってくれた。世界的な歌姫に婚儀の祝福の歌を歌ってもらえるなんて、とても得難いことだ。

「リーシェさまがいらっしゃってから、我が君とテオドール殿下の関係も良化しました。リーシェさまのお力には、我が国の貴族諸侯も注目しているのですよ？」

「か、買い被《かぶ》りすぎでは……!?」

いつのまにそんなことになっていたのかと、リーシェは愕然《がくぜん》としてしまう。助けを求めて再びアルノルトを見ると、彼はどこか満足そうに笑った。

「精々見せ付けてやればいい。問題は無いだろう」

「うぐぐ、面白がっていらっしゃる……！」

ともあれ今は、戦争回避のための対策だ。

（アルノルト殿下の未来のために。ウェディングドレス完成を口実にしつつ、『あの件』を頑張らなくちゃ……！）

＊＊＊

アルノルトが起こす戦争については、大まかな未来を知っているリーシェであっても、その予想を立てることは難しい。

理由についてはいくつかある。たとえばリーシェは、過去人生におけるアルノルトのことを知らず、彼に何が起きたのかが分からないという点だ。

それから別の側面では、『ガルクハイン軍の動きが、毎回異なっている』というものがあった。

（しかも、その原因の一端は、恐らく私）

運河を下る船の甲板で、リーシェは小さく息をついた。

（一度目の人生。私は商人になって、タリー会長と一緒に商いをしたわ。……そのときに開拓してもらった陸路や航路が、世界中の流通を変えてしまって……）

商人にとって、品物を運ぶルートは重要だ。商人人生でのリーシェたちは、そういった『道』を見付ける名人たちと手を組んでいたのである。

（陸路や航路を活用するのは、軍隊も同じ。皇帝アルノルト・ハインは、私たちが広げた道を使って各国に攻め入った）

河面《かわも》を見ながらぼんやりと、過去人生のことを振り返る。

（薬師の人生も錬金術師の人生も、同じようなやり方で道を作ったわ。それぞれ商人人生とは違うルートが必要だったから、三回全ての人生で異なる道になったのよね。ガルクハイン軍は三回とも、そのとき出来ていた道の中から、最も効率的な順番で侵略をしていって……）

侍女の人生では、ミリアが各国の教会を回るために最適な道を。狩人《かりゆうど》の人生では、諜報《ちようほう》に必要な道を作ろうとする中で、頭首であるラウルからも新しい道を教わった。

騎士の人生では、リーシェは一介の騎士だった。しかし、どうにかガルクハイン軍の動向が危険であることに気付いてもらうため、騎士団の団長や彼を通して国王に訴え掛けたのである。

その結果、結局はこの六度目の人生も、過去のどの人生とも違った交通事情が形成されていた。

(私が繰り返す人生ごとに、全世界の交通事情が、毎回変わってしまっているんだもの。……アルノルト殿下の侵略ルートや順番が、私のどの人生でも異なっているのはこの所為よね……)

リーシェはまったく知らない間に、出会ってもいないアルノルトの行動に影響を与えてしまっていたのだ。そのことに、少々複雑な気持ちになった。

(未来のアルノルト殿下は、最も効率の良いやり方で戦争を進めてゆく。父殺しによる皇位簒奪《さんだつ》だけなら、お父君との確執が原因だとも考えやすいけれど……合理的なアルノルト殿下が、意味もなく世界戦争なんて起こすはずはない)

甲板の手摺《てす》りに手を置いたリーシェは、はあっと溜《た》め息《いき》をついた。

(父殺しだけではなく、その先の戦争にも理由があるんだわ。むしろ、お父君を手に掛けたのは、皇帝となって戦争をするための過程にしか過ぎない可能性だって……)

「――リーシェ」

「みゃん!!」

すぐ後ろから声がして、リーシェは肩を跳ねさせた。

「殿下」

振り返ると、甲板にはアルノルトが立っている。

先ほどまでアルノルトは下の船室で、オリヴァーと公務の話をしていた。リーシェは狭い船内で、アルノルトの傍《そば》にいるのが落ち着かなくて、風に当たってくると出て来たのだ。

「帽子を忘れている」

「あわっ、ありがとう、ございます……！」

花やリボンのたくさんついた帽子が、ぽすっとリーシェの頭に載せられた。アルノルトはリーシェの隣から、さほど興味もなさそうに景色を見渡す。

「随分と熱心に眺めていたな」

（……本当は、景色を見ていた訳ではないのだけれど）

リーシェは帽子を被りつつ、改めて顔を上げる。

「大きな運河ですね。ここがガルクハインにおける、海運貿易の要の街……」

水の煌《きら》めく運河には、たくさんの船が忙《せわ》しなく行き交っていた。

リーシェたちが乗っているのは、荷物ではなく人を運ぶための二階建ての船だ。周りにはそれより小さな船もあれば、もっとずっと大きな船もある。

運河の両横に並ぶのは、煉瓦造《れんがづく》りの建物だった。美しい河辺の街並みに、水面を渡る涼やかな風が吹き抜けてゆく。

「すごく活気を感じます。まるで街自体が心を持っていて、全身でわくわくしているかのよう。船を降りて、街の中を散策するのがとっても楽しみです」

「船着き場まではもう少しだ。馬車を手配しているが、宿まで歩くのでも構わないぞ」

「わあ……！」

それならば、是非ともあちこち寄り道をしてみたい。リーシェが目を輝かせると、アルノルトが柔らかなまなざしを向けて来た。

「……やはり、体調が悪いわけではなさそうだな」

「私がですか？　はい、とっても元気です！」

「ならばいい」

リーシェが首を傾げると、アルノルトは風に混ぜられたリーシェの髪を、指で梳《す》きながら言った。

「誕生日の願いを叶《かな》えて以来、落ち着かない様子でいただろう」

「!!」

その言葉に、耳まで赤くなってしまったのが自分でも分かる。

（それは、あの日いっぱい口付けをしたことと、アルノルト殿下のことをお慕いしていると自覚してしまったからで……）

リーシェの動きが不審なことに、アルノルトが気が付かないはずも無かった。しかし、理由を口に出す勇気はない。

（私がそわそわしているのを、体調不良かもしれないと思わせていたなんて。ただでさえお忙しい殿下に、余計な心配をさせてしまうわけにはいかないわ）

リーシェは困り果てた末、そっとアルノルトの方に手を伸ばす。

そして、アルノルトの袖をきゅっと握った。

「リーシェ？」

変に思われるのは間違いない。しかしリーシェは今後のためにも、勇気を出してねだる。

「少しだけ、こうしていてもいいですか……？」

「…………」

アルノルトは僅かに眉根を寄せると、ややあってリーシェに尋ねてきた。

「……なぜ」

「その。ちょっとした、秘密の訓練をしたく……」

「訓練？」

リーシェは真っ赤な顔のまま、それを隠すために俯いた。

（……『好きな人』の傍にいることに、慣れるための……）

こうした練習を積み重ねれば、いずれは普段通りの態度で接することが出来るに違いない。そう思い、おずおずとアルノルトを上目遣いに見上げた。

「……」

アルノルトはやっぱり渋面を作ったまま、やがて小さな溜め息をつく。

「好きにしろ」

「っ、ありがとうございます！」

ほっとしつつ、改めてアルノルトの袖口を握り直した。

手を繋ぐ覚悟は出来ないが、このくらいの距離から馴染《なじ》んでいけばなんとかなる。きっと、アルノルトに心配を掛けないくらいの振る舞いに戻れるだろう。

(アルノルト殿下が、やさしいお方でよかった)

「……」

難しい顔のままのアルノルトが、ふとすぐ傍をすれ違う船に目をやった。

こちらと同じように、船倉が二階建てになっている構造のようだが、一回りほど小さな船だ。船乗りがうまく帆を扱い、風を受けて上流に向かおうとしている。

「……?」

リーシェが抱いた違和感は、アルノルトと同じものだろう。お互いの目線が、甲板に置かれた荷物に向けられている。

(あの荷物の形状、何かしら)

転がされているのは、大きな麻袋だった。

中身は箱の形ではなく、恐らくは液体でもない。大きな筒状の形をしている。

(もしかして、あの中身は)

リーシェが訝《いぶか》った、その瞬間だ。

「――――!」

その麻袋が、僅かに動いた。

(やっぱり、人間!!)

リーシェが察知したその瞬間、アルノルトが言った。

「一度離れる」

握り締めていたアルノルトの袖が、リーシェの手から抜ける。アルノルトは即座に船の手摺りへと足を掛けると、一切の躊躇《ちゅうちょ》なく、隣の船に飛び移った。

「殿下！」

アルノルトがだんっと着地すると、甲板にいた船乗りが驚いて声を上げる。

「うわあ!?　な、なんだあんたは!!」

「船を止めろ」

「何を……ひいっ!?」

船乗りが悲鳴を上げたのは、アルノルトが剣の切っ先を男に向けたからだろう。

「くそ!!」

血相を変えた船乗りが、船倉に続く階段を駆け降りてゆく。アルノルトは小さく舌打ちをして、『荷物』の方を振り返った。

彼が足を止めたのは、そこに、アルノルトを追って来たリーシェの姿があったからだろう。

「大丈夫ですか!?　しっかりして下さい、いまお助けしますから！」

「……」

アルノルトは、固く結ばれた麻袋の紐《ひも》を解こうとしているリーシェに溜め息をつく。

「リーシェ」

「アルノルト殿下、こちらは私が対処します。殿下はどうぞ、お心のままに！」

「護身用の短剣だけで、当たり前のように賊の乗っている船へ飛び移るんじゃない」

「！」

アルノルトは自身の腰にある鞘《さや》を外し、納めた剣ごとリーシェに放る。それをぱしっと受け止めたリーシェは、アルノルトに尋ねた。

「この剣をお借りしてしまっては、殿下がお困りになるのでは……」

「中で適当に調達する」

「っ、お気を付けて！」

心配ではあるが、船内に向かったアルノルトのことを信じてもいる。

（いまはまず、何よりも）

リーシェはアルノルトの剣を抜くと、その黒い刃でざくざくと紐を切った。

急いで開けた袋の中からは、涙で顔を濡《ぬ》らした女性が出てくる。猿轡《さるぐつわ》を嵌められ、手足を縛られていた彼女は、リーシェの姿を見てくしゃりと顔を歪《ゆが》めた。

「んんー……っ!!」

「安心してください、もう大丈夫です！」

彼女の手足を縛《いまし》めていた縄を切り、猿轡を解く。すると女性はほっとしたような顔をして、そのまま気を失ってしまった。

（脱水は起こしていない。健康状態にも致命的な問題はなさそうだけれど、この失神……精神的なものではなく、眠り薬のようなものを飲まされている？）

麻袋は他にも数個ある。急いでそちらの紐を切ると、中にはやはり女性たちが眠っていた。

（この様子だと、下の船倉にも……）

リーシェは、呼吸の妨げにならない姿勢で女性たちを寝かせると、アルノルトの剣を手に下へと駆け出すのだった。

＊＊＊

リーシェが船倉に飛び込んだのは、アルノルトの蹴りを腹部に食らった船乗りが、積まれた樽《たる》に激突するその瞬間だった。

「ぐあ……っ!!」

がらがらと樽が崩れ落ちる。船乗りたちは動揺し、そのままアルノルトに斬り掛かろうとした。

船乗りが手にしているのは、普通の剣よりも短くて湾曲した刃を持ち、狭い船内でも扱いやすい船刀《はくとう》だ。

「アルノルト殿下！」

「……」

丸腰のアルノルトは表情ひとつ変えず、ひとりの胸倉を掴《つか》んだ。

アルノルトの膝が敵の鳩尾《みぞおち》にめりこんで、敵が濁った呻《うめ》き声《ごえ》を上げる。アルノルトは男から船刀を奪うと、その柄《つか》を手の中でひゅっと回し、扱いやすいように持ち替えた。

「この男、なめやがって……！」

船乗りたちの剣が、一斉にアルノルトへと襲いかかる。

けれどもアルノルトは、たった一振りの船刀でまとめて受け止めると、驚いている男たちに向かって淡々と脚を振り上げた。

敵のひとりに、見るからに重い蹴りの一撃を叩《たた》き込む。

「が……っ」

（す、すごい……！）

体術と剣術を組み合わせた、的確な立ち回りだ。アルノルトに借りている剣を返したかったのだが、こうなればむしろ邪魔だろう。

ちょうどそのとき、アルノルトから声が投げられる。

「リーシェ。奥を頼む」

「はい！」

場を任せてくれる言葉が嬉しかった。アルノルトが船乗りの相手をしてくれているうちに、彼らの間を駆け抜ける。

船室への扉を開くと、そこには五人ほどの女性たちが捕らわれていた。

「きゃあ!!」

「安心してください。助けに参りました、もう大丈夫です！」

女性たちは怯《おび》えて身を竦《すく》めるが、女性であるリーシェの言葉に泣きそうな顔をする。少しでも安心してもらえたことが分かり、急いで状況を確かめた。

（甲板にいた女性たちと違って、意識がはっきりしているわ。薬を飲まされる前か、飲んだ直後か切れた後……だから甲板ではなく、船室に閉じ込められているのね）

五人のうち、四人は体調に問題が無さそうだ。しかし手前にいる赤髪の女性は、手首を後ろ手に縛られ、身を丸めるようにして横たわっている。

「皆さま、こちらに横たわった女性はいつからこの様子でしたか!?」

尋ねるも、彼女たちは答える余裕がなさそうだ。

「お、お願い、早くここから出して……!!」

「逃げないと、またあいつらに捕まるわ!!」

（当然だけれど、女性たちの動揺が激しいわね。縄はまだ解かないようにしないと、船内でばらばらに動かれては却《かえ》って危険が及んでしまう……）

心の底から申し訳なく思いつつ、リーシェは四人の縄を解く前に、転がったひとりの介抱に移る。

「失礼します。私の声が聞こえたらお返事を！」

「……んう……」

「仰《あお》向《む》けにさせていただきますね、息は苦しくないですか？」

その女性は長身で、赤いドレスを纏《まと》っていた。

リーシェは処置のために、彼女だけは手足の縄を切る。楽な体勢になってもらうため、女性を仰向けに寝かせると、長い髪が船室の床に広がった。

（……？　呼吸は落ち着いていて、健康そう）

ぱちりと瞬《まばた》きをしたリーシェは、顔色を確かめるために彼女を見下ろした。

そして、女性の美しい顔を見つめ、ぎくりと身を強張《こわば》らせる。

（――――えっ）

その顔が、とある人生でよく見知ったものだったからだ。

（……間違いないわ。この人……）

そこに居たのは、リーシェがとある過去人生で関わってきた、非常に馴染み深い人物なのだった。

（な、なんでこの人がこんな所に!?　いえ、この街には居てもおかしくないどころか、目的のひとはこの人に会うことだったのだけれど……!!）

考えるのは後だ。リーシェはその人物の頬をぺちぺち叩き、過去人生と同じように声を掛けた。

「起きて下さい。おはようございます、朝です！」

「……朝……？」

むにゃ……と眠そうな声がして、瞼《まぶた》が開く。

一見すると茶色の瞳が、ぼやぼやとリーシェのことを見上げた。そしてその人物は、簡素なドレス姿でのそりと身を起こしながら、大きなあくびをして言うのだ。

「ふわあ……。ガルクハイン、もう着いた？」

「到着していますし、詳しくお話を聞かせていただきたいのですが、いまはひとまず健康状態です！　痛むところや吐き気や不調は!?」

「んんん、無……。捕まってる間、暇で眠くて……」

(あ、相変わらずだわ……！)

そのとき、ばたばたと荒い足音が聞こえてくる。

「あの黒髪の男は化け物だ、相手にするな！」

「船を捨てよう、ばらばらに散らばって逃げるぞ!! 『荷物』は置いて行け、どうせ先に着いた船が他の商品を準備している!!」

船乗りたちの張り上げた声に、リーシェは顔を顰《しか》めた。

(いくらアルノルト殿下でも、別方向に逃げ出す敵を同時には相手にできない)

それはリーシェも同じことだ。このような場では単純に、人手が必要となる。

リーシェはドレスの裾に手を伸ばし、太ももにベルトで固定した短剣を抜いた。そして、目の前の人物に尋ねる。

「何処《どこ》も痛むところは無く、眠くて寝ていらっしゃっただけですね？ でしたらお願いします！」

「！」

そう言ってその人物に手渡したのは、リーシェが持っていた短剣だ。

「……ねえ待って。君は」

「では、私はあちらの殿下《おかた》の援護に行きますので！」

リーシェはそう告げて立ち上がると、急いで船室の外に出た。

船倉から甲板に上がる階段は、この船に二箇所あるようだ。それからいくつかの窓があり、そこからでも河に逃げられてしまう。

（とはいえ、残りはたったのこれだけ……!?）

船内に響き渡る足音は、十人程度といったところだろうか。船の規模からして、船乗りは少なくとも三十から四十人ほど居たはずだ。

「そこの女、どけ!!」

「――……」

怒鳴りながら駆けて来た船乗りが、リーシェを排除しようと船刀を振り上げる。リーシェは剣を鞘ごと使い、攻撃を受け止めてから刃を流した。

「う……っ!?」

そのまま船乗りの手首を掴み、人体の構造を利用して捻《ひね》り上げると、床に崩れた彼の首裏に一撃を落とす。

（あと何人かしら……船の外には、逃がさないようにしないと）

ひとり、ふたりと倒しているうちに、アルノルトが大方を片付けて行く気配がする。だが、そのときだった。

「何やってんだ、『荷物』は置いて早く逃げるぞ!」

「いくらなんでもひとりは確保できんだろ！　どの女でもいい、引き摺ってでも連れて行くぞ!」

アルノルトとリーシェの間にある船室へ、ふたりの男が入っていく。そこは、女性たちが捕らわれている部屋だ。

手近にいる最後のひとりを気絶させたアルノルトが、船室を振り返って舌打ちをする。だが、アルノルトが間に合わなくても問題がないことを、リーシェはきちんと知っていた。

「きっと大丈夫です、アルノルト殿下！」

「……？」

アルノルトが目を眇《すが》めたその直後、女性の悲鳴が響き渡る。

「きゃああああっ!!」

そのあとに、船室から何かが倒れるような音がした。

同時に船室の前についたアルノルトとリーシェは、ふたりで中を改める。室内に立っていたのは、赤いドレスを身に纏い、先ほどリーシェが短剣を渡した人物だ。

「……あーあ、全部面倒臭い……」

足元には、大柄な船乗りたちが蹲《うずくま》って倒れている。

赤髪の人物は、ドレスの裾を鬱陶しそうに掴み、同じくぞんざいに長い髪を掴んだ。

「ドレスも邪魔。髪も邪魔。はあ……海賊野郎は結局ボコっちゃったし、これもういいよね……」

「……あれは」

「お察しの通りです。アルノルト殿下」

長い髪に見せ掛けられた鬘《かつら》が、ずるりと床に落ちる。

鬘の中から現れたのは、鬘と同じ赤髪だがとても短い、ふわふわとした癖毛だ。

「あのお方は、女性の格好をして潜り込んでいらっしゃった——男性のようで」

「……」

その人物は、自身のドレス姿を邪魔そうに見下ろすと、適当な所作でそれを脱ぎ落とした。

ドレスの下には、薄手のシャツとズボンを身に着けていたらしい。こうしてみると、最初に女性としては長身に感じたその体躯《たいく》も、男性にしては細身の体型だ。

「ふわーあ……ねむ」

気怠《けだる》げな雰囲気を纏ったその人物は、くっきりとした二重の瞳を眠そうに緩めた表情で、長い睫《まつ》毛《げ》に縁取られた目を擦《こす》っていた。

（相変わらずね。この表現が、正しいのかどうかは分からないけれど）

彼のいまの年齢は、リーシェのひとつ年上である十七歳のはずだ。

青年と呼べる年齢であるものの、どこか線の細い印象があり、女性たちからは『美少年』と評判だった。瞳の色は一見すると茶色だが、それは彼がいつも眠そうに俯き、瞳に光が当たらないからだ。

明るいところで見る彼の瞳は、輝くような金色であることを、リーシェはよく知っている。

（騎士人生で、私はずっとこの人と同室で過ごしていたんだもの）

気絶した船乗りは、彼の操る短剣によって倒れたのだ。アルノルトもそれが分かっているからこそ、静かに彼のことを見据えている。

（島国シャルガの天才剣士。騎士人生最期の戦いのとき、アルノルト殿下から私を庇《かば》って命を落としたお方……）

茫洋《ぼうよう》とした金茶色の瞳が、アルノルトの方へと向けられた。

（……ヨエル先輩……）

短剣を手にしたままのヨエルは、リーシェの前に立つアルノルトの方に踏み出す。彼の過去の言動をよく知るリーシェは、ぎくりとした。

（駄目！　いつものヨエル先輩なら、間違いなくアルノルト殿下を挑発してしまうはず……）

「……そこの黒髪のお兄さん」

そう危惧したリーシェの予想に反し、ヨエルは眠そうな声のまま口にする。

「後ろに居る珊瑚《さんご》色ふわふわの女の子と、どういう関係？」

（え、私？）

その言葉によって初めて気が付く。

アルノルトがいつのまにかリーシェの前にいるのは、恐らくヨエルから庇うためだ。

「あ、あの。アルノルト殿下」

「……」

「……まあ、今はなんでもいいや……。それより、やっぱ、眠……」

「！！」

その直後、ヨエルがどしゃりと床に崩れ落ちる。

怪我《けが》をしたのかと驚いたが、どうやらそれは違うようで、ヨエルはそのまま寝息を立て始めた。

「……」

アルノルトがいささか不機嫌そうに、ぽつりと低く言葉を漏らす。

「……なんなんだ、この男は」

「く、薬の影響かもしれませんし！　ひとまず錨《いかり》を下ろしましょう、船を停《と》めてこの方々を手当てしませんと……!!」

そしてリーシェは、思わぬ形での邂逅《かいこう》について考える暇もなく、しばらくのあいだ忙しく動き回ることになるのだった。

第二章

リーシェの『騎士人生』が始まったのは、六度目の人生が始まってから数ヶ月が経《た》ってからだ。

あのときは過ごしてみたい人生が多過ぎて、なかなか六度目の職業を絞り込めなかった。そんな折、とある島国に向かう途中の船で騒動に巻き込まれ、乗り合わせた男性ふたり組と一緒に解決したのだ。

過去人生のリーシェは安全のため、旅のときは男装をすることが多かった。それに加え、令嬢時代に習ってこっそり続けていた剣術の腕と、狩人《かりゅうど》人生で身に付けたそれなりの戦闘術があった。

その結果、男性のひとりから、『我が国の騎士になってみないか』と勧誘されたのである。

彼はなんと、リーシェが当《あ》て所《ど》なく向かおうとしていた島国シャルガの国王だったのだ。そして到着後、色々とリーシェのために配慮をしてくれたのは、国王と一緒にいたもうひとりの男性だった。

『――お前さんの部屋は、この廊下の先だ』

彼は王立騎士団の団長であり、お忍びでどこにでも出掛けてしまう国王の護衛として、一緒に船に乗っていたらしい。

『まさか、陛下がいきなり同乗者を騎士に勧誘した上に、お前さんもきらっきらした目で「是非！」なんて答えるとは……』

『も、申し訳ありません……』

『いいさ。我が陛下の無茶は、何がなんでも通して差し上げるのが俺の信条だからな。騎士は基本的にふたり部屋なんだが、お前の同室はヨエルという名前の、他人にほとんど興味のない奴《やつ》を選んでおいたぞ』

実のところ、この団長だけは出会ってすぐのうちに、リーシェが女性であることに気が付いていたらしい。だからこそ、そもそもルームメイトに関心を示さないヨエルを選び、性別が知られないように配慮してくれたのだ。

この時点のリーシェはまだそれに気付かず、廊下を歩きながら団長に尋ねた。

『ヨエルさんは、ずっとひとり部屋だったんですか？』

『いいや。あいつはしばらくこの国を不在にしていて、つい最近戻ったばかりなんだ。数ヶ月ほどガルクハインへ単独任務に出て、その間に部屋割りが変わってな』

『……ガルクハイン……』

リーシェが呟《つぶや》くと、団長は人の良い笑みを浮かべる。

『ヨエルはな、剣術の腕だけは確かだぞ。今まで最年少だったあいつの初めての後輩として、色々と教えてもらえ』

『はい！　楽しみで……』

元気に返事をしようとしたリーシェだが、引っ掛かる一言に団長を見上げる。

『あの、団長。剣術の腕「だけ」とは……？』

『……安心しろ、本当に細かいことには動じない奴だから。色々と訳ありそうなお前さんの同居人には最適だ、良かったな！』

『な、なんだか嫌な予感が……！』

「さあ、ここが部屋だぞ！』

そうして扉が開かれた瞬間、リーシェは目を見開いた。

青年と少年の中間にいるような男性が、石の床に直接ぐでりと転がって、目を閉じていたのだ。

『失礼します！　大丈夫ですか!?』

リーシェは慌てて駆け寄ると、彼に向かって呼び掛けた。癖毛の赤い髪に、白い肌を持った華奢《きゃしゃ》な男性は、全身に力が入っていない。

『こちらの声が聞こえたらお返事を！　それと、どこか具合が悪いところは……』

『……むにゃ……』

彼は少しだけ目を開けると、自分が寝ている床にぺたりと触れながら、心底不満そうに呟いた。

『……んん……。この寝台、なんか硬い……』

『……へ』

『ルーシャス』

リーシェの偽名を呼んだ団長は、申し訳なさそうな声音でこう告げる。

『すまん、そいつは寝ているだけだ。お前さんにとってこの光景は、日常茶飯事になるだろう』

『だ、団長……？』

『お前さんが来てくれて助かった。くれぐれもヨエルの世話をよろしく頼む！』

『…………………』

リーシェが七度目の人生において、初対面のテオドールが畑の土で眠っていてもそれほど驚かなかったのは、間違いなく六度目でヨエルに鍛えられたからだ。

こうして同室となった騎士ヨエルは、周囲の騎士から『剣術以外は何も出来ない。いいや、何もしない』と称される人物だった。

何しろようやく目を覚ましたあと、入団経緯から何から特殊すぎるリーシェに対し、ヨエルはこんな調子だったのである。

『はじめまして、ヨエル先輩。いきなりこんな人間が入団した上に同室になって、不審に思われますよね……？　僕はルーシャス・オルコットと申します。決して怪しい者ではなくて……』

『いいよ。どうでも』

『え……』

心の底から興味が無さそうに、ヨエルはあくびをしながら言った。

『自己紹介とかされたところで、俺は名前とか覚える気ないし。君と関わる時間があったら、寝てるか剣で遊んでいたいし』

長い睫毛《まつげ》に縁取られた二重の双眸《そうぼう》が、とろりと眠たく緩められた。

『そっちも適当にやっていい。睡眠の邪魔だけはしないでね』

『あ、ヨエル先輩!?　もうすぐ夕食の時間だと聞いていますが……！』

『いらない。あと、俺に話し掛ける必要も無いから。お互い関わらずに生きていくようにしてよ』

『ですが、今後同じ戦場で共闘することもあるでしょうし……』

ヨエルはリーシェを一瞥《いちべつ》すると、こう口にした。

『俺が誰かと「共闘」なんてすることは、絶対に無い』

相変わらず眠そうなその瞳に、ほんの一瞬だけ鋭い光が差し込む。

『そんなことをしてると弱くなる。どうせ、戦う時はひとりでしょ。――そうやって無闇に他人を気にしてると、いつか本当の戦場に出たときに、あっさり死ぬよ』

『……！』

けれどもその眼光は、すぐに消えた。

『それより団長がやっと帰って来てるんなら、手合わせしてもらいに行こ……ふわあ』

部屋に取り残されたリーシェは、そこで真剣に考えた。

（……ヨエル先輩はもしかして、ずっと寝ているか剣に触れているかという生活なのかしら？）

床に広げられたままだったヨエルの毛布を拾い、埃《ほこり》を手で払って畳む。

（団長いわく、昨日は特に夜番ではなかったそうだし。睡眠の間隔がばらばらで、夕方まで寝ていたり、食事を不規則にしたりしているということなら……）

薬師だった人間として、それを放っておく訳にはいかない。

（先輩には関わることを拒絶されたけれど、団長からは「世話を頼む」とお願いされたわ。――どちらの言葉に従うかは、考えるまでもないわね）

そしてリーシェは、ヨエルの同室であり唯一の後輩騎士として、大奮闘を始めたのだった。まずは、ヨエルが無理なく朝も起きられる体になるよう、毎日同じ時間に起こすことにした。

『ヨエル先輩、おはようございます！』

寝台横の梯子《はしご》を登り、上の段に寝ているヨエルを揺らす。

『今日も朝訓練の時間です。団長が、全員参加だと仰《おっしゃ》っていましたよ！』

『やだ。起きない。訓練いらない……』

『仕方ありません。それでは先輩にはしばらくの間、毎朝日光を三十分以上浴びていただきます。はい、カーテンを開けます！』

『ううう、むにゃ……。まぶし、うあ……』

これをしばらく繰り返していると、夢の中の住人と会話をしているようだった状態から、普通の会話が成り立つようになってきた。こうなれば、作戦は次の段階だ。

『ヨエル先輩！　おはようございます、今日は朝の手合わせをお願い出来ませんか？』

『……てあわせ……？』

『あっ起きた！　起床までの最短記録ですよ！　よし、今度からはこの手でいきますね』

『……でもお前、剣士っていうより傭兵《ようへい》みたいな戦い方するし。もしくは弓兵。剣以外に頼りすぎのやつと、剣で手合わせしても楽しくない……また寝る……』

『わーっ！　そうだ、未来への投資だと思ってください！　必ず剣の腕ももっと鍛えてみせますから、是非とも僕に教えていただけたらと!!』

こうしてヨエルが剣術好きなのを利用するうち、四日に一度くらいは連れ出すことに成功し始める。その上に、戦い方の性質が似ている『天才剣士』ヨエルから剣術を教わることで、リーシェも目に見えて剣の腕が上がった。

『聞いてください！　先輩が僕にご指導くださった結果、今日の訓練で十人に勝てたんです！』

『ふーん』

食堂のテーブルに座ったヨエルは、スプーンでざくざくとシチューの肉を解《ほぐ》す。このごろは起きていてくれる時間が増え、食事の時間に両手を引っ張って誘導すると、大人しく付いてきてくれるようになったのだ。

『別に、お前が誰に勝とうが負けようが、俺は興味ないけど？』

『う。そ、そうですよね……』

『……でもまあ、確かに』

その茶色い瞳が、リーシェの方をちらりと見遣《みや》る。

『ルーシェ？　リーシャス？　……んん、お前、なんだっけ……』

『……ヨエル先輩。まさかそれ、僕の名前を……!?』

初対面のとき、『覚える気がないから自己紹介しなくていい』と言っていたはずのヨエルは、思案する素振りを見せつつも口にしたのだ。

『とにかく。……お前も割とそこそこ、強くはなって来てるんじゃない？』

『…………!!』

それからも、リーシェは度々ヨエルと行動を共にしてきた。もっともヨエルの睡眠好きは、剣術好きと同じくらいに根が深い。

『おはようございますヨエル先輩！　最近朝はなんとなく起きて下さるようになりましたよね、良い調子です！　それではそろそろ、朝の訓練に参加しましょう！』

『いらない。行かない。訓練はルーシャスひとりで行って来ればいいだろ……』

『あ、あと一息なのに……!!』

こんな調子で見送られる日が大半だ。それでも同室生活が一年を過ぎた辺りからは、『先輩』としてリーシェに接してくれることが増えていった。

それどころか、なんとヨエルはこの頃になると、先輩という響きが案外気に入ってきたらしい。

『……先輩だから、他の奴らじゃなくて俺が教えてあげる。先輩だからね』

こんな風に、周囲の年長騎士たちいわく、『ヨエルが一人前に先輩風を吹かせるようになった』と揶揄《からか》われるような行動も増えて来た。

『団長の座学から逃げ出したいときの抜け道は、この生垣と裏の水路にひとつずつあるよ。本当は誰にも秘密だったけど、後輩相手じゃ仕方ない……』

『あ、ありがとうございますヨエル先輩。僕が使うことは恐らく無いですが……』

『その代わり俺が寝落ちしたときは、お前が俺を起こしてね』

『はい！　それはもう、後輩として当然に！』

『ふはっ』

リーシェがぴしっと背筋を正して言うと、ヨエルは楽しそうに目を細めて笑ったのだ。

『……なかなか可愛《かわい》い後輩じゃん』

（なんだかよく分からないけれど、ヨエル先輩がご機嫌だわ……）

ヨエルは少しずつ、けれども確実に、先輩としてリーシェに接してくれるようになっていった。

彼は貴族家の末っ子であり、入団以来ずっとこの隊の最年少だったらしい。『ルーシャスって呼ぶのが面倒臭い』という理由から、リーシェのことを『ルー』の愛称で呼ぶようになったヨエルは、意外にも面倒見の良い一面を見せるようになるのである。

『しょぼくれた顔して、もしかしてまた厄介ごとに首突っ込んでるの？　うわ、面倒臭い……。面倒臭いけど、その所為《せい》でお前が朝の手合わせに来ないのやだから、俺も手伝ってあげる……』

別の日に、リーシェが『他の隊のお部屋で泊まり込みの宴会に誘われたので行って来ます』とヨエルに告げると、それも何故《なぜ》だか心配してくれた。

『……だめ。お前はどんなに遅くなっても、この部屋のこの寝台で寝なきゃ駄目。危ないから』

『危ないとは？　それに、深夜に出入りするとヨエル先輩の眠りを邪魔してしまいますが……』

『だーめ、ちゃんと帰っておいで。……じゃなきゃ、俺を朝起こす人がいなくなるでしょ』

（あのヨエル先輩が、睡眠よりも私を心配して下さるなんて……）

そのときは、もしかしてリーシェが女だと気付いているのかもしれないと、なんとなく不安にもなった。

（だとしたらいくらなんでも、表情に出たり、接し方が変わったりするわよね……？）

『ルー。返事は？』

『は、はい！　分かりました！』

時々そんな疑念に至りながらも、やはり考え過ぎだったと安堵《あんど》することを繰り返しながら、最初の一年は過ぎて行く。

『ルー、なにそれ夕飯？　訓練に夢中になってたら食堂が閉まってたって？　……待って、いくらなんでも茹《ゆ》でた芋に塩だけは無い。はあ仕方ない、俺が作ってやるからこっちおいで……』

あるときはそう言って、ヨエルの作った食事を食べさせてもらったこともあった。

『お前が今度の遠征に選ばれたの？　……俺も行こうかな。だってルーがいないと、俺は朝どうやっても起きられないし』

またあるときはそんな風に、目覚まし役として重宝されたこともあった。

『これから先に部屋を変わることがあっても、ルーは絶対に俺と同室だからね。俺は起こしてもらって遅刻せずに済むし、お前は時々俺に剣術を教えてもらえるし。ね、それでいいでしょ？』

『はい！　ですが出来ることならヨエル先輩、時々じゃなくて毎日教えていただきたいのですが！』

『えー……それはやだ。面倒臭い』

『ヨエル先輩!!』

そんな日々を送りつつ、六度目の人生が二年目を迎えたころ、ヨエルが眠そうに口にしたのだ。

『ガルクハインの動きがおかしいって、ルーの言ってた通りになった』

ヨエルの表情は、心なしかいつもより物憂げだ。

『……ガルクハインの皇太子が、父親を殺して皇位を簒奪《さんだつ》したんだって』

（……やっぱり、この人生でも……）

＊＊＊

『――ただいま戻りました、アルノルト殿下』

皇族用の屋敷に到着したリーシェは、荷解《にほど》きもせずに執務室のアルノルトを訪ねると、まずは手短に状況を告げた。

「船に捕らわれていた女性たちの解毒が完了したので、あとはこの街のお医者さまにお任せしています。皆さま明日にはお話が聞けると思いますので、事情聴取はそれ以降に」

『分かった』

『リーシェさま、我が君の戦闘行動にお付き合いいただき申し訳ありません。護衛を放置してご自身が積極的に動くことはおやめくださいと、何度も申し上げているのですが』

「お、オリヴァーさま、滅相も……」

アルノルトはまったく取り合っていない様子だが、リーシェとしては少し耳が痛い。

「それに、女性たちの応急処置もありがとうございます」

「いえ！　偶然にも、手持ちの薬草で調薬できる薬が効いて良かったです」

もちろん『偶然』は嘘《うそ》なのだが、にっこり笑って顔には出さない。それでもすぐに真摯な気持ちで、目の前のアルノルトに告げる。

「断片的なお話しか聞けませんでしたが、状況は明らかです。……あれはどう見ても、海賊の人攫《ひとさら》いによる人身売買」

アルノルトの青い瞳を見据えたまま、リーシェは尋ねた。

「殿下は最初から、この街でこの事件が起きていることをご存じでしたよね？」

「――――……」

それに今気が付いたかのような振る舞いは、果たして上手《うま》く出来ているだろうか。

かつてのリーシェは商人だった。商いに関する駆け引きのために、さまざまな人を騙《だま》してきたと思っている。

けれどもアルノルトのことだけは、騙せるかどうか自信がない。

（アルノルト殿下の目的が、この人身売買に関する調査であることは、最初から分かっていたわ）

青い瞳を見つめながら、リーシェはそっと考える。

（だって、私も同じだもの）

ウェディングドレスを仕上げるために、ベゼトリアの職人を選んだのも。

素材が不足することを分かっていながら、敢《あ》えてその糸での刺繍《ししゅう》にこだわったのも。すべてはアルノルトに怪しまれない理由で、この時期のベゼトリアの街に来るためだ。

リーシェはここで、重大な目的を果たさなくてはならない。

（この人身売買を止めなくては。……戦争のための『重要な武器』が、アルノルト殿下に渡ってしまう──……）

肘掛けに頬杖《ほおづえ》をついたアルノルトが、小さく息を吐いたあとに口を開く。

「……シャルガ国より先日、婚儀の招待への返事と共に書状が届いた。かの国で船などが襲われ、更には拐《かどわ》かしの被害が出ていると」

騎士の人生で聞いていた通りだ。あの頃のシャルガ国は、海賊による被害が甚大だった。

「シャルガの調査により、盗品はガルクハインで売買されている可能性が高いと分かったそうだ。金品はともあれ、被害に遭った人間だけでも救出したいと、その協力を要請されている」

「海賊たちは、このベゼトリアの街を商いに利用しているのですね」

「盗品を売り買いするには、それなりに大きな市場でないと足がつくからな。船から直接積荷を下ろせる街の中では、このベゼトリアが最も適している」

リーシェがベゼトリアを知っていたのは、騎士人生でヨエルに話を聞いたことがあるからだ。けれどもアルノルトは、彼自身の知識を持って予測した上で、的確にこの街へと当たりを付けていたらしい。

「シャルガ国がどのような犯罪行為に巻き込まれようと構わないが、海賊は別だ。海を隔てることは出来ないからな」

「シャルガ国の海域に出る海賊が、いつこの国の海を荒らすか分かりませんものね。ガルクハインはすでに、盗品や攫ってきた人の売買に利用されているようですし……」

リーシェは俯《うつむ》き、ぎゅっとドレスの裾を握り込む。

（その所為で、シャルガ国の『武器』がガルクハインに渡る。それがアルノルト殿下によって数年後の戦争に利用されるのも、海賊たちがガルクハインに売ったから……）

それからリーシェは、もうひとつ確認しておきたかったことを確かめる。

「この一件も、お父君には内密に動かれているのですか？」

「耳に入れるとなおさら面倒だ。あの男がどのような思惑を持つか、おおよそ予想はついている」

（だからこそ、アルノルト殿下がベゼトリアを訪れるにあたっては、私との『婚前旅行』という名目がちょうどよかったのね）

リーシェはアルノルトの戦争を阻止したい。

そしてそれと同じくらい、海賊行為や人身売買も止めたかった。それに、騎士人生でのヨエルのこともよく知っている。

「私にもお手伝いさせて下さい。アルノルト殿下」

「……」

決意も新たに彼へと請えば、アルノルトは溜《た》め息《いき》をついた。

「リーシェ」

「ごめんなさい、ずるいですよね。……私のお願いをアルノルト殿下が無下に出来ないと、それを分かった上でねだっています」

オリヴァーがアルノルトを一瞥する。アルノルトは僅かに目を伏せたあと、口を開いた。

「……分かった」

「っ、ありがとうございます！」

リーシェはぱあっと目を輝かせる。そして、心の中でもう一度アルノルトに詫《わ》びた。

（私の目的は、アルノルト殿下の目的を……戦争を、阻止すること）

すなわち、アルノルトの願いを阻むことだ。

それを打ち明けないままで、いわばアルノルトの不利益になるように動いている。到底許されないことだとは、十分に自覚していた。

（アルノルト殿下を裏切っているのだもの。せめてそれ以外の部分では、誠心誠意この方をお助けしなくちゃ……）

そんなことを考えていると、オリヴァーがアルノルトの方に歩み出る。

「それはそうと我が君。現在女性たちの護衛につけている近衛騎士《このえきし》ですが……」

「恐らくはまだ被害者がいるはずだ。護衛の編成を再考する」

アルノルトが仕事を再開する気配に、リーシェはそっと手を挙げた。

「それでは私は先ほどの、ええと……ふわふわ髪で眠そうな剣士さまのご様子を見て参りますね」

「……」

船の中で捕らわれていた女性たちは、それぞれ医者の所に運ばれた。

そんな中でヨエルだけは、『個別に事情を聞く必要がある』というアルノルトの判断から、この屋敷に運び込まれたのだ。

この人生で再会したヨエルについて、リーシェは名前すら知らないことになっている。現時点ではヨエルのことをなんと呼ぶか迷い、端的に表す言葉を選ぶことにしたのだが、アルノルトは思いっきり渋面を作った。

「……お前が診るのか」

「はい、そろそろ目を覚まされる頃合いかと。今後の調査のためには、あの方から早くお話が聞けた方が良いですよね？」

「…………」

アルノルトは黙って立ち上がると、首を傾《かし》げるリーシェの傍《そば》まで歩いてくる。

「仕方がない。だが」

「？」

それからアルノルトは、珊瑚《さんご》色をしたリーシェの髪に触れた。

「くれぐれも注意しろ」

「ひわ……っ!!」

髪を梳《す》くように撫《な》でられたため、驚いておかしな声が出る。ぱっと両手で口を塞いだリーシェは、真っ赤な顔でアルノルトを見上げた。

「近衛に指示を出し終えたら、俺もそちらに行く」

「お、お忙しいのですから殿下は大丈夫です！　あのお方はなんというか……そんなに悪い人ではなさそうでしたし！　ええ、すごく！　やさしそうで！　良い人そうでした！」

「…………………………」

（アルノルト殿下にとっては、ヨエル先輩もすっごく怪しい人物だものね……）

アルノルトはもう一度、リーシェに言い聞かせるように繰り返す。

「俺も行く」

「……っ」

これは心配を掛けている。

分かっているのに、その気遣いをどうしても嬉《うれ》しく感じてしまって、そんな自分に困り果てた。

「分かりました！　ひとまずあの、行って参ります……！」

「リーシェさま。本当にお気を付け下さいね」

「ありがとうございます、オリヴァーさま！」

何故か微笑《ほほえ》ましそうなオリヴァーに見守られながら、リーシェはあわあわと三階の部屋を出て、一階へと向かった。

（平常心、平常心……！　……だけどよくよく考えてみれば、アルノルト殿下はどうして私の髪に触れたりなさるの!?　うう、他意は無いと分かっていても……！）

階段の途中でぶんぶんと頭を振る。

（しっかりするの、いまはまずヨエル先輩！）

そして、辿《たど》り着いた客室の扉の前で口を開く。

「失礼します。お目覚めですか？」

ノックをし、返事が無いのを確かめてからそっと開けた。

扉は閉めず入り、寝台に近付く。サイドテーブルには、先ほど運び込んだ治療用の道具が置かれたままだ。

そこで、眠っているヨエルを見下ろした。

（……馴染《なじ》みの深い寝顔だわ……）

ふわふわした癖毛の赤髪に、白い肌。たくさんの女性たちが羨ましがる長い睫毛と、繊細な印象の整った顔立ち。

すうすうと寝息を立てているヨエルの顔を見ていると、ほんの数ヶ月しか離れていなかったような感覚と、やっと再会したかのような懐かしさが入り混じる。

（六度目の人生は、本当につい最近のことのようにも感じられるけれど……それでもいま過ごすこの人生とは、明確に道が繋《つな》がっていないことが、感覚で分かる）

過去の人生に関する記憶は、リーシェの中にはっきりと鮮明に残っていながらも、『現在』とは透明な壁で隔たれているような感覚だ。

まるで、寝台の中に居ながら先ほどまで見ていた夢を思い出す、そんな気持ちになるのだった。

あれは、アルノルトが各国に宣戦布告の通達を出したときのことだ。

『――アルノルト・ハインが先代皇帝を殺《あや》め、皇位を簒奪してから僅か二年。……まさか、これほど早くに自国内を改革して、世界各国の侵略に乗り出すとは』

いつも朗らかだった国王は、すべての騎士の前で張り詰めた表情を見せながら口にした。

『とはいえ我が国も二年の間、入念に準備を整えてきた。この国にガルクハインが攻め込んでくるとしても、恐らくはまだ猶予があるだろう』

その隣では騎士団長が、やはり難しい顔をして立っている。国王は小さく息をつき、こう続けた。

『案ずるな、我がシャルガ国は島国だ。ガルクハインが攻め込むには補給の問題もある上、歴史的に大陸内戦争ばかりしていたあの国は、海戦を不得手とするからな』

『陛下……』

『戦いの準備を始めてくれ。我らはハリル・ラシャと同盟を組み、協力してガルクハインを倒す。大陸側と海側から攻め込めば、十分に勝算はあるはずだ』

しかし、その考えは外れることになる。

シャルガ国が各国との同盟を結び終え、万全の体制でガルクハインと戦うための船を出そうとした矢先に、シャルガの国は絶望に染まったのだ。

『急ぎ申し上げます、陛下!!』

伝令は、張り詰めた声そう告げた。

『海上に敵船!! 掲げられた鷲《わし》の国旗から、ガルクハインの船かと……!!』

『っ、馬鹿な……!』

そうして海から現れた敵の姿に、誰もが信じられない思いを抱いたのだ。

『ガルクハインが何故、あの造りの軍船を所有している――……!?』

アルノルト・ハインの侵略戦争は、世界情勢に応じて柔軟に変化し、すべての人生において違う流れを辿った。

その結果、ガルクハインがこんなにも早く海を越えてくることは、過去人生の記憶があるリーシェにもまったく予想できなかったのだ。

騎士人生の最期の日を、リーシェはぼんやりと思い出す。

『殿下たちを例の場所へ、一刻も早く‼』

『我らの光、我らの主！　命を懸けて守り切れ、たとえ死んでも道を繋げ‼』

辺りを埋め尽くすのは、仲間の騎士たちの亡骸《なきがら》だ。

（――みんなもう、呼吸をしていない）

リーシェを「騎士に」と誘ってくれた気の良い国王は、幼い息子たちを守ろうとして、その目の前で殺された。

夜遅くまで熱心に指導をしてくれた団長も、父と母の死に泣きじゃくる王子たちを逃す中、それを庇《かば》って命を落とした。

島国であり、昔から周囲の各国と資源を争って戦ってきたシャルガ国の騎士団は、世界的に見ても兵力が高かったはずだ。

それでも、アルノルト・ハインの率いる軍勢には、まったく歯が立たなかった。

かつてヨエルに教わった『抜け道』を背に、そこを逃げているはずの王子たちを守るため、リーシェは必死に戦ったのである。

（ここで死んでもいい。私たちはどうなってもいい。……王子殿下方にお逃げいただくための時間を作る、ほんの一秒でもいいから……!!）

けれど、ガルクハインの軍勢とアルノルト・ハインに対抗出来たのは、ヨエルだけだ。

（……それなのにヨエル先輩は私を庇って、アルノルト殿下に殺された）

アルノルトの剣が、ヨエルの腹部から左胸にかけてを斬り裂いた光景が浮かぶ。

（あの瞬間、私が無事なのを確かめて、ヨエル先輩はやさしく微笑んだわ。……その少し後に私も、アルノルト殿下に左胸を貫かれて死んでしまったけれど……）

七度目の人生を送るいまのリーシェは、アルノルトの婚約者だ。そんな中で六度目の人生と同じように、寝台で眠るヨエルを見下ろしているのは、なんとも言えない気分だった。

「──ん」

ヨエルが身じろいで、ゆっくりと目を開く。

リーシェは居住まいを正し、かつてのヨエルに掛けたのとは少しだけ違う言葉で、挨拶をした。

「……おはようございます。剣士さま」

繰り返された瞬《まばた》きのあと、一見すると茶色に見える金の瞳がリーシェを眺めた。

「船内ではありがとうございました。あなたも薬を飲まされていたのに、他の女性たちを守るために戦って下さったのですね」

「……」

ヨエルはのそりと体を起こし、手の甲で目元を擦《こす》る。リーシェはドレスの裾を摘《つま》み、正式な礼の形を取った。

「指にある剣だこから、剣術の経験者と見込んで無理なお願いをしてしまい、申し訳ございませんでした。私はリーシェ・イルムガルド・ヴェルツナーと申します」

「…………」

無反応でこちらを眺めるヨエルに対し、内心で考える。

（一応名乗って見たものの、ヨエル先輩はきっと私に興味が無いわよね。騎士人生での初対面では、覚える気も関わる気も無いって言われたくらいだし……）

しかし、そのときだった。

「もう一回、教えて」

「え？」

ヨエルの手が、リーシェの手首をきゅっと握った。

白くて華奢に見えるヨエルの腕だが、骨格や筋肉の付き方はしっかりとしていて男性らしい。そんなことを客観的に考えながらも、リーシェは瞬きを繰り返す。

「君の名前。もーいっかい、俺に教えて」

眠そうに掠《かす》れたその声は、どこか甘えた響きを帯びていた。騎士人生で聞いたことがあるその声音に、リーシェは戸惑いつつ口を開く。

「り……リーシェ・イルムガルド・ヴェルツナーです」

「リーシェ。……リーシェ、リーシェ……」

ヨエルはリーシェの手首を掴《つか》んだまま、一生懸命に記憶しようとするかのように繰り返した。

騎士人生では偽名を使っていたから、ヨエルに『リーシェ』と呼ばれたことはない。その上に、かつては名前を覚えてもらうまであれほど苦心したのだが、今はあっさりと口にする。

「リーシェ。……俺と遊ぼう？」

「え……あ、あの」

「君が船室から出て見えなくなっても、船内に響く足音で、どんな戦い方をしているのか分かったよ。……体重が軽い女の子の足音、君でしょ？」

ヨエルは静かにリーシェを見つめた。

「なんだか不思議だけど、俺と近いタイプの剣術を使う、そんな音がしてた」

（……見てもいないのに、足音でそこまで分かったの……？）

騎士人生でリーシェが得たのは、令嬢時代に習った剣術よりも正確な技法だ。その中でも、腕力ではなく身軽さや瞬発力で戦うヨエルの剣術は、リーシェの剣に大きな影響を与えている。

ヨエルはたったのあれだけで、それを見抜いたということらしい。

「だから、ね？」

何かをねだるような、そんな声音だ。

それでいて、決して獲物を逃すつもりのない響きを帯びた声が、リーシェに向けて告げる。

「……俺と、殺し合いごっこで遊ぼうよ」

「！」

いつもより低くなったヨエルの声に、本能的な危機感が芽生えた。

（六度目の人生のヨエル先輩は、私に対しては無関心から始まったけれど）

リーシェはこくりと喉を鳴らす。

（今度の人生は違う。眠りと剣術にしか関心のない先輩に、興味を持たれてしまったんだわ……）

これは、ある意味で失敗だ。

ヨエルに手首を掴まれたリーシェは、体を少し後ろに引きながらも尋ねた。

「あ、あの、剣士さま。お話の前に、あなたのお名前とお立場もお聞きしたいのですが」

「……俺の話なんて、勝負に必要……？」

ヨエルは眠そうに顔を顰《しか》めながらも、渋々と口を開く。

「……ヨエル・ミルカ・ロイヴァス。シャルガの騎士」

「ヨエルさま」

これでようやく彼の名を呼べるようになった。リーシェは、誤って『先輩』と口にしてしまわないように気を付けながら、言葉を続ける。

「生憎《あいにく》ですが、その『勝負』のお申し出を受ける訳には参りません」

「なんで。俺、ちゃんと名乗ったのに……」

むすっと拗《す》ねた顔のヨエルが、リーシェのことを見上げる。

「それはですね」

「！」

リーシェは護身術のひとつを使い、瞬時にヨエルの手を振り解いた。

空いた手で素早く相手の指を押し剝がし、掴まれた方の腕を回す。両手を自由にした上で、ヨエルの肩をとんっと押した。

「うあ」

それだけでヨエルは寝台に沈み、手の甲を目元に押し当てて呻《うめ》き始める。

「…………まわる……。ぐるぐる、視界が…………」

「海賊に薬を飲まされたのでしょう？　まだ抜け切っていないので、何卒《なにとぞ》ご安静に」

リーシェはきっぱり言い切って、寝台から少し離れた場所でヨエルを観察した。

（六度目の人生で聞いたお話。……潜入捜査でガルクハインに向かったヨエル先輩は、攫われた女性たちを助けた後、アルノルト殿下に会ったと仰っていたわ）

ガルクハインの話を聞きたかったリーシェが、眠る前のヨエルに語ることをねだったのだ。

二段重ねの寝台の下段で、上段にいるヨエルの語ることを聞き、ガルクハインのことを想像してみた夜は何度もある。

『ヨエル先輩、よくアルノルト・ハインへ斬り掛からずに我慢なさいましたね』

『いや、俺がそこで我慢なんてするわけないでしょ。もちろん剣を構えたよ』

『構えたんですか!?』

『ふふん』

『いえあの先輩、誉《ほ》めていないですからね！』

ヨエルは『けれど』と言葉を零《こぼ》した。

『あの男、俺に対して剣を抜きもしなかった』

『――……』

そのときのことを思い出したリーシェは、寝台のヨエルを見下ろして息を吐く。

「ヨエルさま、ひとまずあなたにご説明を。先ほど船内にいらっしゃった黒髪の殿方は、ガルクハインの皇太子、アルノルト・ハイン殿下です」

「……あのひと？」

ヨエルはやはり、興味を示した。その金色の目を細め、記憶の中に彼の姿を思い描いたのだろう。

「道理で、足音ひとつだけでも只者《ただもの》じゃないと思った……。あれが、たったひとりでいくつもの戦場を落としたっていう……」

「ですがヨエルさま」

リーシェは騎士人生と同じように、ヨエルに対して言い聞かせる。

「くれぐれも、アルノルト殿下に向かっていきなり剣を抜いてはいけません」

「……なんで」

「ちなみに斬り掛かるのも禁止です」

「なんで」

「それはもう、あらゆる理由から！」

「…………」

ヨエルは心底納得がいかないようで、むうっとくちびるを曲げた。

「……別に、君の許可なんかいらないし」

（騎士人生で先輩と同室になる前の私だったなら、きっと途方に暮れていたでしょうね。けれども
いまは、ヨエル先輩への対処法がはっきりと見えているわ）

最終的には団長から、『ヨエルの手綱を握れるのはルーシャスしか居ない』とまで言われたのだ。

ヨエルを惹《ひ》きつける言葉について、いまのリーシェは熟知している。

「もういいよ。君が遊んでくれないなら、『アルノルト殿下』を探してでも……」

「ヨエルさま」

体を起こそうとするヨエルに向けて、リーシェはにっこりと言い放つ。

「――アルノルト殿下との手合わせについて、交渉をお手伝いしましょうか？」

「！」

まるで耳の良い動物のように、ヨエルはぴんと反応を示した。

「……手合わせの、交渉？」

その眠そうな双眸に、そわそわした光が揺れ始める。

「ヨエルさまだって、不意打ちめいた方法でアルノルト殿下と剣を交えるよりも、真っ向から本気
の勝負をしてみたいですよね？」

「……真っ向から、本気の勝負……」

ヨエルはゆっくり体を起こすと、寝台のふちにちょんと座ってリーシェを見上げる。

「したい」

「ふふ。そう仰るような気がしていました」

すっかりリーシェの話を聞く態勢になったヨエルに対して、心の中でそっと詫びた。

（ごめんなさいヨエル先輩。私が提案させていただいたのは、あくまで『交渉』をするだけです。……手合わせが絶対に出来るとは決して言っていない、完全なる悪徳商人のやり方ですが、これもヨエル先輩のためですので……！）

胸は痛むが、アルノルト相手に剣を抜かれて外交問題にする訳にはいかない。六度目の人生では事なきを得たようだが、今度もその通りに運ぶとは限らないだろう。

「アルノルト殿下への交渉を行う代わりに、私たちにもご協力いただけませんか？」

「協力？」

「アルノルト殿下の下には、シャルガ国王陛下からのお手紙が届いているそうで。……あなたは恐らく、海賊による人身売買事件を探るため、シャルガ国からいらしたのですよね」

すると、ヨエルは訝《いぶか》るように目を細めた。

「……そういえば、そもそも君ってなに？」

「なに、と仰いますと……」

「ふわふわで、珊瑚色のお菓子みたいな見た目なのに。船の中に飛び込んで来て、その細い腕であいつらと戦ったんでしょ？」

ヨエルは立ち上がり、裸足《はだし》のままぺたぺたとリーシェの前に歩み出た。

「女の子だけど、ガルクハインの騎士？　でも、アルノルト殿下に交渉できる立場。変なの」

「ヨエルさま。立ち上がると、また目眩《めまい》が……」

「第一に、アルノルト殿下はあの船の中で、俺から君を守るように立っていた――……」

ずいっと間近にリーシェの顔を覗《のぞ》き込んだヨエルが、瞳の中を見透かすように目を細める。

『リーシェ。君は一体、アルノルト殿下のなんなの？』

「……私は……」

後ろからこつこつと聞こえてくる靴音に、リーシェは当然気が付いていた。けれど、次の瞬間にされたことは、予想だにしない上に緊急事態だ。

「ひゃあああっ!?」

後ろに立った人物から、ふわりと抱き上げられたのである。

咄嗟《とっさ》にその肩に手を置くが、触れてしまったことを後悔する。接触している部分が増えれば増えるほどに、リーシェの心臓は跳ねるばかりだ。

見下ろした先には、ヨエルに向かって不機嫌そうなまなざしを向ける、アルノルトの姿があった。

「――妻だが」

「まっ、まだ、婚約者の身の上にしか過ぎないのですが……!?」

アルノルトに平然と抱えられたリーシェは、一気に頬が火照るのを感じながら、どうにか言葉を発することに成功する。

「………………」

ヨエルは胡乱《うろん》げな顔をしたあと、アルノルトに抱えられたリーシェのことを指差した。

「……『妃殿下』？」

「まだ婚約者の身の上ですってば！」

ヨエルに対しても説明しつつ、リーシェは内心で大慌てだった。何しろ、恋心を自覚した相手であるアルノルトが傍にいるばかりでなく、その腕に軽々と抱き上げられているのだ。

（殿下にこんなにくっついていたら、どきどきしすぎて息が出来なくなっちゃう……！）

まだ声が出るうちに、リーシェは小声で訴えた。

「で、殿下……！」

「……」

降ろして欲しい気持ちが伝わったのか、アルノルトは左手でリーシェの背中を支えながら片膝をつく。ただ手を離すだけでも良いはずなのに、リーシェを気遣った丁寧な降ろし方だ。

「怪我《けが》は無いな？」

離れ際、リーシェを労《いた》わるようなまなざしを向けながら、アルノルトが念を押した。

（ヨエル先輩が私に詰め寄っているのを見て、手早く引き離そうとして下さったんだわ。だから突然の抱っこだったのね……）

急に抱き上げられて心臓に悪かったが、リーシェのためにそうしてくれたのだ。アルノルトを安心させるために、こくこくと頷《うなず》いた。

「だ、大丈夫です！　この方はこう見えて紳士的で、危ないことはありませんでした！　何も！　大丈夫です、やさしい人ですし安全です！」

「…………………………」

アルノルトが僅かに目をすがめる。その海のような青色を持つ瞳が直視出来ず、リーシェは大急ぎで話を進めることにした。

「こ……こちらの方はヨエルさまと仰って、やはりシャルガ国の騎士さまのようです」

「……」

（興味がなさそうなお顔だわ……）

一方のヨエルはといえば、アルノルトを真剣に観察し、じいっと一心に見詰めていた。かと思えばいきなり視線の矛先を、リーシェに切り替える。

「……ねえ君。さっきの『交渉』は？」

「交渉？」

「そ、その件は場を改めて……!!」

アルノルトが目を眇《すが》めたので、リーシェは大慌てでヨエルに手振りを示した。アルノルトがここで即座に断れば、ヨエルの協力を得ることが難しくなる。

「それよりもヨエルさま、顔色が」

元々が色の白いヨエルだが、いまは輪をかけて青白い。リーシェの言葉を聞いたヨエルは、思い出したように額を押さえた。

「……気を抜くとぐるぐるして、気持ち悪……」

「大丈夫ですか!?」

蹲《うずくま》ったヨエルを見遣りもせず、アルノルトは淡々と口にした。

「目覚めても、使い物になるのはまだ先のようだな。リーシェ、一度上の部屋に戻るぞ」

「お、お待ちを。ヨエルさまを床から引き上げて、寝台に寝ていただきますので」

「……」

アルノルトは溜め息をついたあと、ヨエルの傍に行こうとしたリーシェを手で制する。そのあとで、ヨエルの腕を雑に掴んだ。

「立て」

(アルノルト殿下が、他の方のお世話を……!)

その振る舞いにびっくりする。アルノルトがやさしい人であるのは知っているが、敢えて露悪的な行動ばかり取るため、こんな光景は珍しい。

「う……」

ヨエルはゆっくりと顔を上げて、アルノルトのことを間近に見詰める。その瞬間、金の瞳の瞳孔が、まるで猫のように開かれたような気がした。

「……あなたが一歩を踏み出す動きだけでも、全部に無駄がないって分かる」

そう言ったヨエルこそ、これだけでアルノルトの力を測れたということだ。

「あなたが俺たちの国に攻め込んできたら、きっと俺も含めてひとたまりもなく、全員殺されるんでしょうね」

「――――……」

アルノルトは、その言葉にも興味を示さない。

ヨエルの腕から手を離すと、寝台に向けてとんっと押す。ヨエルはふらつくように寝台に座り、大きく息をついた。

「……ね。リーシェ妃殿下」

（……ヨエル先輩……）

彼のくちびるは、楽しそうに微笑んでいる。

（騎士人生のヨエル先輩は、後輩である私に目を掛けてくださっていた。けれど今回の人生では、あのときのような関わり方をすることは出来ないわ。……アルノルト殿下の婚約者として接するヨエル先輩が、こんなにも危うい存在だなんて）

人間関係というものは、立場が変われば変化してしまう。繰り返す人生において、かつての顔見知りに再会して関わる度、リーシェはそのことを思い知らされるのだった。

ここにいるヨエルは、リーシェのよく知る『先輩』でありながらも、いまは他国の騎士なのだ。

「『交渉』のこと、約束だからね。……絶対」

「……」

そう言ってヨエルは、自らぽすんと寝台に倒れ込むと、あっというまに寝息を立て始めた。

「リーシェ」

僅かに緊張していたことを、鋭いアルノルトは察しただろうか。リーシェは小さく息をつき、彼のことを見上げる。

「ヨエルさまとの交渉については、後でアルノルト殿下にお話しいたします。ひとまずは、殿下と一緒に上のお部屋に戻ってもよろしいですか？」

「――ああ」

（よかった）

アルノルトが肯定の返事をしてくれるだけで、心がほっと解けるような気がする。だが、それで思考まで腑抜《ふぬ》ける訳にはいかない。

（気を引き締めなくちゃ。ヨエル先輩の情報を元に、人攫いを解決するのがここでの目的。アルノルト殿下の手腕であれば、きっと解決は容易《たやす》いはずだけれど……殿下に頼るだけでは駄目だわ）

先を歩くアルノルトの背中を見詰めながら、リーシェは自分にも言い聞かせる。

（この事件によって、シャルガ国からあの情報が流出してしまう。それこそが未来で起きてしまう戦争において、アルノルト殿下の世界侵略の武器になるんだもの……）

騎士人生で見た光景を、リーシェは決して忘れない。

真っ黒な海の果てに浮かび上がったのは、突如現れた無数の船だ。

『ガルクハインが何故、あの造りの船を所有している――……!?』

あれこそが、アルノルト率いるガルクハイン軍の強力な武器のひとつだった。

(――島国シャルガの持つ国家機密。海戦と長期航海、どちらにも耐え得る船の造船技術)

リーシェは無意識に、きゅっとドレスの裾を握り締める。

(海賊によって攫われたシャルガ国の技術者が、ガルクハインに知識をもたらすわ)

その結果、ガルクハインは海向こうの国々を侵略できるようになる。

(……アルノルト殿下が、戦争のための道具として『船』を得ることは、阻止しないと……)

それこそが、アルノルトの戦争を止めるために、リーシェがこの街で果たそうとしていることなのだった。

＊＊＊

この街の運河に流れる水は、海と同じ青色を帯びている。

散策用の軽やかなドレスに着替えたリーシェは、かすかに潮の香りがする風に胸を弾ませながら、橋の下の透き通った水に目を輝かせた。

「ご覧くださいアルノルト殿下、お魚！」

「そうだな」

隣を歩くアルノルトは、目の前の事実を淡々と肯定する。だが、リーシェがもう少し下を見たくて欄干に手を掛けると、アルノルトは肩を抱くように触れてきた。

「びゃ……っ」

「あまり身を乗り出すな」

至近距離で目が合ったアルノルトは、やはり淡々とこう続けるのだ。

「風が強い。お前は軽いから、突風が吹くと煽《あお》られて落ちるぞ」

「!? いえ、そのようなことはありませんからね!?」

「ふ」

びっくりしてそう告げると、アルノルトは面白がるように目を細める。ほんの少しだけ笑う表情に、心臓がますます早鐘を打った。

「あの、アルノルト殿下」

「なんだ」

リーシェはちらりと辺りを窺《うかが》う。

「……オリヴァーさまの仰っていた、『仲睦《なかむつ》まじい様子を国民の方々に見ていただく』ことは、これで達成できているでしょうか……?」

「……」

そう尋ねると、アルノルトもリーシェと同じように、けれども面倒臭そうに周りを一瞥した。

この橋の上には、現在アルノルトとリーシェの他に、離れた場所から近衛騎士たちが追従してきている。さらに離れた場所からは、通りすがりに噂《うわさ》を聞き付けた人々が、物珍しそうにリーシェたちを見詰めていた。

護衛が人々を遠ざけているため、なんとなくの表情しか分からないものの、どうやら笑顔で見守ってくれているようだ。

先ほどのオリヴァーは、ヨエルの客室から戻ったリーシェたちに向けてこう言った。

『――お部屋で引き続き作戦会議を？　ははは。何を仰っているのですかおふたりとも』

『………………』

『今回の名目は婚前旅行ですよ？　どんどんご一緒に外出の上、仲睦まじいところを国民に印象付けていただきませんと』

『お、オリヴァーさま？』

『そうでなければ、婚儀直前のこの時期に皇都を離れるなど不自然ですから。作戦会議をなさるのであれば、ウェディングドレスを合わせに行く道すがらにでもいかがですか？』

『いえ、ドレスは明日の予定で……！』

『でしたら河辺の散策ですね。未来の皇太子ご夫妻として、民衆に円満ぶりを見せ付けていただければ幸いです。はい、それではいってらっしゃいませ！』

『あ、あわわわ!!』

『…………………』

そんな調子で、有無を言わさずに外出の流れとなってしまったのだ。そのときのことを思い出したのか、アルノルトは僅かに眉根を寄せる。

「オリヴァーが口うるさく言うのは放っておけ。あいつであれば本来、たとえ俺たちが一歩も外出しなくとも、それをいかようにも表現して筋立てを整えるはずだ」

（アルノルト殿下はやっぱり、分かりにくくてもオリヴァーさまを信頼していらっしゃるのよね）

遠くに見える人々は、やっぱりにこにこと微笑ましそうだ。リーシェはそれが気恥ずかしくて、意味もなく運河の方に視線を向ける。

（殿下と仲睦まじくすることも、婚約者である私の役割。それは十分に分かっているのだけれど、でも）

やっぱり心配になってしまう。

（……婚約者の立場を悪用した、職権濫用と言うのでは……!?）

だって、リーシェはアルノルトの思惑により、何らかの目的があって婚約者に選ばれたのだ。

（婚姻の儀を理由に、誕生日に口付けまでねだってしまったもの。その上好きな人にこんなにくっついて、なんだか良くないことをしているような……）

「……？」

落ち付かない気持ちでいると、アルノルトが不思議そうなまなざしをした。

「――ああ」

何かを思い出したらしき彼が、リーシェを見遣る。

「そうだったな」

「殿下？」

大きな手が、やさしくリーシェの手を取った。

「ひゃ……」

遠くで見ている人々がざわめく。

アルノルトはリーシェの手を誘導して、彼のシャツの袖口を握り込ませた。

リーシェが驚いて彼を見上げると、アルノルトは柔らかなまなざしでリーシェに尋ねる。

「『訓練』とやらは、これでいいのか？」

「…………っ!!」

それは、とても穏やかな声だった。

船の上で結んだあと、戦闘が始まって離した手を、もう一度繋いでくれたのだ。アルノルトにとっては意味のないことのはずなのに、改めて叶《かな》えようとしてくれる。

「……ありがとうございます、殿下」

ぎゅうっと大事に握り締めて、リーシェは俯いた。

（それから、本当にごめんなさい……）

それでもリーシェの方からは、どうやったってこの手を離せそうにもない。

初めて知った。恋という感情は、こんなにも厄介なものだったのだ。

「……」

アルノルトは、彼の袖を握ったリーシェの手を見下ろしたあと、運河の水面に視線を向けてから口を開く。

「――人間を売り買いすることは、多くの国で禁じられている」

彼の言葉に、リーシェはやっと顔を上げることが出来た。

「当然この国でも同様だが、拉致された人間が運び込まれた事実がある以上、国内に人身売買を手引きする者がいるとみて間違いないだろう」

こういった会話であれば、比較的落ち着いて交わすことが出来る。そのことに内心で安堵しつつ、リーシェは言った。

「お助けした女性の皆さまは、薬を飲まされた以外は健康を損なうこともなく、乱暴なことをされた痕跡もありませんでした。海賊たちが、それほど丁重な扱いをするということは……その、あまりこのような言い方をしたくはありませんが……」

「安値の奴隷として拉致した訳ではなく、『高額商品』だということだ」

リーシェが言い淀《よど》んだ言葉についてを、アルノルトははっきり口にした。人間に値段がつくことを悲しく思いながら、リーシェは頷く。

「……そうなると、顧客層が限られて来ますよね？」

「その観点で調査している。取引が行われている場所と日時、参加しうる人間と、商人側だ」

（アルノルト殿下はこれを見越して、今回同行の近衛騎士に『あの人』を選んだのね）

赤い瞳の男性を思い浮かべつつ、リーシェは続けた。

「それから殿下、もうひとつ。皆さまの手当をしながらお話を聞いたのですが、攫われた女性は全員が高貴な身分のお方でした。恐らくですが、シャルガ国はその被害傾向を把握しており、だからこそヨエルさまを囮《おとり》の被害者として海賊に攫わせることが出来たのでは」

もっともヨエルは女性ではないのだが、それでも貴族家の次男だ。潜入捜査をするにあたり、家の名を使った可能性はある。

騎士人生において、この辺りの詳細を聞いたことはなかったのだが、恐らく予想は外れていないだろう。

「商いで重要なのは『損失を出さずに利益を出す動き』であると、タリー会長にお聞きしたことがあります。何処《どこ》かから品物を運んで来て売る場合、その帰り道に売り上げだけ持って帰るのではなく、今度は行った先で仕入れたものを帰って売るのが望ましいと」

「……」

「アルノルト殿下。海賊たちにとって、ガルクハインは商いの場だけではなく……」

リーシェはアルノルトを見上げ、真《ま》っ直《す》ぐに告げた。

「高貴な女性を攫う狩り場。……『仕入れ』の場にもなり得るはずです」

「――――……」

リーシェがいま口にしたことを、アルノルトは既に予想していたのだろう。

シャルガ国で攫った女性をガルクハインで売った海賊たちは、ガルクハインでも同じように人を攫い、別の国に売ろうと目論《もくろ》んでいるかもしれないのだ。

そのときリーシェたちのもとに、ひとりの騎士が歩み出た。

「ご報告申し上げます。アルノルト殿下、リーシェさま」

にこりと笑ったのは、ごく最近アルノルトの近衛騎士に加わった人物だ。

とはいっても、それは表向きである。本人曰《いわ》く、『ガルクハインの騎士団を国防の参考にする代わり、アルノルトに協力することになっている』と話していた人物が、赤い瞳を細めて笑った。

（ラウル……）

諜報《ちょうほう》組織の頭首である狩人のラウルが、大袈裟《おおげさ》なまでに恭しい一礼をする。

「ご夫婦で仲良くお過ごしのところ、お邪魔してしまって面目ございません。私めとしても、このように野暮な振る舞いは断腸の思いなのですが……」

「無駄口はいい。さっさと必要なことだけを報告しろ」

「そう急《せ》かすなよ殿下。せっかくご所望の情報をお持ちしたっていうのに」

他の騎士たちはまだ遠くにおり、引き続き国民たちを近付けないように警護してくれていた。こうして三人で話す声は、他の誰にも聞こえていないだろう。

「貴族や富裕層向けにデカい商売をしている商会は、ざっと見ただけでもかなりの数がある。だけど諸々《もろもろ》を鑑みると、俺から見て一番きな臭いのは、『巨大な客船での夜会に大勢の金持ちを招いて、そこで品物を見せながら商談する』っていう形態のところだ」

「客船での夜会……」

「時間になると船が出航して、沖合に停泊したまま飲み食いする趣向らしい。一見すると陽気な酒宴だが、部外者を徹底的に排除した、秘密の取り引きをしているようにも思えるよな？」

それを聞いて、リーシェはおおよその想像がついた。

「そこで選んでいるんだわ。秘密の品物を売る相手……あるいは、次の商品として攫う相手を」

リーシェがアルノルトを見上げると、彼は溜め息をついた。

（……こんなとき、私が何を言い出すか、アルノルト殿下はもう察していらっしゃるわよね）

けれどもアルノルトは、まずラウルにこう告げる。

「被害者たちに裏付けを取れ。回復しきっていなくとも、その程度なら話は出来るだろう」

「はいはい、人使いが荒いなんて文句は言いませんよ。船上での商談に招かれたことがあるか、攫われたときのきっかけと併せて質問して参ります。だが、悠長なことは言っていられない」

ラウルは運河の向こう側、その果てにぼんやりと見える海へと目を遣った。

「探ったところによると、次の船上夜会はどうやら今夜だ」

「今夜!?」

「乗客リストはこちら。この国の貴族じゃなくて、周辺諸国から観光に来た貴族が多いようだな」

（やっぱりラウルは凄《すご》いわ。この短時間で、ここまで調べ上げるなんて）

リーシェは驚きつつも、アルノルトが手にした一覧を一緒に覗き込む。

「本当に、ガルクハインの貴族の方々はいませんね」

「俺たちが観光に来ることは、近隣の貴族連中にも通達されているからな。この手の予定はすべて取りやめて、俺たちに取り入るためのあらゆる招待状を送り続けているんだろう」

「そういえば私の所にも、ご令嬢方からのお茶会の誘いが……」

「どーします？　殿下」

ラウルに尋ねられたアルノルトは、淡々と言葉を紡ぐ。

「夜会の場で客の選定を行なっている以上、船内には売買組織の中心人物がいるはずだ。出航前に船を包囲して叩《たた》けば、それでどうにかなるとも言えるが――」

アルノルトがリーシェに視線を向けたのは、リーシェがそれに反対すると読んでいたからだろう。

「アルノルト殿下。先ほどの海賊たちは、攫われた人が他にもいるような口ぶりでした」

「そうだろうな。被害があれだけであるはずもない」

「残る方々が船以外のところに監禁されていた場合、監禁場所を特定する前に売買組織を捕らえてしまっては、閉じ込められた被害者の方々を見付けられなくなってしまうかもしれません」

捕らえた罪人を尋問したところで、情報が出てくる保証は無い。

助け出した女性の様子を見た限り、商品として大切にされているあいだはきちんと世話をされているのだろう。しかし、売買組織が壊滅してしまうと、こちらが助け出すまで監禁されたままになってしまう。

「悪い人たちを捕まえる前に、女性たちの居場所を掴み、その安全を確保しなくては」

「だからと言って、未来の皇太子妃さま」

ラウルは肩を竦《すく》め、軽やかな口調で言った。

「今夜を逃せば、次の『商談』はいつになるか分からないぜ？　一刻も早く潰しておかないと、こういうのは長引くほどに被害者が増える。一体どうするおつもりだ？」

「それは……」

リーシェがちらりと見上げれば、アルノルトは眉根を寄せる。

「アルノルト殿下。おねだりしたいことがございます」

「……お前がここで何を言い出すかは、薄々予想がついている」

（やっぱり。さすがはアルノルト殿下だわ）

形の良い眉が歪《ゆが》んでいる。

「私、テオドール殿下からお聞きしているのです。テオドール殿下が先日、アルノルト殿下のご依頼によって、偽の身分を偽造したと……」

「……」

その依頼はオリヴァー経由だったそうなのだが、それを聞いたリーシェはとても感動した。あのアルノルトがテオドールに仕事を依頼するなんて、数ヶ月前には考えられなかったことだろう。

そのときの嬉しさを思い出しつつも、アルノルトのことを、じいっと上目遣いに見詰める。

「つまりはお持ちなのですよね？　ガルクハイン皇家とは別の、偽造された貴族家のご身分……」

「……リーシェ」

「なあ殿下。あんたの奥さん『偽物の貴族の身分』とかいう訳分からないものに対して、めちゃくちゃ物欲しそうな目であんたを見上げてるんだが!?　奥さま、まさか……」

元々察していたらしきアルノルトの後に、ラウルもなんだか気が付いたらしい。リーシェはそれに構わずに、おねだりを続ける。

「人身売買事件の中枢に踏み込んで調べるなら、近付き方はふたつではありませんか？　ひとつは彼らの顧客になること。しかしながら、商人がお客さまを信用するまでにはそれなりの期間を要します。今夜の夜会でいきなり『奴隷を売ってくれ』なんて交渉しても、捕らわれている場所の情報を探るどころか、怪しまれて排除されてお終《しま》いです」

だからこの手は使えない。

「残された手段はひとつだけ。こちらであれば、たった一夜の接触であろうとも『次』に進める可能性がある上に、上手くいけば女性たちが監禁された場所に連れて行ってもらえます」

「……」

「幸いにして、ガルクハインの貴族の方々は乗客に居ないのですよね？　ですから、殿下」

リーシェはにこっと微笑み、言わずとも分かっているはずのアルノルトに告げる。

「私が彼らの『誘拐対象』になります。攫うのに都合の良い貴族女性として目を付けてもらい、攫っていただいた上で、監禁場所までご案内いただきましょう」

「――――……」

その瞬間、アルノルトが諦めたように瞑目《めいもく》した。ラウルも顔を顰めつつ、半ば慌てたように言う。

「……いやいやいや。だったらまだ、俺や殿下が女装した方が」

「ラウルなら分かっているでしょう？　ヨエルさまのような華奢な体格の殿方でも、工夫しないと女性に見えるかどうか際どいもの。長身で体格の良いアルノルト殿下や同じく背の高いラウルでは、いくら美しく装えたって、女性に見せるのは難しいはずよ」

変装の名手であるラウルでも、子供や女性の変装はしない。骨格や身長というものは、どうあっても変えられないからだ。

「かといってヨエルさまにお任せするのも、船内の行動が予想できません。私が囮になるしか、方法は無いかと」

そのとき、アルノルトがリーシェに対し、まったく予想もしていなかった言葉を向ける。

「……ならば、条件がある」

「へ？」

リーシェはこのときまだ、気が付いていなかったのだ。

たとえば、リーシェの突飛な行動に対し、アルノルトが少しずつ慣れて来つつあることも。

それどころか、ある種反撃のような手段を得つつあることも。

「――アルノルト殿下!?　そ、その作戦は……!!」

そしてリーシェは、提案した囮作戦において、思わぬ事態に身を投じることになるのだった。

＊＊＊

その夜、港につけられた大型客船には、煌《きら》びやかに着飾った乗客たちが乗り込んでいた。

乗船手続きをしているのは、ベスト姿の男性だ。男性はリーシェに気が付くと、笑顔を向けて歩み寄って来た。

「ようこそお越しいただきました。あなたさまは、トゥーナ公爵閣下からご紹介いただいた……」

今夜のリーシェが纏《まと》っているのは、手持ちのドレスの中では露出の多い紺碧《こんぺき》のドレスだ。髪をアップにし、しゃらしゃら揺れる耳飾りを付けたリーシェは、手続きの男性に礼をする。

「初めまして。ベルンシュタイン子爵の妹、『リゼ』と申します」

夜会姿に着飾ったリーシェは、にこりと微笑みを浮かべる。扇子を手に、ごく自然な振る舞いで偽名を名乗った。

「友人のコルネリアさまからこちらの会の評判を聞き、急な我《わ》が儘《まま》を申し上げました」

「滅相もございません。ガルクハインで新たに興されたご家門とのことで、我が商会のご案内が遅れており申し訳ありませんでした。船内では支配人も、ご挨拶の機会を待ち侘《わ》びております」

この夜会に潜り込むために、リーシェたちは大急ぎで準備をした。巻き込んでしまった人々に申し訳なく思いつつ、リーシェは心の中でどきどきしている。

（だ……大丈夫かしら。私、うまく『お買い物に来た子爵令嬢』を演じられてる……？）

少々の演技めいた振る舞いであれば、これまでにも何度か経験がある。しかし、今回リーシェが緊張しているのは、同行者の存在があるからだった。

（今回は少し、勝手が違うというか。なにせ一緒に来て下さるお方が……）

「ご家族はご一緒でなく、リゼお嬢さまおひとりのご乗船でよろしいですか？」

「……お買い物をするのは私ひとりです。ですが……」

そしてリーシェは、一歩ほど後ろに立つ人物に視線を向けた。

リーシェの傍に居てくれるのは、アルノルトだ。

「……」

普段のリーシェたちであれば、こういった場で先に話し掛けられるのは、皇太子であり未来の夫であるアルノルトになっている。

だが、今日は事情が違うのだった。

前髪を上げて普段は見えない額を出したアルノルトは、雰囲気が更に大人びている。一歩前に出てリーシェの手を取ると、いつもとは違う、恭しい口調でこう述べた。

「お召し物が濡《ぬ》れてしまいます」

「う……」

「波から御身をお守りすることは難しいので、もう少しこちらへ」

アルノルトは続いて静かな声で、リーシェをこんな風に呼んでみせる。

「──『お嬢さま』」

（ひえ……っ）

従者の顔をして紡がれる、その響きがなんだかとんでもなくて、リーシェは頬が火照るのを感じた。

商会の男性は、得心がいったように微笑んでみせる。

「なるほど、護衛をお付けなさるのですね。剣の持ち込みはご遠慮いただいておりますが、それでもよろしければ」

「は、はい、承知しております……！」

慌てて承諾したものの、動揺が出てしまったのだろう。そのとき、隣でリーシェを眺めるアルノルトがほんの少しだけ面白がるような目をしたことを、リーシェはしっかりと見逃さなかった。

『当然だが、俺もお前に同行する』

今日の昼間、商品候補として囮になることを提案したリーシェに対し、アルノルトは『条件』としてそう告げたのである。

『ですが殿下。首尾よく私が狙われたとしても、いきなり今夜攫われるということはないはずです。恐らく後日、秘密裏に計画が進むはずで、今宵《こよい》は恐らく安全だと思うのですが……』

『そういう問題ではない。第一、令嬢がひとりで出歩く方が不自然だろう』

アルノルトの言うことは尤《もっと》もだ。手間を掛けてしまうが、アルノルトも一緒に来てもらう方向で話を進めることにした。

『偽造した家名を名乗るのであれば、殿下と私は同一の家にしないといけませんよね。それでしたら、妥当に夫婦役を』

『――どうだろうな』

『？』

首を傾げると、呆《あき》れ果てた顔のラウルが発言した。

『……あんたら化け物夫婦のすることに、細かいことを言うのは一旦やめておくとして。俺も殿下と同意見だ、夫婦設定はやめておいた方がいい。下手すると作戦自体が無意味になる』

『無意味って、どうして？』

『奴隷候補として誘拐されに行くおつもりなら、連中の狙っている条件に当て嵌《は》まる設定じゃなきゃいけないだろ。助け出された女たちが何も乱暴なことをされていない以上、攫う女は清い体であることが必須条件のひとつなんだ。よって、既婚者は駄目』

『な、なるほど……』

しかし、そうなると少しややこしくなってくる。

『それではどうしましょう？　私たちが婚約者という名目にしてしまうと、もうひとつ架空の家門が必要になってしまって大変ですよね』

テオドールが偽造したという新しい貴族家は、なにも名前だけが作られた訳ではない。屋敷や業績などを、丁寧に積み重ねられた上での偽造だ。

『兄と妹に致しますか？　殿下が私のお兄さまで、私が妹というのは』

『兄妹で遠出の買い物に出るというのも、それはそれで不自然だろう』

『そ、そうでしょうか……』

そんなことは無いように思えるのだが、リーシェはなにせひとりっ子なので、その辺りの感覚には自信がない。

『貴族の身分が必要なのは、囮を演じようとしているお前だけだ。俺はそれが必要のない立場で、お前の傍にいることが自然な役割を務めればいい』

『？　それはつまり……』

アルノルトは、そこで目を細める。

『これが、お前に囮めいた真似《まね》をさせるにあたっての条件だ』

「殿下……？」

なんだか少しだけ意地の悪い、言うなれば意趣返しのような表情に見えるのは、果たしてリーシェの気のせいだろうか。続いて、アルノルトはこう口にしたのだ。

『俺は、お前の護衛である「従者」として同行する』

『え……』

数秒の後、リーシェは大きな声を上げた。

『えええええええっ!?』

＊＊＊

（まさか、こんな状況になるなんて……）

乗船手続きを終え、その大きな船に乗り込みながら、リーシェは俯きつつ考えた。

ちらりと見上げたアルノルトは、リーシェをエスコートしてくれている。けれどもそれは、いつものようにリーシェが彼の腕に掴まる形ではない。

手だけを取り、危なくないように誘導してくれる、護衛のそれだ。

「甲板は揺れます。足元にご注意を」

前髪を上げて額を出し、黒手袋を付けたアルノルトの姿は、その口調も相俟《あいま》ってなんだか知らない人のようだった。

その所為で、気を抜けばぼんやりとその顔を見詰めてしまう。

「お嬢さま？」

「あ……っ！　も、申し訳ありませ……」

「……」

リーシェが咄嗟に謝ろうとすると、アルノルトは目を眇めた。

「首飾りの留め具の位置がずれているようです。――私が触れることを、お許しください」

「!!」

アルノルトはリーシェを傍に引き寄せる。

それからリーシェの耳元にくちびるを寄せると、囁《ささや》くように名前を呼んだ。

「――リーシェ」

「み……っ」

窘《たしな》めるようなその響きに、少しだけ叱られているのだと分かる。

「『護衛』にそのような物言いをする主はいない」

「それは……」

心臓が早鐘を打つ中で、必死にアルノルトの声を聞く。彼は、僅かに掠れた声で言った。

「……上手く出来るな？」

「っ、う……」

リーシェはぎゅっと目を瞑《つむ》り、こくこくと頷きながら必死に返事をする。

「わ、分かりまし……」

「こら。それでは駄目だろう」

「うう……!!」

そして、やっとの思いで口を開いた。

「っ、わ、分かったわ！　……ちゃんと出来る、から……」

すると、アルノルトはくっと喉を鳴らす。

(笑った……!!)

アルノルトはリーシェから身を離すと、その畏《かしこ》まった言葉遣いを、涼しい顔で続けた。

「お手をこちらへ」

「……あ、ありがとう……」

あまりにも慣れないやりとりのあと、恋心という別の理由で緊張しながらも、リーシェはアルノルトの手を再び取る。

「間も無く船が出航いたします。大型船ですので揺れは少ないですが、お気を付けを」

そう声を掛けられつつ、甲板から下った船内は、すでに大勢の招待客たちで賑《にぎ》わっていた。

（わあ）

紺色の絨毯《じゅうたん》が敷き詰められた船内は、壁や天井に固定された無数のランプで照らされている。着飾った男女たちはグラスを手に談笑しながらも、船内に並べられた品々を見定めていた。

ベルベットの飾り布が敷かれたいくつものカウンターには、宝石やアクセサリーを中心に、珍しい品々が並んでいる。接客する商人たちはそつのない笑みで接客をしていた。

実のところ、『船内に設けられた夜会会場での商い』という部分だけで、リーシェには心惹かれるものがあったのだ。だからこそ素直に嬉しそうな振る舞いをして、後ろのアルノルトを振り返る。

「ご覧ください、とても素敵な……」

「…………」

「……んんっ」

青い瞳に視線を向けられ、咳払《せきばら》いをした。護衛に話し掛ける令嬢にふさわしい言葉選びで、改めてアルノルトに話しかける。

「み、見て！　並んでいるのはどれも、素敵な品ばかりだわ！」

「――私には真価など分かりかねますが。お嬢さまのお気に召したのであれば、何よりです」

（涼しいお顔をしていらっしゃる……）

この状況に、まったく動じている様子がない。けれどもリーシェにとっては、普段の夜会なら隣にいるはずのアルノルトが、リーシェの後ろに従う形なのも落ち着かなかった。

「隣に来て」

そう言うと、アルノルトはそこで初めて眉根を寄せる。

「――お嬢さま」

「夜に初めての場所に来るのは、心細いわ。あなたが隣で一緒に見てくれれば、安心出来るもの」

「…………」

「エスコートはなくても。隣にいてくれるだけで、いいの……」

小さな溜め息をついたアルノルトが、リーシェの隣に並んでくれた。

「これでよろしいですか？」

「！」

ほっとしてこくこくと頷くものの、やっぱりお互いの言葉遣いが慣れない。

そわそわしてアルノルトから視線を逸《そ》らすと、船内にいる招待客の女性たちが、アルノルトを熱心に見ていることに気が付く。

（皇城での夜会とは、また違った視線……）

普段のアルノルトは、婚約者のいる皇太子である上に、わざと冷酷な噂を広めている人物だ。

一方でそういった先入観のない場では、女性たちはその熱を隠さない。けれどもアルノルトは、その女性たちがまったく視界に入っていないかのような振る舞いで、リーシェに告げる。

「参りましょう」

「……っ、ええ」

やさしい声に緊張しながらも、リーシェは自分に言い聞かせた。

（大丈夫、問題なく行動出来るわ。アルノルト殿下のお役に立って、その上で――……）

思い出すのは、騎士人生の団長の言葉だ。

『――歴史的に見ても、ガルクハインが相手取るのは同じ大陸内の国ばかりだ。なにしろあの広大な大陸で、領土を広げるための戦争を繰り返してきたんだからな』

男装した騎士姿のリーシェは、城下にある酒場でヨエルの隣に座り、団長の話を聞いていた。

『質問です、団長！』

『うむ、なんだねルーシャス君！』

かしこまって挙手をしたリーシェのことを、同じく畏まった団長が指差す。随分と酒が入っているためか、彼の頬は赤い。

リーシェは麦酒《むぎしゅ》のおかわりを注文しつつ、賑やかな酒場で上官に尋ねた。

『つまりガルクハインは、海の向こうと戦う技術に乏しいということですよね？』

『そうだ、あの国には海で戦うための船が無い。船を造る知識と技術も持たず、軍船を操る船員だって居ないということだ』

『ですが、貿易や旅に使うための船であれば、ガルクハインはどこよりも立派な船を持っていそうなのに……』

『軽くて速い方がいい商船と、強度が必要な戦闘用の船では違うからな。なあヨエル』

先ほどから少しずつチーズを齧《かじ》っていたヨエルは、いきなり話を振られて眠そうに答えた。

『え、なんで俺に話を振るんですか。団長が酔っ払って始めた面倒臭い話、団長が頑張って膨らませて欲しいんですけど……』

『なんだヨエル。お前先輩のくせに、後輩の疑問に答えてやらないのか？』

『……先輩……』

ぽつりと呟いたヨエルは、もそもそとリーシェの方に向き直って言った。

「……ルー。海戦って、敵の船に移動して剣で戦うんだけど』

「はい、ヨエル先輩！』

『そのときに自分たちの船の先を、どーんと敵船の横っぱらにぶつけるの。騎士が剣で戦う前に、船同士がそうやって戦うんだよ』

〝……戦闘用の船には、ぶつけるための攻撃力と、ぶつけられても耐え得る強度が必要になるということですよね……』

きっと凄《すさ》まじい衝撃なのだろう。なにせ、船に穴を開けるための行為なのだ。

『ですが攻撃力と防御力を兼ね備えた船を造ると、今度は船体が重くなってしまうのでは？　速度が出ないと航海自体に時間が掛かって、敵と戦う前に戦争資金が尽きたり、なんらかの事故で全滅してしまいそう……』

『そーみたいだね。その点うちの国の船は、強くて頑丈で速いのがすごいって。陛下が酔っ払ってベタ褒めしてたけど……団長、合ってます？』

『その通り。このシャルガ国は、海の外と戦う手段がなければ立ち行かなくなる島国だからな』

受け取った麦酒を飲みながら、リーシェはふんふんと団長の話を聞く。

『戦いのための船を造る必要があったからこそ、造船技術が凄まじいんだ。これらは重大な国家機密であり、知識を持つ者は、国外に出られない決まりになっている程なんだぞ』

『国家機密！』

騎士人生のリーシェは、それを聞いて目を丸くした。確かにシャルガ国にとって造船技術は、決して他国に流せない情報だろう。

（懐かしい、騎士人生の思い出だわ。あのときの話を、アルノルト殿下の婚約者という立場で振り返ることになるとは思わなかったけれど）

船内の品々を見て回りつつ、リーシェは考える。

（海戦も、船を使って他国に攻め込むのも、陸で戦う以上の危険がある。だからこそガルクハインだって、極力海戦を避ける傾向にあるはず）

たとえば海を挟んで向かいのコヨル国は、金鉱などを有する国だ。その領土の価値は高いのに、現皇帝はコヨルを積極的に攻めなかった。

（以前、ローヴァイン閣下やフリッツも話していたものね。数年前の戦争で、北の領地シウテナに敵国の船が攻めてきたときのことを）

それを迎え撃ったアルノルトは、こちらも船で海上に出るのではなく、敵を敢えて上陸させてから一網打尽にしたらしい。

（少なくとも二年前までは、ガルクハインは明確に海戦を避けていた）

ガルクハインが世界中に侵略の手を広げるためには、造船技術と船乗りが足りていなかったのだ。

（それをこのお方が変えてしまう。――海をも越えて、遠い国を侵略する力さえ手に入れる……）

リーシェが隣を見上げると、アルノルトはすぐさま視線を返してくれる。

その青い瞳は、リーシェが世界で一番好きな色だ。

（造船の技術は国家機密で、本来なら技術者は国外に出られないわ。けれど恐らく過去の人生では、海賊に攫われた造船技術者が、アルノルト殿下に出会ってしまっていたはず）

それを止めるため、ウェディングドレスの支度が間に合わない可能性を承知の上で、ヨエルがやってくる時期にベゼトリアを訪れられるよう仕立てに出した。

シャルガ国の船は、一隻造るのにおよそ三年から四年かかるのだそうだ。設備の整っていないガルクハインであれば、四年以上の歳月を要するだろう。

つまるところ、アルノルトが五年後の戦争であの船を運用するためには、おおよそ今くらいの時期に造船技術を得ているということになる。

（あの戦争に間に合っているのだから、造船事業への着手はきっともうすぐ。とはいえ、いまの最大の目的は、一刻も早く被害者の女性たちを助け出すことだわ）

船内の商談会場に並んだブローチを眺めながら、リーシェは口を開いた。

「どれも素晴らしい品だけれど、困ったわね」

アルノルトに話し掛けるふりをして、すぐ傍に控えている接客係に聞かせる。

初めての顔であるリーシェを観察するためか、何処か距離を置いて見ていた接客係は、こちらに聞き耳を立て始めた。

「明日、私のウェディングドレスを合わせにいくことになっているでしょう？」

「……ええ」

「折角なら試着後にここに来て、ドレスに合うアクセサリーを買いたかったわ。この会が開かれるのが今夜だなんて、タイミングが悪かったわね」

少し落ち込んだふりをしたリーシェに、アルノルトがしれっとした様子で告げる。

「お嬢さまが身に着けられるのであれば、どのような品でもお似合いかと」

「う……！」

演技のやり取りだと分かっていても、心臓に悪い。

あのアルノルトに、そして何よりも『好きな人』にそんな風に言われて、リーシェが動揺しないはずもないのだ。敵を騙すためのやりとりであろうと、頬が熱くなって俯いた。

「そ、それは言い過ぎだわ。……でも、自分では客観的に分からないの。どの品が良さそうか、あなたが選んでくれる？」

「……」

ここまでも事前の手筈《てはず》通りだ。アルノルトは右手の飾り台に視線を向けると、そこに置かれた品を挙げた。

「あちらにあるティアラは？」

とても美しい細工に心を惹かれつつ、表向きは不満そうにアルノルトを見上げる。

「お兄さまからは、新しく興された我が家に恥じない品をと言い付けられているのよ。あのティアラももちろん綺麗《きれい》だけれど、もっとたくさん宝石がついたものじゃないといけないわ」

架空の『兄』について話しつつ、リーシェは思い悩むふりをした。

「他にはどうかしら」

「それでは、あちらの首飾りはいかがでしょう」

「意匠は好きよ。だけど、もっと大ぶりの宝石が良いわね」

「その壁際に飾られた品は？」

「似た造りの物を持っているの。結婚式に着けるものだもの、唯一無二の逸品が欲しいわ」

「――でしたら、そちらに指輪がありますが」

アルノルトはきっと、この船内に置かれている品々のうち、目についたものを適当に挙げているだけのはずだ。

事前の取り決めでは、リーシェはそれに理由を付けて、ひたすら却下することになっていた。

けれどもこれに関しては、真剣に答える。

「……指輪は駄目」

そう告げて、左手の薬指に嵌めたサファイアの指輪を手で覆った。

「宝物にしている大事な指輪が、もうあるから……」

「――――……」

すると、アルノルトが僅かに眉根を寄せる。

リーシェがいま着けているものは勿論《もちろん》、アルノルトに贈られた指輪だ。ウェディングドレスに刺繍を入れるにあたっても、指輪の意匠に合わせてもらうように依頼している。

（は……っ!!）

そこでようやく我に返り、リーシェは慌てて取り繕った。

「だ、旦那さまとなるお方にいただいた指輪だもの！　世界一好きな色の石を使っていて、とっても気に入っているわ！　何よりも大好きな指輪よ！」

「……左様で」

アルノルトの顔を見ることが出来ず、リーシェは俯いたまま言葉を重ねる。

「未来の旦那さまに、指輪を嵌めていただいたとき。本当に、本当に、嬉しかったの……」

「…………」

こうしてあの日のことを思い返すと、リーシェは改めてこう思えた。

（やっぱり私はあのときには、アルノルト殿下に恋をしていたんだわ……）

そのことを今更自覚する。リーシェは耳まで赤くなっている自覚を持ちつつ、なんとか不自然にならないように、『婚約者がいるご令嬢』を演じた。

「結婚式にだって、絶対にこの指輪を着けるんだから」

これは演じるまでもない事実だ。しかし、目の前で護衛として振る舞っている男性《アルノルト》が結婚相手なのだということは、周囲の誰にも知られないようにする必要がある。

「失《な》くしたり傷付けたりする心配がなければ、何処に行くにもずっと着けていたいくらい。だから私は、この指輪以外の指輪は、この先の人生でもう必要ないの！」

「…………」

なんだか、とても恥ずかしい想《おも》いを暴露してしまったかもしれない。

アルノルトが物言いたげな視線を向けてきているが、相変わらず彼の方を見ることが出来ず、気付かないふりをして続けた。

「め、名案を思い付いたわ。指輪に合わせて品物を選ぶことにしましょう！」

「……それが、よろしいかと」

「で、でも残念ね。せっかくお兄さまが婚礼のお祝いに、アクセサリーを買って下さるのに……」

心の底から残念そうに、ゆっくりと船内を見回す。

「条件に当て嵌まりそうな宝飾が、ここには無いわ」

リーシェがそんな言葉を口にした、そのときだった。

「ご挨拶が遅れて申し訳ございません。リゼお嬢さま」

先ほど名乗った偽名で呼ばれて、リーシェは後ろを振り返る。

「わたくしがこの場の支配人でございます。今宵はわたくし共の船にお越しいただき、恐悦至極に存じます」

（……来たわね）

内心の思いを表情には出さず、リーシェはにこりと微笑んだ。

「リゼ・アンドレア・ベルンシュタインです。本日は、無理を言って参加させていただき……」

「滅相もございません。今回は急なキャンセルも多かったもので、自慢の品々をご覧いただける機会が増えるのは喜ばしい限りです」

そんなやりとりを交わしながら、リーシェは支配人を観察した。

(この場の責任者なのであれば、海賊たちの組織と繋がっているはず。──手早く仕掛けて済ませましょう)

そう判断し、リーシェは微笑みながら彼に告げた。

「実はこの度、結婚をすることになりまして」

「これはこれは。おめでとうございます」

支配人の柔らかな物腰は、商人として一流の所作である。

商談の相手を尊重し、誠実かつ温かに接してくれていると、そう感じられるまなざしだ。

(けれど)

かつて同じ商人だったリーシェからしてみれば、支配人の真意は明白だった。

(──私を値踏みしている目ね)

商人だった人生で、上司であるタリーは言っていた。

『一流の商人は、客を選べる』

リーシェはいま、この支配人に審査されている。

それを察している気配など表に出さず、照れ臭そうな笑顔を作った。

「ありがとうございます。兄がお祝いに、なんでも我が儘を聞いてくれるそうでして」

「さようでございましたか。婚姻祝いのお買い物先に選んでいただき、大変光栄でございます」

「ふふ。うちのお兄さまったら」

リーシェはくすぐったそうに微笑んで、アルノルトを見上げた。

「このあいだも、お部屋に入りきらないほどの宝石やドレスを下さったばかりなのに。ね？」

リーシェの『護衛』を務めるアルノルトは、涼しい顔でこう答える。

「兄君は、お嬢さまのことを心より大切になさっていますので」

「お父さまやお母さまが亡くなって、たったふたりきりの家族だもの。でも、少し恥ずかしいわ。お兄さまも未来の旦那さまも、私を小さな子のように甘やかしてくださるから……」

リーシェとアルノルトが交わす会話を、支配人はにこやかに見守っている。しかし恐らく内心では、注意深く探っていることだろう。

リーシェがどの程度の客であり、彼らにどんな利益を齎《もたら》すか。それを判断する情報を、些細《ささい》なやりとりから分析されている。

よく分かっているからこそ、リーシェたちは会話の断片に、嘘の情報を仕掛けているのだった。

「時々思うの。おふたりとも、私に贈り物をするのを趣味になさっているのではないかしらって」

演じるべきは、潤沢な財を持つ家の令嬢だ。それでいて世間知らずであり、無邪気に買い物をする人柄がいい。

一般国民が一年以上は暮らせる金額の品を、よく手入れされた指先で指し示す。それだけでなんでも手に入るような、そんな少女として振る舞うのである。

（それから――……）

支配人の視線を受けながら、リーシェは思考を巡らせた。傍らのアルノルトが、静かな声でこう述べる。

「ご婚約者さまが仰っていた品も、こちらの船でお選びになっては？　お嬢さまが結婚のご挨拶に際して着ける宝飾品を、訪問先ごとに替えるご意向でいらっしゃったかと」

「先日のお誕生日で、身に余るほどの贈り物をいただいたばかりなのに。我が儘に見えてしまって、旦那さまに嫌われないかしら……」

するとアルノルトは、ごく自然にこう言った。


「妻の願いをすべて叶えるのは、夫として当然のことでしょう」

「――……」


どきりと心臓が跳ねたのを、表情には決して出しはしない。

誰にも気付かれないような深呼吸のあと、リーシェはいつも通りの声音で続ける。

「これからしばらく、あちこちの宝石店をあなたと巡らなくてはね。もちろん、この船ですべての品が揃《そろ》うのなら一番なのだけれど……」

リーシェが支配人を見上げれば、彼は笑ってこう言った。

「是非とも我々にお任せください。リゼお嬢さま」

支配人の紡ぐ語調が、先ほどまでよりも僅かに強くなっている。

無意識にそうしている訳ではなく、これは意図した話術だろう。自信の籠った強い口調は、相手に人柄を信頼させるための手段だ。

「実は先ほどもお話ししたように、今宵は突然のキャンセルが相次いだ日となっておりまして。私どもも運搬の費用を抑えるため、自慢の商品をすべては運び込んでいないのです」

「まあ」

リーシェは驚いたふりをして、手にした扇子で口元を隠した。

「それでは素敵な品々が、他にもたくさんあるのでしょうか？」

「もちろんにございます。お嬢さまのためのお品物とあらば、お兄君やご婚約者さまも一流の品をご所望のはず。つきましては、いかがでしょう」

支配人はにこやかな顔のまま、あくまで丁寧にリーシェへと尋ねてくる。

「日を改め、兄君かご婚約者さまとお越しいただくという訳には……？」

「――――……」

リーシェはそこで、ほんのひとときだけ笑顔を消した。

支配人がこちらを探っている。それに気付かないふりをしながら、リーシェは再び微笑み直した。

「生憎、ふたりとも忙しくて」

隣のアルノルトを見上げてから、小首をかしげる。

「ね？　そうでしょう？」

「……お嬢さまの仰る通りです」

「さようでございましたか」

支配人は頷いたあと、改めてリーシェのことを見据えた。

「――それではリゼお嬢さまおひとりのために、特別な場を設けさせていただきます」

リーシェは瞳を輝かせると、その言葉を喜んでみせる。

「嬉しいです。とても楽しみだわ」

くちびるを綻ばせ、リーシェはアルノルトを振り返った。

「これなら明日のウェディングドレスを合わせたあとに、ぴったりの宝飾品を選べそうね。支配人さま、ありがとうございます」

「滅相もございません。それでは今夜は商品を眺めていただきながら、これより始まる演奏を聴きつつお飲み物など――……」

こうしてリーシェはしばらくの間、船内に展示された商品を内心でわくわくしながら眺めたり、小さな楽団の演奏に耳を傾けたりしながら過ごした。

そして一時間と少しが経ち、ふたりで船を降りたあとのこと。

＊＊＊

「っ、ぷわあ……！」

乗り込んだ馬車の中で、リーシェはほっとして息を吐いた。

『リゼ』を演じているあいだはずっと、息を止めているような感覚だったのだ。ゆっくりと動き出した馬車の中で、隣のアルノルトを見上げた。

「ありがとうございました、アルノルト殿下。お陰できっと、私も演じきれたと思います」

先ほどまでのことを思い出し、リーシェは微笑む。

「……兄たちに愛されているなど嘘である、孤独な貴族の令嬢として」

「――――……」

リーシェの願いを叶えてくれたアルノルトは、リーシェを眺めながら言葉にした。

「お前の想定した通りだったな。あの支配人は間違いなく、お前を品定めしていた」

（商人の経験がある訳でもないのに、アルノルト殿下はそれを察してしまう……）

内心で驚きつつも、口には出さないまま頷く。

「文字通り『品定め』でしたね。あのまなざしは、取り引きに足るお客さまを見極めているものではありませんでした」

言うなれば、目利きの視線だ。

「私はやはり顧客ではなく、商品として。……誘拐して売るための品物に相応《ふさわ》しいか、それを審査されていたようです」

アルノルトが不快そうに眉根を寄せる。リーシェはそれに気付き、慌ててアルノルトに説明した。

「で、ですがこれは、すべて作戦通りですので！」

「………………」

「財力を持つ家族や婚約者に愛されていては、誘拐後の捜索が激しいものになります。彼らにとって最も望ましいのは、髪や肌の磨かれた裕福な家の人間でありながら、疎まれている女性のはず」

だからこそ、リーシェはそんな少女を演じた。

「妹を溺愛しているお兄さまであれば、そんな妹がお買い物をするにあたって、夜にお酒も出る場へたったひとりで向かわせることはありません。ご自身が同席できなければお許しが出ないでしょうし、やむを得ず護衛をつけるにしても、もっと大勢を付けることになります」

だからこそ支配人からしてみれば、護衛がひとりしかいない今夜のリーシェは、嘘をついているように見えたはずだ。

「私が身に着けている指輪を見れば、財力については疑いようもなかったでしょうから。『嘘』なのは、兄や婚約者から愛されている事実の方だと考えていただけたかと」

「だろうな。――だからこそ、お前ひとりのための船を用意すると約束した」

支配人は最後に試していた。リーシェが演じた令嬢に対し、敢えて問い掛けたのだ。

『日を改め、兄君かご婚約者さまとお越しいただくという訳には……？』

リーシェはそこで、わざと動揺を見せた。その上で兄たちは伴えないと告げたところ、支配人はこう発言したのである。

『――それではリゼお嬢さまおひとりのために、特別な場を設けさせていただきます』

（お客さまに、そんな提案をするなんて）

商人として看過できない思いを抱きながら、リーシェは口を開いた。

「恐らくは、そこで『私』を捕らえるつもりでしょう」

リーシェが告げれば、アルノルトは瞑目《めいもく》して息を吐く。早急に物申したい件があり、リーシェはアルノルトの袖をぎゅっと握った。

「それはそうと、アルノルト殿下……」

「……なんだ」

青い瞳を見上げつつ、むぐぐ……と眉根を寄せて抗議する。

「――従者さまのふりが、あんまりにもお上手すぎるのでは……!?」

「…………………」

アルノルトは、大真面目に言ったリーシェのことを、「こいつは何を言っているんだ」という顔で見下ろした。

「そんなことより」

「まむ……っ」

アルノルトの大きな手が、リーシェの両頬をむにっと押さえる。

「葡萄酒《ぶどうしゅ》を飲もうとしていただろう。得体の知れない酒に、口を付けようとするんじゃない」

「むむむ……。ふぇも、ひょっとふらいは飲まにゃひと、怪ひまれまふひ」

アルノルトにむにむにと頬を揉《も》まれながらも、リーシェはなんとか反論した。

「ほれにあのおしゃけは、あうのるとれんかが……」

先ほどのことを思い出す。船内で提供された葡萄酒は、リーシェがグラスを手にした途端、従者の顔をしたアルノルトに回収されてしまったのだ。

『まあ、ひょっとしてこちらはシャルガ国のお酒ですか？　素敵、早速いただきま……あ！』

『いけません。お嬢さまは酒に弱くていらっしゃるのですから、控えていただきませんと』

あまりにもそつのない、流れるような没収ぶりだった。

アルノルトとは何度か酒席に出ているため、リーシェがそれなりに酒精への耐性があることを知っているはずなのだが、何食わぬ顔で偽られた形だ。

「あの場れ毒を入れるほとはないでひょうひ。警戒ひた方が不自然に見えまへんは？」

「そうだとしても。お前を狙って拐かすつもりの連中が出したものを、わざわざ飲むな」

「ひゃむ……」

もっともな指摘に反省しつつも、見下ろしてくるアルノルトの顔が間近にあって、リーシェは平静が装えなくなってくる。

（ひょっとしてアルノルト殿下は、私のほっぺたをむにむにすることが、お仕置きの方法と考えていらっしゃるのかしら……）

それが狙いならば効果《こうか》覿面《てきめん》だ。顔がどんどん火照ってしまうし、とにかく恥ずかしい。

リーシェが内心であわあわと焦っていると、その動揺が表に出てしまっていたようだ。アルノルトがやがて、小さな溜め息をついた。

「お前の策だということは承知しているが。――あまり無防備な所を、連中に見せるな」

リーシェから手を離したアルノルトが、静かだが真摯なまなざしを注いでくる。

「あれらは、お前に害を及ぼすものだ」

「――――っ」

青く透き通ったアルノルトの双眸が、息を呑《の》むほどの冷たさを帯びた。

（……忘れてはいないわ。アルノルト殿下であれば、私のような作戦を講じるまでもなく、ガルクハインの圧倒的な武力を投じて奴隷商人を制圧できるということを）

その手段を選ばずにいてくれるのは、『いま捕らわれている女性たちを全員無事に救出したい』という、そんなリーシェの望みがあるからだ。

（本当はやさしいお方であっても。だからこそ犠牲を伴うやり方で、迅速な解決を目指す方法も検討されていたはず。だからこそ……）

リーシェは改めて背筋を伸ばし、アルノルトに告げる。

「私が無防備な獲物だと思われるほどに、敵の油断と慢心を招き、動きを制御しやすくなります」

「……」

「ご安心を。女性たちを助けるために、すべてを利用しますから」

その覚悟を持ちながらも、リーシェは眉根を寄せて小さく零した。

「もどかしいです。再びあの彼らに招かれる夜まで、今は待つしかないなんて」

攫われた女性たちは、支配人を疑うことなど無かっただろう。

それは当然だ。商人が危害を与えてくるなんて、普通は想像すらしない。商人と顧客の関係というものは、本来であれば信頼を結び、商いを通じてお互いが幸せになれるはずのものなのだ。

(今夜の演技で十分だったのかしら。もっと私自身を上手く使って、奴隷商を急がせることも出来たんじゃ……)

「リーシェ」

「！」

アルノルトの手が、膝に置いていたリーシェの手に触れた。

繋ぐように指を絡められて、自分がぎゅうっとドレスの裾を握り締めていたことを自覚する。

リーシェが思わず息を吐くと、アルノルトは柔らかな声音で尋ねてきた。

「明日、婚礼衣装の試着があるのだろう」

「は、はい。夕刻に……」

先ほど船内で話したことは、奴隷商人たちに聞かせるための嘘というだけではない。この街に来る表向きの目的は、リーシェのウェディングドレスを最終調整するためなのだ。

「その際の護衛には俺がつく。少し待てるか」

「え!?　アルノルト殿下が来て下さるのですか？」

目を丸くしたリーシェに対し、アルノルトはなんでもない様子で答える。

「奴隷商の前で、そうすると話しただろう。街中で目撃される可能性もある以上、あの場限りの嘘にするべきではない」

つまりは作戦の延長だ。リーシェは納得したものの、少し心配になった。

「とはいえ殿下。明日は恐らく刺繍や飾りの位置を話し込むので、お待ちいただくには退屈かもしれません」

「何故？」

リーシェを見下ろしたアルノルトが、そのまま柔らかく目を伏せた。

「お前が婚儀の衣装を着るのであれば、見てみたい」

「……！」

その言葉に、胸の内側がほわりと温かくなった。

戦争回避の作戦に使ってしまってはいるが、アルノルトとの結婚のために婚礼衣装を着ることを、リーシェはこっそりと楽しみにしていたのだ。

アルノルトの言葉は、その高揚を思い出させてくれるものだった。リーシェの心が張り詰めていたことを、彼は見抜いてしまったのだろう。

「衣装に合う宝石も必要なのであれば、満足がいくものを好きなだけ揃えろ。――あそこにあるものが盗品でなければ、すべてお前のために買い占めてやってもよかった」

「そ、それではあまりにも上客すぎて怪しまれます！」

リーシェは慌ててそう言いつつも、ほっとしてくちびるを綻ばせた。

（アルノルト殿下が、私をあやして下さっている……）

そのことを、心の底から嬉しく思う。

「アルノルト殿下」

リーシェは、アルノルトのことをじっと上目遣いに見詰めた。

「明日の件で、ちょっとだけおねだりしたいことがあるのですが……」

「――――……」

そしてリーシェが内容を告げると、アルノルトはものすごく顔を顰めたのだった。

第三章

リーシェとアルノルトの乗った馬車は、奴隷商人の商船が停《と》まる港から離れたあと、運河の街べゼトリアの細い路地へと入り込んだ。

尾行されていないことは確認済みだ。それでも路地をぐるぐると回り、途中でいくつかの馬車に乗り継いで、万が一追っ手がいたときの対策を打っておく。

これについてはアルノルトが、全面的にリーシェに任せてくれた。

アルノルトは普段、尾行をわざわざ撒《ま》くことはせずに別の手を打つそうだ。そのためか、リーシェが御者にルートを伝えるのを、隣で面白がるように聞いていた。

そうしてやっと皇族用の屋敷に戻ったあと、リーシェはエントランスでアルノルトに念を押す。

「アルノルト殿下。先ほど私がおねだりしたこと、本当に叶《かな》えて下さいますか？」

「……」

アルノルトは、脱いだ上着をオリヴァーに預けながら、僅かに苦い顔をして言った。

「叶えてやる。ただし」

「ひゃ」

屈《かが》み込んだアルノルトが、そのくちびるをリーシェの耳元に寄せる。

「約束通り、『その件』は徹底して隠し通せ。……出来るな？」

「〜〜〜……っ」

すぐ傍《そば》で紡がれる囁《ささや》き声《ごえ》が、柔らかく耳に触れてくすぐったい。

リーシェは自分の口元を手で押さえ、必死にこくこくと頷《うなず》いた。顔が真っ赤になっている自覚はあるが、こんなものどうしたって避けられるはずもない。

リーシェから離れたアルノルトは、依然として物言いたげな表情のままだ。そのやりとりを見ていたオリヴァーが、従者らしくアルノルトに進言する。

「我が君。婚約者さまに意地悪をしては駄目ですよ」

「していない。――このくらい分かりやすく言い聞かせておかなければ、こいつは平気で危険な真《ま》似《ね》をする」

（ううう、確信犯……!!）

リーシェが恥ずかしくて大変なことになるのを、アルノルトは自覚して振る舞っているのだ。オリヴァーの言う通り、ある意味で意地悪なのである。

「お、お風呂に入って参ります！　それでは!!」

リーシェはなんとかそう告げて、エントランスの階段をぱたぱたと上がった。恐らくはアルノルトがオリヴァーに対し、リーシェのねだった『あること』の説明をしておいてくれるはずだ。

（それに明日は午前中、ドレスとは別の支度があるわ。オリヴァーさまが手配して下さっていた技術者の方、とっても楽しみ……あ！）

浴室のある三階を目指していると、人の気配が近付いてくるのを感じる。階段の踊り場についてみれば、想像していた通りのふたりに出会った。

「ラウル。ヨエルさま」

『よお姫君。遅い時間のお帰りで』

ヨエルの後ろを歩いていたラウルが、へらっとした軽やかな笑みを浮かべる。ヨエルは相変わらず眠そうな目で、ゆっくりとした瞬《まばた》きを重ねていた。

「ヨエルさま、ご体調はいかがですか？　薬は抜けていくはずですが、ご無理をなさらず」

「んむ……」

「姫君。この剣士殿はずっと眠っていて、いまようやくお目覚めなのさ。一応殿下に言われた通り、『お嬢さまと従者の潜入作戦』については説明しておいたが」

「そうだったのね。ありがとう、ラウル」

「滅相もございませんお嬢さま。いまはおふたりがご帰宅なさった気配を感じたので、お出迎えに参る途中でございました」

わざとらしく一礼したラウルのことを、ヨエルが無感情に振り返る。ラウルがヨエルと行動を共にしているのは、アルノルトがそう命じたからだ。

『あの剣士はシャルガ国側の情報を持ち、奴隷商人の幹部の顔を見ているのだろう。利用した方が効率がいいのであれば、別行動を取る理由も無い。ただし』

アルノルトはラウルに対し、ヨエルと行動を共にするよう告げた。

（アルノルト殿下にとって、ヨエル先輩は味方かどうか断定できない存在。それを監視させるにあ

たって、ラウル以上の適任はいないわ）

ラウルは『狩人《かりゆうど》』の頭首である。気配を辿《たど》ることも追うことも、隠れた人間を探し出すことも、諜報《ちょうほう》集団である狩人の得意とすることだ。リーシェだって、狩人人生でラウルから教わった。

（けれど）

この状況を、もちろん怪しんでもいるのだった。

（アルノルト殿下は、随分とラウルを便利に使っていらっしゃるわ。こうも容易《たやす》く信用なさっていることが、意外に感じられてしまうほどに……）

ラウルがアルノルトに従うのは、ラウルが仕えるシグウェル国に、アルノルトが手を差し伸べたからだ。造幣事業による協力体制に恩義を感じており、そのために動くと言っていた。

（……利便性が感じられるものであれば、躊躇《ちゆうちょ》なくそれを使うのがアルノルト殿下。それはよく知っているし、人材にも適用されるというだけなのかもしれないけれど……）

それにしても、あまりに重宝しすぎているのではないだろうか。

（こんなことを目の前で考えていたら、すぐにラウルに悟られてしまうわね）

そんな内心は顔に出さないよう、リーシェはいたっていつも通りに振る舞う。もしもラウルに見抜かれていたとしても、彼だって顔には出さないだろう。

「それにしても相変わらず、こんなことまでやるとはな。皇太子殿を従者役にして囮《おとり》作戦、それも皇太子妃殿下が囮なんざ」

「だ、だから！　私はまだ殿下の奥さんになれた訳じゃないんだってば……！」

呆《あき》れ半分に揶揄《からか》ってくるラウルに対し、一応はちゃんと反論しておいた。するとそのとき、これまでぼんやりして眠そうに聞いていたヨエルが、突然リーシェの方に歩み出る。

「――ねえ」

「！」

ヨエルはずいっと身を乗り出し、リーシェの顔を至近距離から覗《のぞ》き込んだ。

「ヨエルさま？」

「不思議なんだ。『アルノルト殿下』は間違いなく、ひとりきりで戦った方が強い人なのに」

茫洋《ぼうよう》とした光を宿すヨエルの瞳が、不意にしっかりとリーシェを捉える。

「……それなのに、どうして君なんかを必要とするのかな？」

「え……」

言葉の意味が飲み込めなくて、リーシェはひとつ瞬きをした。

ヨエルは至近距離のまま、リーシェを見下ろしてぶつぶつと呟《つぶや》く。

「必要としているならまだマシか。本当は君なんて、アルノルト殿下には不要なはずなんだよね」

「ヨエルさま」

「だっていらないでしょ？　あのひと俺より強いもの。それなのにわざわざ君の『作戦ごっこ』に協力して、君を守って、君のために手間をかけてあげているなんて不思議。どう考えても、奥方の遊びに付き合ってあやしてあげているようにしか見えない……」

首を傾《かし》げたヨエルの瞳には、純粋な疑問が宿っている。

「君の旦那さまは、なんで君を甘やかすの？」

「…………」

その言葉を、リーシェはとても意外に感じていた。

（ヨエル先輩が、他人にこんな形の興味を持つなんて）

リーシェが知る騎士人生のヨエルには、『この相手の剣術がどれほど強いか』という関心しか無かった。

けれども今ここにいるヨエルは、アルノルトの心情を知りたがっているように見える。ヨエルがそれを求めている理由が、リーシェにはなんとなく分かる気がした。

「アルノルト殿下がヨエルさまに『似ている』と、そんな風に感じていらっしゃるのですか？」

「……！」

その瞬間、ヨエルが僅かに目を見開く。

（剣の天才。他の方とは比べものにならない、圧倒的な強さを持つお人……ヨエル先輩にとってはきっと、アルノルト殿下が唯一の同質に見えているのだわ）

ヨエルは少し拗《す》ねたような声音で、リーシェに向かってこう尋ねた。

「……どうして分かるの」

「ヨエルさまのお顔を見ていれば、なんとなく」

騎士人生で出会ったばかりの頃は、なにひとつ分からなくて途方に暮れた。

（けれどもヨエル先輩は、ある意味でとても素直なお方だわ）

よくよくじっと見つめれば、その無表情にも心情が透けて見えるのだ。

強い剣士を見てわくわくしているときや、とてもお腹《なか》が空《す》いているとき。心から眠いときと、暇だから寝ようとしているときの差。

（それから）

『先輩だから一緒に行ってあげる』と言いながらも、本当はリーシェを心配してくれていること。

リーシェが強くなると、そのくちびるにほんの少しだけ微笑《ほほえ》みを浮かべて、誇らしげにしてくれること。

「…………」

思い出して微笑んだリーシェを見下ろして、ヨエルはぽつりと呟いた。

「リーシェも不思議。本当に不思議だ。……いくら普通よりは強くても、明らかに俺よりは弱い訳だし、アルノルト殿下がなんで君に付き合ってあげているのかも意味不明だけど」

「あら。私だってひょっとしたらそのうち、今よりもっと強く成長するかもしれませんよ？」

「そうかもしれないけど、今はまだまだ弱い。だって君は」

骨張っていて白いヨエルの手が、リーシェの方へと伸ばされる。

「小さくて華奢《きゃしゃ》で柔らかそうな、ただの女の子だ」

「――――……」

その瞬間だ。

それまで状況を静観していたラウルが、ヨエルの手首を掴《つか》んで止めた。

「わ……」

「っ、ラウル？」

リーシェが驚いてラウルを見上げれば、赤い瞳の瞳孔が僅かに開いている。

「………」

ラウルは一瞬の沈黙のあとで、ぱっとヨエルの手を離した。

「うーわ、あぶねえ。殿下から奥さんの護衛を言い付けられてた訳でもねーのに、危うく料金外の仕事する所だった」

「もう、ラウルったら」

その言いように苦笑した。わざと軽口を叩《たた》いているが、ラウルが心配してくれたのだって十分に伝わっている。

「それでも、ありがとう」

「……どーいたしまして」

ラウルは肩を竦《すく》めたあと、ヨエルの方を見下ろす。

「それはそれとして剣士さん、不用意にこの姫君に触らない方がいいぜ？　恐ろしい皇太子殿下に殺されるから。俺が危険性を保証する」

「ん。それ、それ、アルノルト殿下がリーシェを庇《かば》ってたから分かってる。……手合わせの交渉が失敗したら、あの人の前でリーシェを抱きかかえてみようかな」

「ははははは。それは本気で止めないとだなー」

ふたりのやりとりを聞きながらも、リーシェは不意に思い出していた。

（騎士人生で聞いていた、ヨエル先輩の言葉）

出会ったばかりのとき、ヨエルは確かに言ったのだ。

『そんなことをしてると弱くなる。どうせ、戦う時はひとりでしょ。――そうやって無闇に他人を気にしてると、いつか本当の戦場に出たときに、あっさり死ぬよ』

あのときのリーシェは、その言葉を受け入れたりはしなかった。

（だけどヨエル先輩は、先輩が言っていた言葉の通り、戦場で他人の私を気遣った結果……）

リーシェを庇ってアルノルトに斬られたヨエルは、最期にどんなことを考えていたのだろうか。

そのすぐ後に死んでしまったリーシェには、想像も付かなかった。

（圧倒的な剣の天才は、ひとりで戦った方が強い。それはヨエル先輩だけでなく、アルノルト殿下も――……）

僅かな不安が、胸の奥にゆらりと滲《にじ》んでいる。

＊＊＊

その翌日、屋敷の中で朝食を終えたリーシェは、朝から屋敷内の湯殿にこもっていた。

「んんん……っ」

ちゃぷんと揺れるお湯からは、心地よく甘い香りがする。湯船の中は少しぬるいが、頻繁に熱いお湯が足されているため、すぐに冷めてしまうようなことはなかった。

（……あったかい。気持ち良い……）

白く濁ったお湯の中、リーシェはとろりと目を伏せる。すると、傍に居る女性のひとりが声を掛けてくれた。

「花嫁さま、お湯加減はいかがですか？」

『はい、とってもゆったり出来ています……！』

「それはようございました。私共の力が強いようでしたら、お気軽にお申し付け下さいませ」

その女性が手入れしてくれているのは、後ろに流したリーシェの髪だ。

傍にいるのは彼女だけではない。たとえばリーシェの肌を磨いてくれている女性や、デコルテ辺りのマッサージをしてくれている女性。顔にしっかり保湿をしてくれている女性も、指先や爪の手入れをしてくれている女性もいる。

リーシェはすべてに身を任せるだけだ。そんな状況下で、女性はにこりと微笑んで言った。

「何しろこれは花嫁さまのため、婚儀前の入念な美容のお時間なのですから」

（……オリヴァーさまの手配して下さったこれは、ひょっとして……）

ドレスを美しく着こなすための施術を受けつつ、リーシェは心の中で考える。

（夢にまで見た、『のんびりごろごろ怠惰な生活』の第一歩なんじゃないかしら……!?）

アルノルトからは何故《なぜ》か時々、「お前はまだその暮らしを諦めていなかったのか？」と尋ねられる。どうしてそれを訊《き》かれるのかは不可思議だが、リーシェは心から、『のんびりごろごろ怠惰生活』を目指しているのだ。

女性たちは湯船のリーシェを労《いたわ》りながらも、ありとあらゆる施術を行なってくれている。

「とても指通りの良い髪をしていらっしゃるわ。お髪《ぐし》に美容液を付け終えましたので、蒸したタオルで温めながら浸透させますわね」

「それから頭とお顔のマッサージも。日頃たくさん読み物をしていらっしゃるのでは？　しっかりお疲れを癒しましょう」

「お体もお湯でほぐれたようですので、血行を良くして参ります」

（わあ……）

やさしく、それでいてしっかりと行われてゆくその施術に、リーシェはとろりと目を細めた。

（これが、専門家の職人技！）

お湯の温度は高くないはずなのに、全身が心地よくぽかぽかしている。

たっぷりのクリームを体に載せ、特別に織り上げられたという布で肌を磨いてもらうと、透明感がぐんと増した。浴室に差し込む太陽の光を反射して、ほんのりと発光しているように見える程だ。

（どの人生も、美容についてはいつも自分でお手入れしてきたから。誰かに身を任せていればいいのはすごく新鮮……）

リーシェの下《もと》で頑張ってくれている侍女たちには、『今後どんな主君に仕えることになっても必要になる技術を』という目標を掲げ、掃除や洗濯などのほかには勉学を優先して学んでもらっている。リーシェは入浴なども大抵ひとりで行うため、こういった体験はあまり無かった。

（近くには、冷たくて美味《おい》しい飲み物も置いてもらっているわ。私が何もしなくとも、婚儀のためのお手入れが進んでゆく……素敵なゆったりのんびり生活……！）

顔に新しい美容液を塗ってもらいながら、その満足感に息をつく。

「このままお眠りになっていただいてもよろしいのですよ？」

「……とっても魅力的です。でも、その前にひとつだけ……」

リーシェはぱちりと目を開くと、クリームを塗ってくれている女性に尋ねた。

「この香り、もしや桃蜜花の花びらを使った美容液でしょうか？」

「まあ、ご存知でいらっしゃいます？」

「はい！　すごく貴重なものなのに、こんなにたっぷり使っていただけるなんて……！」

驚いたように瞬きをした女性に、リーシェはわくわくしながら質問を重ねる。

「それも蕾《つぼみ》の状態、花びらが開く一時間前に収穫されたものでは……!?　時期の見極めが難しく希少なため、滅多に市場に出回らないものですよね？」

「お、仰《おっしゃ》る通りです。どうしてお気付きに？」

「ほんのりと柑橘《かんきつ》類に似た香りが混じっています。開花直前で収穫した蕾しか持たない特有の香りで、この成分が非常に高い治癒効果を持つとか……」

薬師人生や錬金術師人生で、この成分を使った研究を行ったことがある。なかなか量が集められずに研究成果は出なかったが、芳《かぐわ》しい香りには覚えがあった。

「クリームには、桃蜜花とハニーベリーオレンジが入っていますか？　それから蜂蜜と……」

「よ、ヨーグルトです。他にも新鮮なシェリトの実の柔らかい果肉を擦り潰したものや、オルベリ草の若芽に……」

「オルベリ草！　私も自作の日焼け止めに入れています。しっかり保湿してくれますよね！」

「花嫁さまが自作の日焼け止めを!?」

女性たちの目がきらりと光り、リーシェの方に前のめりになった。

「しっかりと日差しに対策をされた、素晴らしい状態のお肌だと思っていましたの。後ほど詳しくお聞かせいただけませんか!?」

「はい是非！　皆さまの施術方法についても、色々と教えていただきたいです。ひとつひとつの技術が素晴らしくて、これは新たな流行を生み出せる予感がひしひしとしますので……！」

頭の中に浮かんだたくさんの計画に、リーシェは胸を躍らせる。

（薬師人生と錬金術師人生の知識を総動員して、今世で自分用に作っているお化粧水や美容液。使い方をきっちり守らなくてはいけないこともあって、説明が行き届かない市場に流通させる勇気がなかったものだけれど……一流の職人さんと手を組めば良いんだわ！　今回はまず貴族向けに。人を雇う余裕がある女性たちに良さを知っていただいたら、次は――……はっ!!）

思考力を総動員している自分に気が付いて、そこでようやく我に返った。

「花嫁さま？」

「な、なんでもありません！　どうぞ続きをお願いします!!」

無意識に上半身を起こしていたが、再び湯船のふちに背中を預ける。

（だめだめ。いまは働くことを考えず、のんびりしないと……！　薬草だって、心身が落ち着いている状態の方がよく効くんだもの。……そういえば東の大陸では、怪我《けが》の治療に温泉を使う地域があるわよね。薬湯の要領で美容液を使うのはどうかしら？　真っ先に気になるのは費用対効果だけど、この場合……じゃなくて!!）

「？」

「ありがとうございます。こんな風にお手入れしていただいて、婚礼衣装を着るのが楽しみです」

リーシェは必死に考えを振り払いつつ、女性たちにお礼を伝えた。

「あら花嫁さま。婚礼衣装だけではございませんわよ」

首を傾げたリーシェに対し、女性がにこやかに微笑んで言う。

「ご夫君に魅力を感じていただけるように、お肌をすべすべに致しませんと！」

「っ、わぷ……!?」

「きゃあ、花嫁さま!?」

つるんと背中が滑ってしまい、お湯の中に顔までどぷんと沈んだ。リーシェは慌てて体を起こすものの、心臓はばくばくと音を立てている。

「けほっ、ご夫君……っ!?　魅力、えええ……っ」

「あら、それはそうですわよ。夜伽は皇太子妃さまの重要なお勤めですもの」

「～～～……っ」

思わず心から動揺するが、顔を火照らせながらも自分に言い聞かせた。

（お、落ち着いて、大丈夫……!!　そんなことにはならないわ。だって）

甘い香りに包まれながら、そっと深呼吸をする。

（……アルノルト殿下からは、白い結婚を宣言されているんだもの……）

かつて訪れた大聖堂で、アルノルトはリーシェの頭を撫《な》でながら口にしたのだ。

『たとえ婚姻を結んでも、お前に手を出すような真似はしない』

『………え』

その言葉に連なって、もうひとつ思い出す言葉がある。


『……俺の妻になる覚悟など、しなくていい』

（………）


左胸がずきずきと疼《うず》くように痛んで、リーシェは俯《うつむ》いた。

あのとき、アルノルトの言葉が深く突き刺さったのもきっと、彼に恋をしていたからなのだ。

（以前の殿下は、お父君のやり方を憎んでいるのにもかかわらず、私に同じ手段を使って婚約をさせたと仰っていたわ）

裏を返せば、そうまでしてでもリーシェを望んだ理由があるのだろう。

（隠し事があるのは私も同じ。殿下の戦争という手段を阻むために、たくさん秘密を持って嘘《うそ》をついているもの。……私があの方に想《おも》いを告げるには、『あのこと』を果たさなくては……）

そこまで考えたところで、リーシェはふと自分の思考に違和感を持つ。

「……？」

「どうされました？　花嫁さま」

女性に声を掛けられて、リーシェは顔を上げた。

「ご、ごめんなさい。なんでもないのです」

そう言って、心の中で誓いを立てる。

（アルノルト殿下のお考えが読めなくとも。……求められているのが、妻や妃《きさき》の役割では無いからこそ、私は私自身としてあのお方の傍にいられるわ）

そうであれば、やるべきことをやるだけだ。

「花嫁さま……？」

じっと考え込んでいるリーシェを前に、女性たちが顔を見合わせる。

「……婚儀の前は色々な不安が重なって、気持ちも落ち込みやすくなるものですよね。ですが、元気を出してくださいまし！」

「そうですわよ！　今日は夕刻、ドレスのご試着に行かれるのでしょう？」

女性たちはリーシェを励ますように、やさしく声を掛けてくれた。

「施術が終わったあとは、のんびり寛《くつろ》いでお過ごしになっては。楽しいご予定があるのですから、すぐにお心も晴れるはずです」

『み、皆さま……』

それを有り難く受け取りつつも、リーシェは内心で申し訳なく感じた。

（有り難いけれど心苦しいわ。だって今日の夕刻、ドレスの試着に行くのは本当とはいえ……）

そしてすっかり磨き上げられ、支度をしたリーシェが外出した先を、あの女性たちは予想し得なかっただろう。

＊＊＊

運河の街を警備している隊長は、こう言った。

「それではアルノルト殿下。どうぞ存分に、我々の警備状況を視察なさって下さい」

アルノルトの後ろに立ったリーシェは、その騎士隊長を観察する。彼がアルノルトを見た時の顔色からして、なんとなく状況が察せられた。

（この騎士隊長さんはきっと、アルノルト殿下に反発している立場なのだわ。アルノルト殿下の視察が不都合なのか、あるいはお父君である現皇帝陛下に従っているか……）

アルノルトには敵も多いのだと、弟のテオドールが言っていた。リーシェは改めて気を引き締めると、アルノルトに向かって尋ねる。

「アルノルト殿下、どちらから参りましょう？　せっかくの視察の機会であれば、この運河を隅々までご覧になりたいと仰っていましたが――……」

「…………」

アルノルトがこちらに向けるのは、僅かに物言いたげな視線である。

それをひしひしと感じつつも、リーシェは堂々と胸を張った。

「――このルーシャス。『殿下の近衛騎士《このえきし》見習い』として、何処《どこ》までもお供いたします！」

「――……」

はあ、と溜《た》め息《いき》が溢《こぼ》れる。

つやつやに磨かれた肌の上に、アルノルトの騎士のための制服を纏《まと》った男装中のリーシェは、アルノルトに向けてにこりと笑うのだった。

＊＊＊

『明日の件で、ちょっとだけおねだりしたいことがあるのですが……』

『――……』

昨日のリーシェは馬車の中で、アルノルトにそんなことを切り出したのである。

『ドレスの試着に行く前に、運河周辺の状況について確認したく』

他には誰も居ないことを分かりつつも、アルノルトの耳元に手を当てて、こしょこしょと内緒話でこう告げた。

『私をアルノルト殿下の騎士見習いとして、同行させていただけないでしょうか』

『……』

体を離して小首をかしげると、アルノルトは顰《しか》めっ面《つら》をしてリーシェを見る。

『……なぜ』

『攫《さら》われた女性たちを運び込めてしまう一因には、船の積荷改めが十分でないことが挙げられます。恐らくはこの運河を取り締まるお役人の方々に、不正を働いている人がいるはず。アルノルト殿下もそれは疑っていらっしゃいますよね？』

恐らくアルノルトは、オリヴァーにその調査も命じているはずだ。

『私たちがこの運河に来ている以上、その役人さんは少なからず警戒しているでしょう？　その警戒心が、囮作戦に悪影響を及ぼす可能性もありますよね』

『罪人が最も忌々しい動きを取るのは、疑いの目が迫り、捕らえられる危険が増した際だからな』

『そしてその逆、最も油断してくれるのは、「逃げ切った。相手よりこちらの方が上だ」と判断したときです』

そういった緩みを招いておけば、彼らが追い詰められたと感じることもないだろう。しかし、アルノルトは依然として苦い顔のままだった。

『理由を尋ねたのはその点ではない。……何故お前が騎士のふりをする？』

『アルノルト殿下の近衛騎士の皆さまは、見るからに練度が高過ぎます。優秀そうな方々が、怪しい点を見逃すのは不自然ですので』

近衛騎士たちに演じてもらうよりも、『見習い』という身分で不慣れそうなリーシェが確認をし、その所為《せい》で見落としてしまったという形の方が説得力も増すだろう。

騎士だった人生では、犯罪者を捕らえて取り締まる任務だって経験している。あまり強そうに見えないリーシェとヨエルのふたり組は、相手のそういった油断をたくさん利用してきた。

『ちょうどお忍びで街を歩く用に、男の子の鬘《かつら》や靴などは持参していますし。制服の上着はどなたかのものを仮縫いして、サイズを詰めさせていただければと……騎士さまたちだとご迷惑だと思うので、ラウルに借ります！』

『……』

『私は「能力が無いものの、有力貴族の子息であり、アルノルト殿下は仕方なく近衛騎士に入れている」。そういった設定でいかがでしょう』

『…………お前』

アルノルトは目を眇《すが》め、淡々とリーシェに向かって尋ねた。

『先ほどの『従者』の意趣返しをしているだろう』

『ふふ、ちっとも！「従者のふりをなさっているアルノルト殿下、楽しそうだしちょっと意地悪だったなあー」なんて、全然思ってなどいません！』

『…………』

にこーっと笑ってそう言ったリーシェに、アルノルトは深く溜め息をついた。

とはいえ、意趣返しという言葉が彼から出てきた時点で、間違いなく意地悪の自覚はあるはずだ。

＊＊＊

「――アルノルト殿下。こちらの入港記録、さっそく確認し終わりました！」

「…………」

少年姿に変装したリーシェは、きりっとした表情でアルノルトに報告した。

頭には茶色の鬘を被《かぶ》り、少年らしい印象になる化粧を施して、歩き方や振る舞いも男の子に近付けている。

シャツの中には革のベストを着込み、厚底の靴を履いて、身長や体型の誤魔化しにも対応済みだ。

この街にリーシェをよく知る者はいない。昨日の客船内で出会った支配人たちも、昨晩のあの雰囲気で記憶していれば、いまの男装姿を結び付けることはないだろう。

アルノルトの姿は目立つが、そもそも皇太子が訪れている場所には、限られた人物しか近付けないものだ。よってリーシェは、誰にも男装を疑われることなく、煉瓦《れんが》の倉庫街を歩き回っていた。

「隊長さん、押収済みの積荷も見ていいですか？」

リーシェはきらきらと目を輝かせ、初任務に張り切る少年騎士のふりをする。

すると、この運河の警備を行っている騎士隊長は、微笑ましいものを見守るように頷くのだ。

「ああもちろんだ。どうぞ自由に」

「はい！　アルノルト殿下、僕にお任せ下さいね！」

元気いっぱいにそう言ったあと、冷静に視線を巡らせる。

（——身を隠し、獲物を隠す狩人の立場なら）

美しい煉瓦造りの倉庫街で、適した場所はいくつも見付けられた。

人の心理上、物を隠したくなるところ。ここに隠れれば安全だと思える場所。そんな候補に上がるのは、普通の人が思っている以上に少ない。

（罪人を追い、隠された物を暴く騎士の立場なら——……）

辺りをぐるりと見回したリーシェは、とある木箱に目を付けた。

（あれだわ）

リーシェがとと っと駆け寄ったのは、倉庫の外へ無造作に積まれている木箱のひとつだ。

アルノルトがリーシェを観察し、同時に騎士隊長のことを探っている。リーシェもそれを感じながら、辺りの気配を探っていた。

（隊長さんが息を吐く音。……あれは、安堵《あんど》の音……）

リーシェが近付いたその木箱に、後ろ暗いものが隠されていない現れだ。

リーシェたちが本当に探し物をしている状況であれば、騎士隊長の反応は失敗を意味していただろう。けれどもいまは、それでいいのだ。

（私が見付けたかったのは、あなたが仕掛けているこの『罠《わな》』だもの）

リーシェとアルノルトの計算通りであることを、騎士隊長が知ることはきっと無い。

（見付かってはまずいものを、こんな所に隠すはずはないものね。それでいてあからさま過ぎもし

ない、絶妙な場所だわ）

内心の考えが気付かれないよう、手袋を嵌《は》めた手で物色する。そんなリーシェを眺めながら、騎士隊長は苦笑いをしたようだ。

「見習い騎士殿は、実に初々しいですなあ。それにしても、地位だけはある高位貴族が、跡取りにならないご子息を殿下に献上するとは。いやはや、アルノルト殿下もさぞかし苦労なさっていることでしょう」

リーシェには聞こえていないつもりなのだろうが、あからさまにアルノルトへ取り入ろうとするような声音だった。アルノルトは隊長の言葉に対し、まったく反応を示さない。

（殿下はいつも通り。この上なく最適な振る舞いをなさっているわね）

リーシェはくすっと笑いつつ、中身の見分を続ける。埃《ほこり》っぽい木箱の中には、押収の必要も感じられない品々が並んでいるばかりだ。

（ハリル・ラシャで輸出の禁じられている、貝のランプ――……に、見せ掛けた偽物だわ。陽《ひ》を当てると七色に光るはずの表面で、黄色と橙《だいだい》の境目が曖昧だもの）

手に取って片目を瞑《つむ》り、継ぎ目をよくよく鑑定する。商人人生でも扱ったことのある品で、注意するべき点はよく知っていた。

（わざわざ禁輸品の偽物を作って、押収品の中に置いている理由は……）

箱の中から顔を上げ、鼻の頭を手の甲で拭った。リーシェは振り返ると、騎士隊長にランプを見せる。

「隊長さん！　さてはこの品、ハリル・ラシャのランプですね？」

本物だと信じている演技をし、毅然《きぜん》とした表情で声を張る。

「あまり知られていない品ですが、この貝は確か輸出を禁じられているもの！　まさか、この運河に入ってきた船の積荷だったのでしょうか!?」

「おや、よく知っているねルーシャス君」

騎士隊長は両手を広げ、リーシェの言葉に頷いた。

「そうとも。この品は、流通させてしまえばハリル・ラシャとの外交問題にも繋《つな》がりかねない。私自らが改めた積荷に隠されており、現在その船の荷物はすべて確認させているところだ」

（やっぱり。この偽物は、隊長さんと部下たちがきちんと仕事をしている証拠の偽造だわ）

とはいえこの偽物は、とても精巧な品だ。

（鑑定のための商人を呼んでこない限り、これほど巧妙な模造品を見抜くのは難しいはず）

砂漠の国ハリル・ラシャの品に関する知識がある人間は、ガルクハインにそれほど多くない。

（たまたま人生を何度も繰り返して、商人の経験をしていてよかったわ）

リーシェはしみじみ思いつつも、木箱の中にランプを戻しつつ騎士隊長を観察した。

（騎士隊長さんの背筋にも、さっきよりも緩みが感じられるわね。まばたきの回数も、アルノルト殿下のお姿を見るときは増えるけれど、それ以外では正常に戻りつつあるし）

リーシェが観察したように、アルノルトも感じ取ったらしい。ちょうど視線が重なったので、リーシェはアルノルトにこう言った。

「アルノルト殿下、次はあちらの倉庫内を確認したいのですが！」

「施錠はどうなっている？」

「はっ。いますぐ部下を呼んで参りますので、少々お時間をば」

するとアルノルトは、騎士隊長に視線を向ける。

「よもや隊の長《おさ》が、鍵の場所を把握していないとは言わないだろうな？」

「!!」

アルノルトが何か命令をする前に、騎士隊長は慌てて背筋を伸ばした。

「も、もちろんでございます！　直ちに私自身が取って参りますので、少々お待ち下さい!!」

騎士隊長は迷いながらの足取りで、足早に何処かへ向かった。煉瓦造りの路地に残ったのは、リーシェとアルノルトのふたりだけだ。

「あの慌てようですと、鍵を届けてくださるまでは少し時間が掛かりそうですね」

アルノルトの下《もと》に、とととっと駆けてゆく。リーシェを見下ろしたアルノルトは、溜め息をつきながらリーシェに手を伸ばした。

「頬に汚れがついているぞ」

「！」

手袋を嵌めた指で、ほっぺたをやさしく拭われる。

「婚礼衣装の試着をする予定の前に、わざわざ文字通りの汚れ仕事をするとはな」

「し、試着の前にもう一度お風呂には入りますし……！」

以前も頬を拭われたことがあるのを思い出すものの、あのときよりも緊張しながら彼の手を受け入れた。

ぎゅっと目を瞑ったリーシェに対し、アルノルトは何かに気が付いたようだ。頬を拭ってくれながらも身を屈め、リーシェの首筋に鼻先を近付ける。

「で、殿下……？」

「…………」

周りに誰の気配も無いとはいえ、主君と騎士を名乗るには不適切な距離感だ。

こんな言葉を呟いたアルノルトの吐息が、リーシェの肌に触れる。


「――――甘い香りがする」

（びゃ……っ）


淡々とした何気ない声音なのに、それが却《かえ》って気恥ずかしかった。

恐らくは先ほど、婚儀の支度のために肌を磨いてもらったときの美容液たちだ。リーシェは慌てて後退《あとずさ》り、火照った両手で自分の口を塞ぐ。

「だ、男装には支障無いと判断したのですが……!!」

「そうだろうな。この程度であれば、よほどお前に近付かなければ分からない」

「〜〜〜……っ!!」

その言葉はつまり、アルノルトがそれほどリーシェに近かったことを意味するものだ。それを改めて意識してはいけないような気がして、騎士らしく背筋を正した。

「と、ともかく。いま何よりも優先すべきことは、攫われた女性たちの救助と、これ以上の犠牲者を防ぐことです！」

リーシェは慌てて歩き始める。あくまで周辺を見回るていを崩さないまま、ふたりで細い路地へと入った。

「節穴の調査をすることで油断を誘う作戦も、隊長さんの反応を見ていれば上手《うま》く行きそうですし。これでここに来た初日、女性たちを保護したことによって高まっている奴隷商人たちの警戒心が、少しは薄れるといいのですが……」

「船で逃げられると厄介だからな。この国にはそれを追う手段がない」

（やっぱりガルクハインとして、海上戦が不得手なことはしっかり意識していらっしゃるのだわ）

リーシェたちが歩く裏路地の傍を、大きな船が一隻進んでゆく。リーシェはそれを見上げ、積まれた木箱に書かれた文字に目を留めた。

「あ。ご覧ください殿下、シウテナから来た船のようですよ！」

シウテナは、ガルクハインの北にある港町だ。知っている地名に目を輝かせつつ、リーシェは友人のことを思い出す。

（フリッツは元気かしら。領主であるローヴァイン閣下のお供で、故郷のシウテナに帰っているという話だったけれど）

騎士候補生として男装したリーシェがローヴァインに指導され、フリッツと一緒に訓練を受けていたのは、今からおよそ一ヶ月半ほど前のことだ。

今日まで色々な出来事があったお陰で、あれから随分と時間が経《た》ったような気がする。

（私の正体を隠して出会ってしまったから、フリッツとは中々会えないけれど）

そのことを残念に思いつつ、リーシェはアルノルトを振り返った。

「ローヴァイン閣下はお元気でしょうか。きっとシウテナの領主として、お忙しくしていらっしゃるのでしょうね」

「さあな」

「まあ、興味がなさそうなお返事。ローヴァイン閣下のことを、騎士教育ではあんなに評価していらしたのに」

「その能力については認めるが」

アルノルトの声音に、それまでには無かった冷たさが混じる。

「あの男を、俺の臣下だと思ったことは一度もない」

「――――……」

未来でローヴァインを惨殺するアルノルトは、心底から突き放すようにそう言った。

「それは」

リーシェは、サイズを調整してもまだ大きく感じる上着の袖口をきゅっと握りつつ、アルノルトに尋ねる。

「ローヴァイン閣下が、お父君に属するお方だからですか？」

「何を言う」

アルノルトは挑むようなまなざしで、笑うように目を眇めた。

「お前はとうに、気が付いているんだろう」

（……！）

心臓がどくりと跳ねたのを、アルノルトに気付かれていないようにと祈る。

（落ち着いて。……私が未来を知っていることを、指摘なさった訳ではないわ）

自分自身に言い聞かせながら、リーシェは静かに息を吐き出した。

俯き、『初任務に逸《はや》る騎士見習い』らしい振る舞いのふりをして、アルノルトよりも先を歩きながら答える。

「ずっと気に掛かってはいるのです。以前起きたミシェル先生の火薬の一件で、先生を捕らえようとなさったのは、ローヴァイン閣下でした」

リーシェが思い返すのは、騎士候補生のふりをして訓練に参加したのち、錬金術師ミシェルの起こそうとした騒動を止めた際のことだ。

「ローヴァイン閣下はあのとき、それが皇帝陛下のための行動であったように振る舞っていらっしゃいます。ですがアルノルト殿下の推測では、ローヴァイン閣下はミシェル先生のことを、皇帝陛下に隠したがっていたのですよね」

アルノルトは首肯の代わりに目を眇める。彼がそう考えた理由は分からないが、だからこそあのときアルノルトは、ローヴァインにこう警告したのだ。

『聞く耳は持たない。早急に下がれ。──これ以上騒げば、父の耳にも入りかねないぞ』

リーシェが過去の人生で耳にしたローヴァインの噂《うわさ》は、『ガルクハイン皇室の忠実な臣下』というものだった。実際に会った現在の感想でも、彼の誠実さは本物に見える。

けれどもローヴァインの動きには、やはり引っ掛かるものがあるのだった。

（未来の皇帝アルノルト・ハインは、自らの悪行を諫《いさ》めたローヴァイン閣下を惨殺する。そのお話と目の前にいるアルノルト殿下には、どうしても落差がありすぎる）

そこから浮かび上がる推測に、リーシェはくちびるを結ぶ。

（アルノルト殿下が、未来で本当に排除したのは……）

煉瓦造りの倉庫街で、その細い路地を曲がった。

ちょうどそのときリーシェの上で、大きな鐘の音が鳴る。

「……！」

見上げた先にあったのは、運河のほとりに建つ教会だった。

青空に向かって聳《そび》え立つ尖塔《せんとう》の先で、金色の鐘が揺れている。その屋根の頂に寄り添うのは、滑らかな大理石の彫刻によって生み出された、美しい女神の姿だ。

（クルシェード教の、女神像）

リーシェはゆっくりと瞬きをして、その女神を見詰める。

（アルノルト殿下の嫌うもの。女神の血を引くという巫女姫《みこひめ》さま、そのお方こそがアルノルト殿下の母君で……）

「――――……」

その瞬間、リーシェは思わず息を呑《の》む。

アルノルトが後ろから手を伸ばし、リーシェの双眸《そうぼう》を手のひらで覆って、目隠しをするように抱き込んだからだ。

真っ暗になった視界の中、リーシェの耳元に声が触れる。

「――あれは、俺に必要なものではない」

「……」

その言葉を、女神のことなのかと錯覚した。

そうではないと分かったのは、アルノルトが次にこう続けたためだ。

「よってこの先も、ローヴァインを俺の傍に置くことはない」

アルノルトに後ろから抱き竦められ、大きな手で目元を覆われたまま、リーシェは立ち尽くす。

（……いま）

どうしてこんな風に触れられるかが分からなくて、こくりと喉を鳴らした。

（私が女神像を見ることを、忌避なさった……？）

この目隠しは、リーシェの自由を奪う行いだ。

けれどもこれまでのアルノルトは、リーシェの身の安全に関わること以外で、リーシェに何かを強いたことはない。危険なことを除いては、何かを禁じられたことだって一度もない。

「……」

アルノルトの手がするりと離れ、一歩後ろに下がる。

いま来た道の方から聞こえる足音に、リーシェもそちらを振り返った。この靴音は、本来足音を立てずに歩ける人間が、わざと響かせているときの音だ。

「でーんか。それから、新入りのルーシャスくん」

（ラウル）

近衛騎士の衣服に身を包んだラウルは、その手で何かの鍵を弄びながらやってくる。リーシェは新入りの騎士らしく、迅速にそちらへと駆けて行った。

「お疲れさまです、先輩！」

「おおいいね、苦しゅうない。殿下との見回りは順調か？」

「はい！　現在は倉庫の確認をするため、隊長殿が鍵を取りに行って下さったのを待っています！」

先輩と後輩のふりをしながら、現場についてを共有する。ラウルは口の端でにっと笑い、リーシェに金色の鍵を放った。

「隊長殿がお戻りになるよりも、殿下が隊長殿をクビにする方が早いんじゃねえ？　鍵の紛失とかを理由にして」

「そんな面倒なことをする訳がない。処罰を下せるだけの不正の証拠など、とうに集め終わっているからな」

ふたりの会話を聞きながら、リーシェは鍵を空に翳《かざ》す。この鍵を必死に探し回っているはずの騎士隊長は、自分の命運にまだ気が付いていないだろう。

「それと、ここからはふたつ伝言が。まずひとつ、殿下のご婚約者さまであらせられるリーシェさまの婚礼衣装ですが、本日の衣装合わせは延期したいと職人が」

「！」

思わず声が出そうになったものの、『ルーシャス』として一応は耐える。周りに他の気配が無いことは分かっているが、念《ねん》の為《ため》だ。

リーシェを一瞥《いちべつ》したアルノルトが、代わりにラウルに尋ねてくれる。

「――理由は？」

「どうやら昨日、アルノルト殿下とリーシェさまが街を散策なさっているご様子を、職人が目の当たりにしたようで。リーシェさまの美しさに見合う刺繍《ししゅう》はこんなものではないと、更なる手を加えているようです」

（職人さんのお仕事が増えちゃってる……!!）

恐らくは実際に着る人間を見たことで、イメージの修正などが発生したのだろう。その熱意を有り難く思うと同時に、申し訳なくも感じる。

「だ、大丈夫なのでしょうか。職人さんは」

「本人からの申し出だからな。あとは予定の変更を、リーシェさまが承諾なさるかどうかだ」

「それはもちろん！　……と、お答えになるかと……」

素敵なドレスになるのであれば、リーシェも嬉《うれ》しい。アルノルトから贈られた指輪と合わせた刺繍を入れてもらっているため、合わせて身につけるのが楽しみだ。

（着れるのが今日では無くなるのは、少し残念だけれど……その分だけ、わくわくする時間が長く味わえるもの）

「そんじゃ、続いてアルノルト殿下。オリヴァーさんがお呼びですんで、一度この視察は切り上げていただけましたらと」

恐らくわざとそうしているのだろうが、ラウルはふざけ半分の言葉遣いだ。けれどもその点を除いてみれば、いまのラウルの振る舞いは、やはりアルノルトの臣下らし過ぎる。

「ここの見回りの続きは、俺とルーシャスくんと『ヨエル殿』でやっておきますんで」

「…………」

アルノルトは表情を変えず、どうでもよさそうにラウルに命じた。

「──ならば、あの剣士の監視を緩めるな」

「へいへい。じゃあ一旦呼びに行ってきますよ」

引き返してゆくラウルの背中を見詰めつつ、リーシェは思考を巡らせる。

「アルノルト殿下からご覧になって、ラウルは傍に置きたい存在なのですね」

「別に。使えるものを使えるように使う、それだけだ」

（ローヴァイン閣下のときとは、はっきりと違うお答え……）

ただ単に合理的ということか。あるいは何か、理由があるのだろうか。

「それでは」

リーシェは真《ま》っ直《す》ぐに向き直り、もうひとつの質問をアルノルトに向けた。

「私は、あなたのお役に立てていますか？」

「……」

どうして自分に求婚したのかと、これまでに何度か問い掛けを重ねた。

けれどもリーシェはもう二度と、アルノルトにそれを問うことは出来ないだろう。尋ねたことによって返ってくる答えを、聞くのが怖いと感じてしまうからだ。

「……俺には」

アルノルトが緩やかに目を伏せて、こう口にする。

「お前が居なければ成し遂げられないことが、いくつもあった」

「！」

思わぬ答えが返ってきて、息を呑んだ。

海の色をしたアルノルトの双眸は、本物の海よりも美しい。飾られた長い睫毛《まつげ》に陽光が透けて、海の瞳に水面のような影を落としている。

「そしてそれは、この先にも間違いなく存在する」

「殿下」

そしてアルノルトは、こう続けるのだ。

「――断言しても、構わない」

「……！」

不確定なことを嫌うであろうアルノルトが、そんな言葉を口にした。

たったそれだけの、けれど何よりも得難い答えだ。いまここで何か返事をすれば、声が震えてしまう気がした。

（っ、駄目……）

慌てて俯いたリーシェを見て、アルノルトがふと呟く。

「……そういえば、埋め合わせをする必要があるな」

「埋め合わせ……？」

「それで良いと返事をしていたが、残念にも感じていたんだろう。お前が好みそうな光景を、今夜この街で見せてやれる」

思わず顔を上げて首を傾げれば、アルノルトはまるで涙を拭うかのように、リーシェの睫毛を親指でなぞる。

「衣装合わせが、延期になった分だ。……それでいいか？」

「！！」

アルノルトのそんな言葉に、リーシェは言い表せないほどの感情を抱いた。

「……ありがとう、ございます」

嬉しい気持ちがいっぱいになりすぎると、どのような顔をしたら良いのかが分からなくなるらしい。けれどもやっぱり嬉しくて、リーシェはなんとかこう告げる。

「嬉しいです。……すごく、とっても……」

「……ああ」

まったく上手く言えた気はしないが、リーシェの感情は伝わったようだ。穏やかな声音による相槌《あいづち》を聞き、途端に恥ずかしくなってしまった。

「あ……アルノルト殿下はオリヴァーさまの下《もと》に戻られるのですよね!? 僕もラウル先輩を手伝って参ります、それでは！」

リーシェはそう言うと、ヨエルを同行させるのに苦労しているであろうラウルの方に駆け出す。

「――……」

その場に残ったアルノルトが、静かなまなざしでリーシェの背中を見据えていることなど、当然知るよしもないのだった。

＊＊＊

倉庫街の細い路地を駆けて行ったリーシェは、追い付いた彼の背中に呼び掛ける。

「ラウル……先輩！」

くるりと振り返ったラウルは、息を切らすリーシェを見て面白そうに目を眇めた。

「はは。あんたに『先輩』って呼ばれるの、すげー良い気分」

「当然です。僕は近衛騎士の見習いですから」

リーシェが念のため騎士のふりを続ける一方、ラウルが素に近い振る舞いなのは、周りに騙《だま》した い相手がいない状況のためだろう。

一見すれば軽薄に映っても、ラウルは隠密《おんみつ》部隊である狩人の頭首なのだ。いざというとき瞬時に切り替えが出来るので、人目のないところで取り繕う必要がない。リーシェはきょろりと辺りを見回し、この先の路地に目を向けた。

「『ヨエル先輩』はあちらですね。角の向こうに座り込んで眠ってらっしゃる気配……」

「ほんっとに相変わらず。俺たちの同業か騎士だったのかってくらいの的確さでいらっしゃる」

「あはは、やだなあラウル先輩！　僕はしがない騎士見習いですってば。それより」

リーシェはラウルを見上げると、人差し指をくちびるに翳して微笑む。

「――僕からも、ラウル先輩にお願いしたいことがあるのですが？」

「……『見習い』の設定はどこ行ったんだよ、本当に……」

元より嫌な予感がしていたのか、ラウルは呆れたように顔を引き攣《つ》らせた。近衛騎士の先輩に何かを依頼する後輩など、本来なら居るはずもない。

「もちろん無理にとは申し上げません。難しい場合、ラウル先輩より上手く出来ないかもしれませんが、最終的には自分で……」

「あー分かった分かりましたよ。あんたらご夫婦に返しきれない恩がある身だ、なんでも言ってくれればいい」

「ありがとうございます！」

リーシェはぱっと笑顔を作り、ラウルにいくつかの頼みごとを告げた。けれども内心では、注意深くラウルのことを観察する。

（……ラウルは私のお願いを聞いてくれる。アルノルト殿下に従うような振る舞いをしているのも、ラウルが感じている『恩』によるもので、それ以上の意味は無いのかもしれないけれど……）

狩人人生でリーシェが見てきたラウルは、一度助けられた人間への恩をはっきりと示し、篤《あつ》い忠誠心を持つ人物だ。

（ラウルが恩義や忠誠以外でアルノルト殿下に従うとしたら、それは『利害の一致』という可能性が一番高い。だけど、すぐに判断することは出来ないわね）

あまり観察のまなざしを注ぐと、ラウルにはすぐ気付かれてしまう。

「それではラウル先輩、よろしくお願いしますね！　……あとは……」

リーシェは路地の先まで走り、その曲がり角を覗き込む。

「ヨエル先輩！」

「んん……」

そこでちょこんと膝を抱えているのは、リーシェと同じく近衛騎士の制服を身に纏ったヨエルだ。

騎士の男性としては華奢な体を丸め、ヨエルは微睡《まどろ》んでいる。リーシェの後ろから追い付いてきたラウルが、やれやれと言わんばかりに肩を竦めた。

「『傍に置いて監視しろ』って殿下のお言葉だが、道端で寝始めて動かねーの。薬を盛られてて不調なんだっけ？　まだ薬が抜けてねーんなら、あんたに診てもらった方がいいと踏んだんだが」

「ヨエル先輩。ごめんなさい、少し失礼しますね」

リーシェはヨエルの手首に触れ、脈の速さを測ろうとした。けれどもあらゆる簡易診断の結果が、ヨエルの眠そうな理由を結論付ける。

「……ぐう……」

（……単純に、いつも通り眠くて寝ていらっしゃるだけだわ……！）

リーシェはふっと息を吐き、ヨエルから数歩後ろに下がった。

「どうする？　このあと隊長さんが戻って来たら、こいつが騎士じゃないって怪しまれるかもな。ははは、いっそ置いてくか」

「アルノルト殿下に怒られますよ。ラウル先輩、『それ』を貸していただけますか？」

立ち上がったリーシェは後ろに下がりながら、視線でラウルの所有物を示す。ラウルは僅かに目を見開いたあと、物言いたげな顔をしつつ息を吐いた。

「こっちの方がよっぽど、アルノルト殿下に怒られると思うんだがな？」

「大丈夫です！　殿下は危ないことをしない限り、僕のことを怒ったりされませんので」

「あんたの言う『危なくないこと』は、世間とだいぶズレてるんだ……よ、っと！」

ラウルは言いながら留め具を外し、リーシェにとあるものを放り投げた。

上に右手を伸ばして受け止めたあと、すぐにそのままヨエルの方に投げる。ひゅんひゅんと回転しながら飛んでいくそれを見ながら、リーシェは自らの腰に手を伸ばした。

「ヨエル先輩！」

かつてと同じ呼び方で、天才剣士の名前を呼ぶ。

そうしてリーシェは、騎士の扮装《ふんそう》のために携えていた細身の剣を抜き払った。

（ヨエル先輩を起こす、唯一の方法）

ラウルから受け取って放《ほう》ったのは、ラウルが提げていた剣だ。

投げた剣がヨエルの間合いに入ったとき、リーシェは構えを取って声を上げる。

「一戦、お相手願います！」

「────……」

ヨエルの瞼《まぶた》が開き、一見すれば茶色に見えるその瞳に光が入る。

彼の双眸が本来の金色に輝き、まばたきをひとつ重ねた、次の瞬間のことだ。

「!!」

リーシェの頭上には、ヨエルの振り被った剣が迫っていた。

刃に陽光が反射して、切っ先が星のようにちかりと光る。リーシェは咄嗟《とっさ》に後ろにかわしながら、すぐさま前に跳んで剣を振った。

「……っ!!」

きいんと高い音が響き、互いの剣が眼前で交差する。

「おはよう、ございます、ヨエル先輩……っ」

「……剣士と傭兵《ようへい》と弓兵が混ざったみたいな戦い方。剣以外にも頼ってるような体捌《たいさば》きなのに、俺と似た剣術にも感じられる……」

正面から対峙《たいじ》したヨエルの双眸には、爛々《らんらん》とした強い光が宿っていた。

「やっぱり俺よりは弱いし、一番わくわくするのは『アルノルト殿下』だけど。なんでか分かんないくらい、君とやっててもわくわくする」

「んんん……っ」

剣同士で互いを押し合う中、力に耐えきれないリーシェの手が震えた。ヨエルはぺろりと自分のくちびるを舐《な》めてから、ほんの少しだけ楽しそうに笑う。

「――君のことも、やっぱり好きだな」

「……！」

きらきらと輝く純然とした殺気を注がれて、反射的に後ろに跳び退《しさ》った。リーシェが慎重に間合いを取れば、ヨエルは出方を窺うように構え直す。

（前世と変わらず、まるで猫みたいな人だわ。手合わせであろうと無邪気に爪を出して、鼠《ねずみ》と戯れ合おうとする……）

けれども前世とは明確に違う。いまのヨエルには『親しい後輩に対する指導』の気遣いや、彼なりに見せていた面倒見の良さは存在しない。

「早くこっちおいで。リーシェ」

目の前にいるリーシェとどう戦うか、どこを斬れば倒せるのか。それだけを楽しんでいるかのような、敵としての表情だった。

「来ないなら、俺が先にやっちゃうよ」

ヨエルはリーシェを斬るために、一気に間合いへと踏み込んでくる。

(この剣)

手合わせと呼べる速度ではない。ヨエルの操る俊速の剣を、このままではまともに食らってしまう。頭上から振り下ろされる刃を前に、リーシェは悟った。

(剣術では、防ぎ切れない――――!)

「おい、いい加減に……っ」

ラウルが咄嗟に投げナイフを引き抜くのが、視界の端に映る。けれどもリーシェはすぐさま閃《ひらめ》き、自らの剣を盾として構えたまま、迷わずに足を振り上げた。

(正統な剣術で、駄目なら……)

「!」

ヨエルが驚いて目を見開く。ぱんっと爆《は》ぜるような音がして、ヨエルの手から剣が離れたのだ。

「な……」

リーシェが狙いを定めたのは、ヨエルが握り込んでいた剣の柄《つか》だった。

この蹴りは指の関節に衝撃を与え、剣には下からの力を加える。遥《はる》か高くに蹴り出された剣が、少し離れた石畳の隙間に突き刺さった。

「……」

「お手合わせありがとうございました。ヨエル先輩」

リーシェはほっと息を吐き、ヨエルに向かって一礼する。短い時間に凄《すさ》まじく集中した所為か、思った以上に呼吸が乱れていた。

向こうでラウルがなんだか呆れたような顔をしている。そしてリーシェの前に立つヨエルも、大変な不覚を取ったと言いたげな顔をしていた。

「……皇太子の婚約者をやっている女の子が、足技……」

（ヨエル先輩にこうして『女の子』と呼ばれるのも、不思議な感じがするわね）

そもそも今は男装中だ。リーシェは息を切らしながら、ヨエルに向かって詫《わ》びた。

「剣術以外の戦法も使ってしまい、申し訳ありません。私が怪我をするととても心配して下さるお方がいるので、自衛の手段を選べず……」

まさかヨエルが手合わせで、こんなにも迷いなく攻撃してくるとは予想していなかったのだ。前世で手加減されていたのは、あくまでリーシェが『後輩』だったからなのだろう。

ヨエルは落ちた剣を見遣《みや》り、複雑そうな顔のままで言う。

「多少戦い慣れしてる騎士でも、剣術に体術を混ぜるなんて中々やらない。ましてや、あんなのが反射的に出るなんて」

（ヨエル先輩の仰る通りだわ。普通の『騎士』が身に付ける剣術は、騎士道精神に基づいた美徳が前提にある）

けれどもリーシェはガルクハインで、そうではない剣のことを学んでいた。

「美しい剣術の型にこだわらず、生き延びるためにどんな手をも使って戦う。……その戦術が最も強いのだと、私の怪我を心配して下さるお方に教えていただいたのです」

「…………」

アルノルトと初めて手合わせをし、いまのように男装して訓練に潜り込んだ、そんな二ヶ月前のことを思い出す。

あれからリーシェは日々、隙を見てはひとりで剣の鍛錬をしていた。時々アルノルトが指導してくれて、手ほどきに剣を交えてもらったことも数回ほどある。

『お前はそもそも正統派の剣術より、相手を翻弄する戦いの方が向いている』

例によって立てなくなったリーシェを抱えて歩きながら、アルノルトは平然と言っていた。

『翻弄、ですか？』

『素早い身のこなしと優れた体幹、高い瞬発力を持つからな。人体の急所がすべて頭に入っている上、飛び道具の弓矢と剣を同じくらい扱える人間もそうはいない。――そこに加えて、その突飛な発想力』

『最後のひとつはなんだか妙に、含みがある気がするのですが!!』

そしてリーシェはこの国に来てから学んだことを参考に、『美しい剣術だけに囚《とら》われない、ガルクハイン式の騎士の戦い』を意識して鍛錬していたのだ。

（アルノルト殿下に教わったことが身についていると思うと、こんなにも嬉しい……）

自分の両手を見下ろして、自然と口元が綻んだ。ヨエルはそんなリーシェを見て、ぽつりと呟く。

「……アルノルト・ハイン殿下、か」

「ヨエル先輩？　一体どうなさって……」

ヨエルの顔を覗き込もうとしたリーシェの首根っこを、ラウルが後ろから掴んで引いた。

「あーはいはい、その辺りでストップ。サボりの時間は終わりだルーシャスくん、ヨエルくん」

「ラウル……先輩」

「これ以上やらかされたら、俺がアルノルト殿下にキレられる。ここでの目的は果たしたんだろ？　これから戻ってくる隊長さんとやらを適当に誤魔化したら、さっさと次に行こう」

もっともであるラウルの言葉に頷いた。ドレスの試着が延期になった時間の分は、有効に活用しておきたい。

（ヨエル先輩の殺気も、なんだか落ち着いたみたいだし）

ヨエルは煉瓦造りの倉庫に背中を預けると、まだまだ眠そうな顔で言う。

「……次ってなに？　というか俺、ほんとーに剣でしか役に立たないと思うけど。それでもまだあんたたちと行動しないと駄目……？」

「自分で言うな、自分で」

「出番が来たら呼んでほしい……。敵の所に乗り込んで全員斬っていいとか、なんかそういう……むにゃ」

相変わらずのヨエルに苦笑しつつ、リーシェは気を引き締めるのだった。

＊＊＊

その男は、長身の体を長椅子に横たえていた。

椅子の傍には暖炉があり、真夏だというのに煌々《こうこう》と炎が燃えている。退屈そうなまなざしの男は、その手に束ねられた書類へと目を通し続けていた。

彼は一枚紙を捲《めく》るごとに、読み終えたものを暖炉に焼《く》べる。

緩慢に手を伸ばし、手元を見ることなく紙を炎に放り込みながら、やがてぽつりと呟くのだ。

「アルノルト・ハイン」

運河の水面に揺らめくのは、星の光にも似た瞬きだ。

男は窓辺にも目を向けず、最後の一枚から手を離した。

「――あの忌まわしき血を引く皇太子殿に、目通りを願う時が来たようだ」

＊＊＊

リーシェが騎士の人生を振り返ると、そのほとんどがヨエルとの思い出になる。なにしろヨエルは同室であり、先輩であり、リーシェが剣術を学ぶ参考にした『天才』だ。

『ルーシャス。……ルー、こっち。俺のとこおいで』

年月を経て親しくなったヨエルは、そうやってリーシェの偽名『ルーシャス』の愛称を呼び、弟のようにリーシェを可愛《かわい》がった。

『ヨエル先輩！　寝癖が盛大なのはいつもの事ながら、さすがに国王陛下の前でその頭は由々《ゆゆ》しき事態かと。というか団長に叱られます！』

『気になるんだったらルーがどうにかして。俺はギリギリまで寝てるから、ふわあ……』

『もーっ、先輩！』

無防備な猫のように振る舞うヨエルに、リーシェはたくさん振り回されたものだ。櫛《くし》を持ち、侍女だった人生で身に付けたことを活《い》かそうとしていると、ヨエルは満足そうに目を細める。

『後輩は、先輩の言うことを聞くんだよ』

リーシェが来るまで最年少だったヨエルは、彼にとって初めての後輩であるリーシェに言った。

『その代わりお前の先輩は、後輩のことを守ってやるから』

『……ヨエル先輩……』

周囲から聞くヨエルの話は、いつも内容が決まっている。

常に眠そうで何もしないこと。周りに合わせず、騎士道精神など持ち合わせていないこと。

しかしそれらを補って余りあるほどの、剣術の天才であること。

誰とも協力することなく、たったひとりきりで戦い、その戦法でこそ最も実力を発揮すること。

『ヨエルは誰とも連携しない。あいつの剣技に合わせられる人間が、何処にもいないからだ』

かつての人生における騎士団長は、少しだけ寂しそうに笑いながらそう言っていた。

『ヨエルが戦場で補助をしてやる相手なんて、世界中を探してもお前だけだよ。ルーシャス』

実際に彼の言葉通り、ヨエルはリーシェを助けてくれたのだ。

そうして最期にはリーシェを庇い、皇帝アルノルト・ハインの剣によって命を落とした。

現在迎えている七度目の人生において、アルノルトに運河の街を案内されながら、リーシェはこんな風に考える。

(天才剣士であるヨエル先輩があのとき命を落としたのは、私が一緒に戦っていたから。……それならいつか同じように、アルノルト殿下も)

夜の中でランタンを手にしたリーシェは、少し先を歩くアルノルトの背中を眺める。星が満天に輝く下、運河を流れる水の音を耳にしつつ、何処かぼんやりと想像した。

(私がお傍で戦うことで、いつかこのお方を危険に巻き込むときが来ることだって……)

「――リーシェ」

「!」

振り返ったアルノルトに名前を呼ばれて、リーシェは顔を上げた。

思考を読まれているかのようなタイミングで、ほんの僅かに心臓が跳ねる。こちらに向けられたアルノルトの青い瞳は、リーシェのことを真っ直ぐに見据えていた。

「何か、考え事でもしているのか」

「いえ！　申し訳ありません、歩調が遅れてしまい……！」

本当に何もかもがお見通しで、アルノルトには敵《かな》わないと心から感じる。それでもリーシェは想いを隠し、アルノルトの隣へと急いだ。

「焦らなくて良い」

「で、ですが」

「リーシェ」

運河に沿ったこの遊歩道は、赤茶色の石畳によって舗装されている。そんな道を踵《かかと》の高い靴で歩くリーシェのことが、アルノルトには危なっかしく見えたのだろうか。

「……おいで」

「！」

そう言って差し出された大きな手に、リーシェは恐る恐る手を重ねた。

この『おいで』という柔らかな呼び掛けは、つい先日からアルノルトが使うようになったものだ。リーシェが仔猫《こねこ》を呼んだのを真似て、リーシェに対してだけ口にする。

淡々としていても穏やかな声は、向けられるととてもくすぐったい。

アルノルトの左手がリーシェの手をやさしく包んだので、それだけで思わず指先が跳ねた。

「どうした？」

「い、いえ……！　この形で殿下にエスコートしていただくのが、なんだか緊張して」

「なんだそれは」

アルノルトに訝《いぶか》しそうな顔をされるのだが、恋心の所為だと言えるはずもない。

昨晩が『お嬢さまと従者役』などという役割分担だったことや、昼間に『皇太子と近衛騎士見習い』の振る舞いをしたことが原因だと考えてもらえることを祈りつつ、リーシェは周囲を見渡した。

「それにしても、本当に綺麗《きれい》ですね」

リーシェがまなざしを向けたのは、すぐ傍らを流れる運河だ。

さざ波の立つその水面は、街の明かりを映し込んで、まるで流星群の星空のように輝いていた。

「アルノルト殿下が、私にこんな景色を見せようとして下さるなんて……」

「――――……」

そのことがとても幸せで、リーシェはアルノルトに微笑んだ。

アルノルトは少し目を眇めたあとに、意外なことを言う。

「お前が最も好みそうな光景は、まだ先にある」

「そうなのですか？」

今でもこんなに美しいのに、もっと綺麗なものがあるというのだろうか。リーシェがわくわくして目を輝かせると、アルノルトが柔らかな声で尋ねてきた。

「もう少し、歩けるか？」

「はい！」

楽しみなのが抑えきれない気持ちで返事をしたら、アルノルトがふっと笑った。ふたりで歩き出しながらも、慌てて確かめる。

「は、はしゃぎすぎて小さな子供みたいでしたか？」

「……いいや？」

（でも、お口元が少しだけ笑っていらっしゃる……！）

リーシェはむむむと口を噤《つぐ》みつつ、改めて周囲の景色を探る。

（辺りに誰かの気配は無し。私たちが夜のお散歩をするからと、騎士の皆さまが各所で警備をしてトさっているお陰だわ）

アルノルトと繋ぐ手をあまり意識しないようにして、リーシェは告げた。

「経過をお伝えいたします。アルノルト殿下」

「話せ」

頷いたリーシェの胸に宿るのは、薬師だった人生と騎士だった人生、それぞれの矜持《きょうじ》だ。

「私はあのあと男装を解いて、誘拐被害に遭った女性たちの様子を見て参りました。海賊たちに飲まされた薬の影響は、皆さま抜けたご様子です」

「報告を受けている。お前の薬がよく効いたようだな」

「はい、ひとまずは安心いたしました。そして、解毒薬の効能が証明出来たということは……」

「――つまり」

こちらの考えを察してくれたアルノルトが、小さく息をつく。

「海賊共が使用する眠り薬を、無効化する薬が調薬出来るという算段か」

「仰る通りです。……私が囮役を務める際も、より確実に策を進めることが出来るかと」

作戦において重要となるのは、『令嬢リゼ』として海賊にリーシェを攫わせることだ。

すでに攫われた残りの女性たちを救出するためには必須だが、その作戦が始動したところで、連れて行かれた先のリーシェが動けなくなっては意味がない。

「…………」

「殿下？」

けれどもリーシェの報告の仕方は、アルノルトを呆れさせたようである。

「言うまでもないことだが。計画の成功率よりも、自分の安全を最優先する思考を持て」

「も……申し訳ありません」

少し眉根を寄せたアルノルトの横顔を見て、心配を掛けていることを自戒した。

とはいえ、起きているのは国を跨《また》いだ人身売買だ。ここでリーシェが上手く立ち回らなければ、犠牲を最小限に抑えることは出来ない。

（未来で起こる戦争と、同じように）

恋しい人に窘《たしな》められても、決意を揺るがすことはなかった。

「万全の状態で挑みます。幸いにしてアリア商会が先日から、この街をガルクハイン拠点のひとつにしていますので！　不足しているものがあっても確保可能かと」

「調薬の手は足りているのか？　予備を含めて十分な量を用意する場合、材料だけあれば足りるというものでもないだろう」

「理論上は問題ありませんが、準備に遅れの兆候が見られた時点で、すぐさま殿下にご相談いたしますね。大聖堂での反省は生かすつもりです」

「それでいい」

数ヶ月前、リーシェの首筋を毒矢が掠《かす》めた一件の際は、予備も含めたすべての解毒薬を患者のもとに運んでいた。運搬中の事故を警戒してのことだったが、結果としてその所為で、リーシェの解毒に時間が掛かってしまったのだ。

（実は今回の解毒薬については、事前にたくさん作り溜めしているのだけれど。この街で起こる出来事を事前に知っていたと見抜かれてしまわないよう、絶対内緒にしておかなくちゃ）

ひっそりと気を引き締めつつ、懸念事項を口にする。

「女性たちについてですが、皆さま今は落ち着かれたご様子でした。ガルクハイン国からの手厚い保護を感謝なさっていたほどで、とても気丈です。……いくら暴力に晒《さら》されていないとはいっても、怖い思いをされたはずなのに……」

彼女たちはリーシェの診察を受けながら、ひとりひとりが丁寧にこんなことを述べたのだ。

『助けて下さってありがとうございました、リーシェさま。偉大なる未来の皇太子ご夫妻に、心から感謝を申し上げます』

『いいえ。どうかいまは何もお気になさらず、ご自身のことだけを大切になさってください』

六度目の人生でシャルガ国の騎士だったリーシェにとって、シャルガ国の人々は守るべき存在だった。任務では令嬢たちの護衛にあたることも多く、こうして傍についていると、その笑顔を守るために必死だった日々が思い出される。

『私に出来ることがあれば、お申し付けを。お心の安寧に必要なこととあらば、どのような手間も惜しみません』

リーシェは寝台に座った女性の手を取ると、強い決意を込めて告げた。

『あなたが微笑みを取り戻すために、私は全身全霊を尽くしましょう』

『…………！』

女性は少し驚いたようで、きょとんと目を丸くしたのである。

『まあ……どうしましょう。まるで本物の騎士さまのようですわ』

『あ！　も、申し訳ございません』

六度目の人生で身に染みついた習慣のひとつが、女性を徹底して守る騎士道精神だ。つい発揮してしまった言動を誤魔化しつつ、安心してもらえるような言葉を探す。

『異国の地でのご不安もおありでしょうが、シャルガ国には既に遣いが出ているようです。すぐにおうちに帰れるはずですので、今はそのためにもゆっくりとお休みを』

するとそのとき、女性は遠くを見るようなまなざしでこう呟いたのだ。

『そうしたら、私は今度こそ嫁がねばなりませんのね』

『……？』

リーシェが瞬きをすると、女性は困ったように微笑んだ。

『親が決めた結婚ですの。お相手の方は自他に対して厳格なお方で、少し……怖くて』

『……それは』

『ですが、海賊より恐ろしいということはありませんわよね』

女性が明るく苦笑したので、リーシェも曖昧に微笑んだ。

『攫われてしまった、女性たちは』

少し俯いたリーシェは、アルノルトの隣を歩きながら告げる。これ以上はリーシェも容易に踏み込むことは出来ない、彼女の問題だ。

「そのお心に、深い寂しさを抱えていらっしゃったようでした。聞けば皆さまご結婚間近で、もうじき花嫁になられるはずだったのに」

『……』

「海賊たちが私と殿下のお芝居に引っ掛かったのも、恐らくは前例があったからなのでしょう。家族にも婚約者にも愛されない『リゼ』とあのご令嬢たちは、どうやら同じ境遇なのです」

彼女たちの心情を思うと、胸が苦しくなる。

アルノルトは、リーシェの心が沈んだのを察したようだ。ただでさえこちらの歩みに合わせてくれていたのに、更に歩調を緩めてくれた。

「醜悪な政略結婚の犠牲になることは、奴隷になることと変わらないものだろう」

「……っ」

ずきりと胸が痛んだのは、リーシェとアルノルトの婚姻も、政略結婚のひとつであることだけが理由ではない。

（アルノルト殿下の母君も、定められた結婚の犠牲になられたお方……）

女神の血を引く巫女姫だったアルノルトの母は、ガルクハイン現皇帝の侵略を免れるために、教団から差し出されたのだ。

その母は命を落としており、それはアルノルトが殺したのだと語られている。

アルノルトはリーシェを一瞥すると、浅く溜め息をついた。

「……目を瞑れ」

「？」

リーシェが首を傾げると、アルノルトが立ち止まってこう続ける。

「目的の場所まであと僅かだ。俺がお前を抱き上げて歩く、良いと言うまで目を開けるな」

「抱き……っ、な、何故ですか!?」

「抱えるぞ」

「ひみゃあ!!」

有無を言わさず横抱きにされて、リーシェは咄嗟にアルノルトの首へとしがみついた。何が何だか分からないものの、反射的に閉じた目は開けずにおく。

「アルノルト殿下！　い、一体……!?」

「お前に先ほどのような目をさせるために、ここに連れ出した訳ではない。──それならばいっそ、閉じておくべきだろう」

「ひょっとして、私が目を瞑って歩くと危ないからこそのお姫さま抱っこだったりしますか!?」

普段はリーシェが振り回している自覚はある。けれどもアルノルトのこうした接触に関しては、リーシェの方が冷静でいられない。

「き、気晴らしにお連れいただいたのにごめんなさい！　自分で歩けます、だから降り……っ」

「被害者の今後に対し、自身が踏み込める範囲ではないと躊躇しているのかもしれないが。そうだとしても普段のように、お前が考え抜いた結論を示してみれば良い」

「！」

アルノルトの思わぬ言葉に、リーシェは思わず目を開けた。

間近に見上げるアルノルトは、リーシェを抱き上げて歩きながらこう続けたのだ。

「忘れるな。——お前の夫は成し得る限り、お前の望みを叶えるということを」

「……！」

穏やかで真摯なその言葉に、リーシェの左胸が甘く締め付けられる。

「もう一度言う。目を瞑れ」

「っ、はい！」

急いでぎゅっと瞑目《めいもく》したリーシェに、アルノルトが笑ったような気配がした。

「お前の思う『最善』を、これまでのように俺に示してみろ。得意だろう」

「滅相も……！　というか殿下、この状態は何処まで!?」

「いま着いた」

「！」

そう言ってアルノルトはリーシェを降ろす。再び石畳の上に立たされるが、依然としてここは運河沿いの道のはずだ。

「開けていいぞ」

「……では」

なんだか妙に緊張してしまい、どきどきしながら瞼を開ける。そうして目の前に広がっていた光景に、リーシェは息を呑んだ。

「わあ……！」

紙で出来たたくさんのランタンが、運河の上に浮かんでいるのだ。

紙の向こう側に透けた蠟燭《ろうそく》の火が、水面に美しい光を揺らしている。その揺らぎは星の瞬きにも似て、とても幻想的な灯《あか》りとなっていた。

ランタンは数十どころの数ではない。この大きな運河を埋め尽くそうとせんばかりに、いくつもいくつも浮かんでいる。

それを上からこうして眺めると、夢の世界のような光景が広がった。

「星空で出来た川の上に、立っているみたい」

振り返ったアルノルトは、リーシェのことを見つめている。

この鮮やかな景色こそ、アルノルトが見せようとしてくれたものなのだ。

「運河に浮かべられたあのランタンは、一体……？」

その美しい光景に、リーシェは好奇心が抑えられない。運河の傍に近付こうとすると、アルノルトが気遣うようにリーシェの手を取る。

「祈りのためのものだと聞いている」

「祈り……」

アルノルトは目を伏せ、リーシェの足元を確かめながら教えてくれた。

「夜に遠方への船を出す際、船乗りたちが航海の安全を祈願して、あの灯りを流すそうだ」

「……！　ひょっとして」

繋いでもらった手を頼りに歩を進めながら、リーシェは瞳を輝かせる。

「水面に浮かべられた星の欠片《かけら》が、船を穏やかな海に導くというクルシェード教の聖典。それを元にした儀式として、星を模したランタンを海に流すと聞いたことがあります」

「実際は迷信めいた目的ではなく、潮の流れを夜でも追いやすくするための行動だろうが」

アルノルトが視線を向けた方角には、海があった。ここからはまだ見えないものの、風には微《かす》かな潮の香りが混じっている。

「この儀式を行う際は、事前に申請を出させることになっている。公の交通網である運河を使うにあたって、調整が必要なこともあるからな」

「なるほど。だからアルノルト殿下がご存知だったのですね」

通常ならば、祈りの儀式にアルノルトが関心を示すとは想像しにくい。けれどもそういった申請が存在するのであれば、彼の記憶の隅に留まっていたのは頷けた。

「ずっと前、私に薬のことを教えてくださった師匠から教わったんです」

リーシェは髪を片耳に掛けながら、目の前で煌《きら》めく運河を見つめる。

「ランタンを運河に浮かべて祈る地域があり、水面を埋め尽くす小さな灯りが、それはそれは幻想的な光景なのだと。師匠は詳しい場所を覚えていないと仰っていて、とても残念だったのですが」

あれは二度目の人生だった。薬師の師匠であるハクレイから聞いた話を思い出して、色々な人生の旅の途中、その景色を探してみたこともある。けれど、道理で見付からなかったはずだ。

「あれは、ガルクハインのお話だったのですね……」

「…………」

この美しい景色は、リーシェがこれまでの人生で、一度も来たことのない国に存在したのだ。

「あ！　ご覧下さい、アルノルト殿下！」

リーシェは無意識にぎゅっとアルノルトの手を握り返しつつ、もう片方の手で運河を指差す。

「あのランタン。殿下の瞳に近い、青色です！」

「そうだな」

「あの青色が、一番綺麗……」

けれども光が弱く見えるのは、青色がほとんど黒に近い色だからだろう。

この紙製のランタンは、張ってある紙を染料で塗ることで色付けていると思われるが、濃い青色は光も透過しにくい。

「錬金術の研究のひとつとして、色々な染料を編み出すのも良いかもしれません。遠くの大陸では純金よりも、同じ重さの青い染料の方が高価な国もあるほどですし」

「確かに、この国で需要が膨らむ可能性はある。お前が婚礼衣装に刺繍をさせたことによって、国中からこの街の服飾技術に目が向けられるだろうからな」

「ふふ！　皇族が大々的な婚儀を行うことによって生まれる経済効果は、国が賑《にぎ》やかになって素晴らしいですね」

綺麗な景色を眺められたおかげで、新しくやってみたいことも生まれた。心を弾ませるリーシェの様子は、やはりはしゃいだ子供のようだっただろうか。

「殿下？」

隣に立つアルノルトは、リーシェの横顔ばかりを眺めていたようだ。

それを不思議に思って首を傾げると、こんなことを告げられる。

「この国に到着した最初の日も、お前は街並みを眺めて喜んでいたな。──あのときは、まったく理解出来ないと思ったが」

恐らくはリーシェが離宮の掃除をして、アルノルトとバルコニーから皇都を見下ろしたときのことだろう。

アルノルトの物言いが、過去を語る形になっている。それにどきどきして、リーシェは尋ねた。

「……今であれば、ちょっとだけでもご理解いただけそうですか？」

「いいや。だが」

淡々とした否定に続いて、アルノルトは穏やかな言葉を重ねた。

「これがお前の焦がれるようなものだということは、もう分かる」

そう告げられたこととの大きさに、リーシェは少しだけ息を呑んだ。

（これは、クルシェード教の聖典を元にした儀式なのに）

巫女を母に持ち、教団を厭《いと》うアルノルトにとっては、この儀式も決して好ましいものではなかっただろう。

（それでも私を、連れて来て下さった）

星のようなランタンが、水面に美しく揺らいでいる。

船出を導くというこの火が、リーシェの心にも明るい光を灯《とも》してくれた。

「ありがとうございます。アルノルト殿下」

リーシェが嬉しくて微笑むと、アルノルトは眩《まばゆ》いものでも眺めるかのように目を眇める。

「……とっても、とっても綺麗……」

「…………」

少しだけ泣きそうになってしまったことを、アルノルトには見抜かれてしまっただろうか。

リーシェと繋いでいない方の手が、リーシェの頬へと触れる。

まるで涙を拭うようにまなじりをなぞりながら、アルノルトは無表情のままで双眸を伏せ、それでも柔らかな声でこう言った。

「……お前以外の美しいものを、俺は知らない」

「――――！」

アルノルトの言葉に、息を呑んでしまう。

海の色をした双眸に、ランタンの灯りが映り込んでいた。アルノルトのまなざしと、睫毛をくすぐるように辿る指に、とてもやさしく甘やかされる。

「それ、は……」

どう答えたらいいのか困ってしまい、リーシェは慌てて俯いた。心臓が早鐘を刻んでいて、頬が熱を帯びる。

（何よりも美しいのは、アルノルト殿下の方なのに）

けれどもせっかくアルノルトが、美しいと評するものを見付けたのだ。

それをリーシェに教えてくれた。

そのことを喜びたい気持ちと、とても気恥ずかしい感情がぐちゃぐちゃに混ざってしまう。

「リーシェ」

「……っ」

顔を上げられなくなったリーシェのことを、アルノルトは不思議に思っているらしい。リーシェを恥ずかしがらせるつもりではなく、恐らくは何気ない言葉だったのだ。

耳まで熱くなっているのを隠すため、アルノルトと繋いでいない方の手で、片耳だけでも緩く押さえる。彼の所為でこうなっていることを伝えるため、リーシェはなんとか口にした。

「……顔が赤いので、見たら駄目です……」

「…………」

必死の思いでそう告げたのに、アルノルトにじっと観察されている気配がする。続いてあろうことか、アルノルトの指先でふにっと頬を押された。

「ひゃ！」

思わず肩が跳ねてしまう。顔が赤いのを見ては駄目なのだから、そうやって頬の温度を確かめるのも駄目に決まっているのだ。

「もう、アルノルト殿下……！」

抗議の意を込めて見上げたものの、リーシェはそこで再び目を丸くすることになる。

「っ、は」

「！」

リーシェの熱を確かめたアルノルトが、楽しそうに笑ったのだ。

いつもより少しだけ幼く見える、機嫌が良さそうな表情だった。それから何処か意地悪な声で、再びリーシェの頬に触れる。

「――……確かに赤い」

「〜〜〜〜……っ」

きゅうっと胸が苦しくなる。アルノルトがこんな笑い方をするのは珍しくて、今度こそ直視できず俯いた。

心臓が跳ねるのと同時に言葉を失い、思考が熱くぐずぐずに溶ける。アルノルトの手に触れられると上手に息が出来ないのに、離れてほしくなくて困った。

いっそのこと背を向けたいくらいだが、指同士を絡めるように手を繋がれているので、リーシェからは逃れようがない。

もちろんのこと、自分から解くことだって選べないのだ。

（……好きな人がいるって、大変……！）

途方に暮れて、ぎゅうっと目を瞑る。するとアルノルトが、俯いたリーシェの頭をぽんぽんと撫でてくれた。

（けれど）

アルノルトに与えられるものを前に、きちんと分かっていることがある。

（この感情を、いまは押し殺さないと駄目）

自分に言い聞かせ、リーシェはひとつ吐息を零《こぼ》した。

（アルノルト殿下をお止めするために。それから、あのときに立てた誓いのために……）

自身の左胸にそうっと指を置く。かつてアルノルトの剣に貫かれた心臓は、この人が恋しいと疼いていた。

（きっと少しずつ世界は変わっている。アルノルト殿下に生まれた変化が、必ず新しい未来を形づくる……）

ゆっくりと目を開き、アルノルトの手を繋ぎ返した。

「……これからも少しずつ、教えていただけますか？」

とても恥ずかしかったけれど、勇気を出しておずおずと顔を上げる。

「アルノルト殿下が、私に見せたいと思って下さったものを」

そう願うと、アルノルトは世界で一番美しい色の双眸でリーシェを見据え、約束をしてくれた。

「――ああ」

「……っ」

リーシェがどれほど嬉しいのかを、形にするための言葉が見付からない。震えそうになる声を誤魔化して、泣きたくなるほどの喜びの中で微笑む。

そして、確かな希望に胸を弾ませた。

（いまのアルノルト殿下であれば、戦争以外の方法も選んでくださるかもしれない）

アルノルトと婚約したばかりの頃は、途方もなく難しい方法に思えていた。けれどもいまは、あの頃とは変わっているはずだ。

（このお方にどんな目的があろうとも。……お父君を殺すことなく、戦争を起こさずに世界を変える方法があるのだと、そんな考えをきっと分かっていただける……！）

リーシェはアルノルトと指を繋いだまま、再び運河のランタンを眺めて目を細める。

「この美しい祈りが、ずっと絶えずに続いてほしいです」

「…………」

それこそ祈るような感情で、リーシェは呟いた。

けれどもそのとき、ふとした違和感を覚えてしまう。リーシェがアルノルトを見上げると、彼の美しい横顔が目に入った。

アルノルトは運河のおもてを眺め、静かな声で紡ぐ。

「――そうか」

「…………………」

その瞬間、リーシェの心臓が凍り付いた。

（冷たい、まなざし）

何気ないただの言葉であると、そう判断することが出来ていればよかった。

リーシェの願いに対して、アルノルトが相槌を打っただけ。

一見すればそれだけの出来事なのに、決してリーシェに同意することのないその返事と、彼の双眸に宿る微かな殺気で察してしまう。

『皇帝アルノルト・ハインは、国で最も大きな運河を、戦争に特化した構造に作り変えていたんだ』

アルノルトが未来で起こすことを、かつて敵国の騎士だったリーシェは確かに知っていた。

『父殺しの直前に。――世界中に、侵略戦争を仕掛けるために』

（アルノルト殿下の意志は）

リーシェの中で、生まれた希望を掻《か》き消すほどの強い確信が生まれる。

（父殺しと、その果てにある戦争の目的は。いまもまだ、なにひとつ変わってなどいない――

……）

こうしてアルノルトに触れていたことを、後悔などしたくなかった。けれどもリーシェは、アルノルトの聡明《そうめい》さを知っている。

（……アルノルト殿下と繋いだ手から、私の怯《おび》えが伝わったかもしれない）

アルノルトの方を見ることが出来ず、リーシェは俯いてしまった。

騎士の人生で、リーシェはいくつも耳にしたのだ。

『あの男は、父殺しを行ってからすぐに国境を封鎖し、運河改造の動きを漏洩《ろうえい》させなかった』

あれはガルクハインの軍船が押し寄せ、リーシェたちシャルガ国の騎士が必死に戦う中、遅れて届いた国外からの知らせだった。

『徹底した情報統制で、何人も殺して』

先ほどリーシェが願ったのは、そんな未来に反する光景だ。

船出のための美しい祈りが変わらないようにと、そう口にした。アルノルトがそれを肯定しなかったのは、リーシェに対する誠実さだろうか。

（ガルクハインにおける公共工事についての資料には、私もすべて目を通したわ。この運河に関する変革は、公の計画に上げられていなかった。つまり、いずれこの景色が見られなくなる理由があるとしたら、アルノルト殿下が秘密裏に進めているもの）

心臓が、先ほどまでとは違う早鐘を打っている。

（何気ない相槌。アルノルト殿下が未来で起こすことを知っている私にしか、引っ掛からない）

それがリーシェの思い込みだと、そう笑って忘れてしまえればよかったのに。

（アルノルト殿下がラウルを傍に置き始めたのも。きっと、クーデターの……）

これまでの疑問の答えを察してしまうのと同時に、アルノルトに穏やかに尋ねられた。

「――どうした？」

（……っ）

その声音はやはり、泣きたくなるほどにやさしくて柔らかい。アルノルトが進む血塗《ちまみ》れの道が、彼の中にある、決して揺るぎのない理由で選ばれるのだと確信してしまうほどに。

自分の甘さを痛感しながら、リーシェはアルノルトと繋いだ手の力を強める。

（アルノルト殿下はお父君を殺す。そして侵略のための戦争を起こす。私がこの国に来てからもずっと、そのための準備を進めている……！）

リーシェはどうあっても、アルノルトの凶行を止めなくてはならない。

ゆっくりと顔を上げて、目の前の愛《いと》しい相手を見据える。アルノルトの双眸は真っ直ぐに、リーシェのことを見つめていた。

（アルノルト殿下。……私の、大切な旦那さま）

リーシェにとってはたったひとりの、恋焦がれる人だ。

（……どこまで行っても私の存在は、この人の敵……）

「……リーシェ」

そのことを自覚した、直後のことだった。

「――――！」

不意に嫌な気配を感じ、運河の上流に視線をぱっと向ける。

そこに浮かんでいたのは、とても大きな帆船だ。

「……あの船」

ゆっくりと進んできた船は、これから海に出るのだろうか。

同時に見上げていたアルノルトも、リーシェと繋いでいた手を離す。甲板にはランプらしき灯りが揺らいでいて、それはひとりの女性が手にしたものだった。

「アルノルト殿下」

こんな夜更けに旅立つ船に、女の人が乗っている。

それ自体は有り得ないとまでは言い切れない。けれどもリーシェが驚いたのは、彼女に見覚えがあったからだ。

「あの船に乗っているのは、人買いから助け出した女性です……」

「――――……」

その瞬間、アルノルトがリーシェを抱き寄せる。

それと同時に運河のほとりから、矢が風を切るような音がした。アルノルトに庇われる腕の中で、リーシェはすぐさま矢の行方を視線で追う。

その矢は夜空を切り裂く白い鳥のように、女性を目掛けて急降下した。

「あ……っ!!」

リーシェが声を上げた瞬間に、その矢が女性のランプを射貫く。硝子《ガラス》のランプが砕け散り、女性が悲鳴を上げた。

(──駄目!)

甲板へと、一気に炎が燃え広がる。

リーシェは急いで振り返るも、弓の主がいたらしき場所の様子は見えない。この状況では何よりも、乗船者の救助が最優先だ。

そこに軍靴の靴音がして、数人の近衛騎士が駆け付けた。

「失礼いたします、アルノルト殿下! これは……!?」

周辺の警備についていたのは、アルノルトの優秀な近衛騎士たちだ。リーシェたち同様に気配を察知し、異常事態を悟ったのだろう。

(消火のための活動や運河管理者との連携は、アルノルト殿下にお任せすれば大丈夫。あとは)

リーシェの目に入ったのは、鋭い鉤《かぎ》のついたロープだった。小さな船を岸へと寄せる際、船上から桟橋などに投げて引っ掛けるためのものだ。

「リーシェさま!?」

ロープを抱えたリーシェが駆け出すと、騎士たちが驚いて声を上げた。アルノルトは眉根を寄せたようだが、リーシェのことを止めはしない。

「――大規模な船上火災に発展する可能性がある。伝達役以外の人員を消火と避難誘導、救出と救護に分けて行動。直ちにオリヴァーに伝達し、手勢を集めろ」

「はっ！」

「周囲の船乗りの家を回り、船の扱いに慣れた人手を増やせ。全員俺が指揮を執る」

（ごめんなさい。自由にさせてくださってありがとうございます、アルノルト殿下……！）

きっと心配を掛けている。アルノルトに心の中で謝りながらも、リーシェは船と並行するように走った。

（ランプの油があるのだとしても、炎の広がる速度が速過ぎるわ！）

船員の男たちが甲板に駆け上がり、広がった炎を見て引き返す。恐らくは、船内に積んである水《みず》樽《だる》を取りに戻ったのだろう。

（あの女性は……）

女性はどこか呆然《ぼうぜん》と立ち尽くし、目の前に燃え上がる炎を見つめていた。奴隷商人から解放し、リーシェが夕刻に話をしたばかりの女性だ。

『私は今度こそ嫁がねばなりませんのね』

『親が決めた結婚ですの。お相手の方は自他に対して厳格なお方で、少し……怖くて』

踏み込むことは出来ないと感じてしまった。だが、それは間違いだったのだ。

（どうしてあのお方が船にいるのかは分からない。けれどとにかく、今は身の安全を）

リーシェは転がった桶《おけ》を見付けると、それで運河の水を汲《く》んで頭から被る。石畳の隙間に捩《ね》じ込んだ靴のヒールを梃子《てこ》の原理で折り、少しでも走りやすいようにした。

太ももにベルトでつけた短剣を抜くと、動けるようにドレスの裾を裂く。そして布をそれぞれの手に巻き付けると、先ほど確保した鉤つきのロープを掴み、遠心力を利用して回した。

こうしたロープの扱いは、狩人人生で習得済みだ。獲物を狩る際に、そして隠密活動のための壁登りに、リーシェは幾度もこうした技術を用いてきた。

鉤を近くの屋根に引っ掛け、急いで登る。リーシェが屋根の上に立ったころには、燃え盛る船が目の前に流れてきていた。

（もう一度！）

鉤を外してロープを回し投げ、今度は帆船の帆柱に掛ける。しっかり固定されたことを確かめると、リーシェは布を巻き付けた手でそれを握り、振り子のようにして船へと飛び移った。

「リーシェさま！」

見ていたらしい近衛騎士たちが驚いて叫ぶが、リーシェは急いで船を登る。腕力の足りない体が震えるものの、船の側面はおうとつも多く、それを利用すればいいことは知っていた。

（これでもかつては、シャルガ国の騎士だったのだもの。海上戦、船での戦闘だけでなく、人を守る方法も叩き込まれた……）

甲板に登り、船員たちの動きを確かめる。

「急いで火を消せ！」

水樽を抱え、大声で互いに指示を飛ばし合う船乗りたちに向かい、リーシェも大きな声で叫んだ。

「この場での消火は諦めてください！」

突然現れたリーシェの姿に、当然ながら彼らは驚く。しかし甲板を燃やす炎は、凄まじい勢いで広がるばかりだ。

「甲板によく燃える薬品が染み込んでいます！　これはすぐには消えません、その水は皆さまが被って！」

「あんたは一体……それに、薬品だって!?」

「錨《いかり》を下ろし、船を河岸に寄せましょう！　岸ではすでに皇太子アルノルト・ハイン殿下が、救護と消火のための指揮を執っていらっしゃいます!!」

アルノルトの名前を出すと、船員たちはますます驚いたようだ。しかし目の前の炎を見て、すぐさま頷いてくれる。

「この子の言う通りだ！　岸に寄せれば鉄梯子《てつばしご》を渡して道が作れる、消火はそれからでいい!!」

「まずは船員が生きて船を降りることが最優先、錨を下ろすぞ!!　岸に向かって風が吹いている、誰か帆を張ってくれ！」

その号令が掛かるころ、すでにリーシェは帆柱へと登り始めていた。先ほど鉤を引っ掛けたロープを使えば、一番低い位置の帆にはすぐに辿り着く。

運河を下って海に出る途中だった船は、その帆をまだ畳まれていた。固定する縄を丁寧に解く余裕はなく、リーシェは短剣で縄を切る。

「……っ」

ぱんっと音を立てて勢いよく広がった帆にぶつからないよう、ロープを使って滑り降りた。手に巻き付けていたドレスの切れ端が摩擦で熱くなるが、手のひらは火傷《やけど》をせずに済む。

「でかした嬢ちゃん!!　この風を受ければ帆が焼き切れる前に、船を岸に寄せられる!」

「船内の連中は上がって来てるか!?　この甲板の高さだ、間違っても運河に飛び込むなよ!」

船乗りたちが動き回る中で、リーシェは急いで辺りを見回した。けれども探している姿は、一向に見付けられそうもない。

「他に女性を見ませんでしたか!?　この火が上がる前、甲板に立っていたはずなんです!」

「女だって!?　この船は貿易船だぞ、客なんか乗せる訳がない!」

近くにいた船乗りはそれだけ言うと、火災の対処に行ってしまった。そちらに加わる前にまず、あの女性を助け出す必要がある。

(まさか、火から逃げるために河へ……?)

この高さから飛び込めば、よほど慣れている人でなければ、衝撃には耐えられない。リーシェが青褪《あおざ》めたそのとき、炎の向こう側に翻るドレスが見えた。

(よかった……!)

安堵して息を吐く。彼女がどうしてこの船に乗っているのか、それを確かめるのは今ではない。

「こちらにいらっしゃったのですね!　お待ちください、すぐにお助けしに……」

「来ないで!!」

「!」

拒絶の言葉に息を呑む。彼女は怯えた表情で、リーシェを拒むように立っていた。

「ごめんなさい、リーシェさま……」

「……落ち着いてください。私はあなたを安全な場所にお連れしたい、それだけです」

炎は黒煙を上げて燃え盛り、張られた帆やロープを燃やし始めている。

それでも少しずつ近付いている河岸には、他の船乗りたちや騎士が集まり、甲板に登るための梯子や消火用の水を確保している様子が分かった。

「炎の傍から離れて。どうか、こちらへ」

リーシェが手を伸ばすのを見て、女性は泣きながら首を横に振る。

「いいえ。私はもう、そちら側には戻れませんわ」

「そのようなことはありません。大丈夫です、必ず……」

けれども女性は自らの体を抱き、振り絞るようにして叫ぶのだ。

「私が、皆さまを奴隷商に攫わせる手引きをしたのです……!!」

思わぬ告白に、目を見開いた。

「そうすれば、自由になれると信じたのです」

「……それは……」

「私は生まれたときから家のための道具で、誰かに嫁ぐことしか価値がなくて。妻になった先で夫に従順でいる、それを務めだと決められて……!!」

彼女の華奢な肩は、背負ってきたものに耐えきれなかったかのように震えている。

「貴族の家に生まれたから。それでも食べる物に困らない生活を出来ることがどれだけ幸せなのかと、自分に言い聞かせてきたつもりです。だから耐えなくてはと決めていました、たくさん努力しました……！」

「……っ」

運河を渡る風を受け、炎が轟々《ごうごう》と燃え上がる。リーシェと彼女を隔てる火も、黒煙を吹きながら勢いを増した。

（この状況で、無理やり手を引くことは出来ない。気絶させて運ぶにも、周りに散る火が……！）

彼女の背後は船の手すりで、そこから飛び降りられるのも一大事だ。その上に彼女の悲痛な言葉が、リーシェの胸を締め付けた。

「……分かっています。これは私の言い訳、間違った方向に覚悟してしまった私の……！　それでも、逃げようと言って下さったのです。同じ境遇の女の子たちを誘って、集めて、みんなで一緒に逃げれば良いと。それが人買いの船だなんて知らなかった、こんなことになるなんて思っていなかった……!!　だって、『あのお方』が私を」

女性がゆっくりと後ずさる。瞳からいくつも涙を零し、彼女は虚《うつ》ろな声で呟いた。

「船に乗せて、下さると……」

（……自由な生き方に、憧れて……）

その思いは、リーシェにも痛いほどによく分かる。

彼女はそれを選ぼうとしたのだ。誰かが強い憧憬に付け込んで、船出という名の甘言を囁いた。

（孤独な令嬢を商いの相手にして、ただ捕らえた訳ではないのだわ。奴隷商船であることを隠して、この先に望んだものがあると希望を持たせた）

そして、裏切ったのだ。

道具として生きることへの想いも、その果てに自由を手に出来た喜びも、リーシェにだって覚えがある。

それを踏み躙《にじ》られた絶望と、周囲を巻き込んでしまったという自責の念は、どれほど彼女を途方に暮れさせたことだろうか。

「挙句にこうして、逃げようとしました。あのお方が、ここに来なかったのも当然のこと……」

（……船に乗っての逃亡を、彼女に唆した人物がいる……！）

確かめなくてはならないが、仔細《しさい》を尋ねるのは今ではない。まずは彼女を落ち着かせて、この燃え盛る船から連れ出す必要がある。

「ごめんなさい、リーシェさま。私は行けません、この船を降りられません……！」

（罪悪感と恐怖心、取り返しのつかないことをした焦りによる混乱だわ。この炎で、殊更に煽《あお》られてしまっている）

「どうせ何処にも逃げられない。それでしたら、ここで……」

「では」

彼女の耳に届く強さを持った言葉を、リーシェは冷静に言い放った。

「――ここで死ぬ方法を、私と一緒に考えましょう」

「……！」

彼女が目を見開く。

けれどもリーシェが告げたかったのは、本当に彼女が命を落とすことではない。

「想像してください。……もしも自分がここで死に、これまでの人生で最悪となるその日まで、戻ったとしたら？」

炎の中でも聞こえるように、リーシェははっきりとこう紡いだ。

「あなたはまた最初と同じ選択をして、同じ人生を繰り返すことを選びますか？」

「…………」

女性が繰り返し瞬きをする。

やがて彼女はぎこちなく、それでもはっきりと首を横に振った。

「いい、え」

火の粉が爆ぜ、船が何かに引っ張られるように揺れる。河岸に辿り着いた船体が、しっかりと係留されたのだろう。

「繰り返したく、ない」

「…………」

それは小さな声だった。

彼女は自身を抱き締めて、その肩に爪が食い込むほど強く力を込める。

「……戻れるならば、やり直したい……」

「であれば」

確かな意思の感じられる言葉に、リーシェはほっとして目を細めた。

「その転換地点は、過去でなく今にあります。今ここで、これからやり直せる方法は必ず存在するのです」

「……そんなもの、あるはずが……」

「『あのときこうしておけば』という選択肢だって、過去のあなたには見えていなかったはず。それでも今こうして振り返るあなたには、後悔となって浮かんでいるのではありませんか？」

「……っ！」

女性が泣きながら顔を歪《ゆが》めた。

リーシェの言葉に縋《すが》りたくて、けれどそうは出来ないと思い込んでいる、そんな葛藤の中で苦しむ表情だ。

「ひとりでは難しいかもしれません。そんなときは、私が一緒に考えます」

「……取り返しがつかないわ。私の間違いは、誰も許してくれるはずがない……」

「それでも考え続けるのです。この先あなたが、あなた自身で選んで進むべき道を」

リーシェが自分に出来たことを、他人が同じように出来る訳ではない。それが分かっているからこそ、それでも諦めないでほしいと願う。

「あなたにはまだ、やり直すことを選ぶ自由があります」

「……自由……？」

「どうか炎の中で、途方に暮れて立ち止まるのではなく。……誰かの用意した船に、乗せられるのでもなく……」

彼女の中にある勇気を信じ、リーシェは祈った。

「あなたが心の奥底で、本当に選びたい道を」

「――……っ！」

震える彼女のその足が、リーシェの方に一歩だけ歩み出た。

炎と炎の切れ目がある。彼女がこちらに来てくれれば、リーシェがその手を引いてあげられる。

それに安堵した、そのときだった。

「――まったく、無駄話が多いんだな」

「……!?」

異質なまでに楽しそうな声がして、リーシェは咄嗟に振り返る。

（……誰……？）

そこには背の高い男が立っていた。

彼は真っ黒なローブを纏い、目深にフードを被っている。その布が耐火性のものであることが、リーシェにははっきりと分かった。

「やはり、君を生かしておいては無駄話が多そうだ」

「あ……」

女性の声が震えている。

男は端正な口元に笑みを浮かべ、彼女の方に駆け出した。

(あの人、短剣を！)

男が纏った柔らかな殺気に、何をするつもりなのか理解する。ここから男を直接止めるのは、間に合わない。

リーシェは咄嗟に駆け出して、女性を抱き込むように庇った。

そして脳裏に浮かんだのは、リーシェがかつて仕えた少女を守り、毒矢に傷付いた日のことだ。

(殿下にあんなお顔を、もうさせたくない)

この命を心から案じてくれる人がいる。リーシェは一切の反撃を放棄して、少しでも致命傷を負いにくいよう、防御姿勢を取ることに集中した。

けれどもそのとき、リーシェのことを誰かが抱き寄せる。

「!!」

守られたのだと理解して、リーシェは咄嗟に顔を上げた。そうして視線の先にいた彼の名前を、途方に暮れて呟く。

「……アルノルト、殿下……」

「──……」

表情を変えないアルノルトの側腹部から、赤い血の雫《しずく》が滲んで落ちる。

アルノルトが、リーシェを庇ったのだ。それを認識し、心臓が凍り付く心地がした。

（――――殿下の、血）

六度目の人生が蘇《よみがえ》る。騎士としてのリーシェは剣を取り、その切っ先を『アルノルト・ハイン』に突き付けた。命懸けで戦い、ようやく彼の頬に一筋だけ傷を付けたときも、数滴の血が落ちたのである。

いまのリーシェを襲うのは、あのときには感じるはずもなかった恐怖心だ。

「――――……」

けれども次の瞬間、流血して尚《なお》も一切の揺らぎを見せないアルノルトが、すぐさま男の手首へと手刀を落とす。

「!!」

男が短剣から手を離した。アルノルトの一撃の強さは、空気までびりびりと震わせるかのようだ。女性が悲鳴を上げ、男が咄嗟に身を退《ひ》くと同時に、アルノルトを傷付けた剣が甲板に落ちる。赤く濡《ぬ》れた刃が高い音を立てて、リーシェはそれにはっとした。

（私がいま、なすべきことは……）

「リーシェ」

「！」

アルノルトが剣を外し、リーシェに放る。

『これで自分の身を守れ』と、恐らくはそんな意味合いが込められていた。しかしリーシェはそれを受け止めると、すぐさま女性から離れる。

男が体勢を立て直そうとしたのと同時に、アルノルトが男の襟元を掴んだ。アルノルトは右脚を後ろに振り切ると、その膝を男のみぞおちへと叩き込む。

「ぐ……!!」

骨が軋《きし》むような音がする。けれどもそれは肋骨《ろっこつ》ではなく、男が咄嗟に構えた腕のようだ。

ローブを目深に被った男が、口元を楽しそうな笑みで引き攣らせる。

「アルノルト・ハイン――……」

ローブの下に帯剣していたらしきその男が、アルノルトの前で二本目の短剣を抜いた。男が再びアルノルトの方に踏み込もうとした、そのときのことだ。

「……っ!?」

きんっと高い音がして、弾《はじ》かれた短剣が宙を舞う。

死角から現れたリーシェのことを、男はまったく予期していなかったようだ。アルノルトの冷静だが濃い殺気が、炎と共にリーシェを隠してくれた。

「殿下!」

アルノルトが再び振り払った蹴りを、男がすんでの所で躱《かわ》す。男のフードを掠め、少しだけその顔が顕《あら》わになるも、彼はその目元に仮面を付けていた。

「おっと……!」

男がアルノルトを避けた先に、リーシェは鞘《さや》を振り下ろす。渾身《こんしん》とも言える一撃を、男は腕で受け止めた。

そのままリーシェに伸ばされようとした手が、即座にアルノルトの重い蹴りによって弾き飛ばされる。それでも致命傷にはならない。

男は笑い、燃え盛る甲板の上で体勢を立て直した。

（この人、強い……！）

こちらが踏み込むための決定的な隙が、一分たりとも生まれないのだ。

表面上は涼しい顔をしたアルノルトのこめかみから、それでも汗の雫がひとつ伝う。甲板に落ちる赤色と共に、アルノルトが万全ではないことを知らしめた。

（止めなくちゃ。私が――……）

リーシェが駆け出そうとした瞬間に、男が更なる短剣を握る。

かと思えばその切っ先は、炎の境で震える女性に向けて投げられた。それを受け、アルノルトのよく通る声が響く。

「リーシェ」

「……っ！」

あの女性を守りながらでは、戦えない。

アルノルトはそれが分かっていて、リーシェの名前を呼んだのだ。こうすればリーシェはどうしても、あの男と交える刃を手放して、女性を守るために引き返すしかない。

いつだってアルノルトの手のひらの上だ。リーシェは投げられた短剣を刃で弾くと、そのまま入れ違うアルノルトに剣を投げる。

リーシェは女性の下《もと》へ、アルノルトは男の方へ、背中合わせでそれぞれに踏み込んだ。焼けた帆が上から落ちてくる前に、彼女の手を掴んで引く。

「どうか、こちらへ！」

「っ、はい……！」

そうしてリーシェが振り返ると同時に、アルノルトが剣を翻した。

アルノルトの持つ剣の真っ黒な刃が、甲板の端まで追い詰めた男の腹を迷わずに貫く。その鮮やかなまでの剣術に、リーシェは目を見張った。

（この状況でも、なんて凄まじい剣捌き――……！）

男が苦しそうな息を吐き、剣を握ったアルノルトの手を掴む。

赤色の血が溢れる男の口元は、笑っていた。

「……やはり、血は、争えないな……」

「……」

男の言葉に、アルノルトが僅かに眉根を寄せる。リーシェは炎から女性を庇って抱き寄せながら、ローブ姿の男を見据えた。

（アルノルト殿下のお父君を、知っている人……？）

けれども次の瞬間、男はアルノルトを間近に見上げ、思わぬ言葉を紡ぐのだ。

「――その美しい面差しが、お母君によく似ていらっしゃる」

「――――……」

その瞬間、船が大きく揺らいだ。

「きゃあっ!!」

「っ、大丈夫です、落ち着いて……!」

リーシェの腕の中で、女性が悲鳴を上げる。男はそのままもう一度笑うと、後ろに大きく一歩引いた。

男の腹から剣が抜け、血が流れる。アルノルトがその胸倉を掴む寸前に、男は背中から運河へと落ちた。

「……っ!!」

「リーシェ」

立ち上がろうとするリーシェに対し、アルノルトが冷静に剣の血を払う。

「追わなくていい」

その静かな声に止められて、リーシェはくちびるを結んだ。何かが水に落ちる音と共に、炎の向こうから騎士たちが駆け付ける。

「アルノルト殿下、リーシェさま！　もはや消火は不可能です、脱出を！」

そう叫ぶ騎士は、アルノルトの負傷に気付かない。

「ただちに河岸に包囲網を敷け。腹と腕を負傷した男を見付け次第、それを捕らえろ」

「……!?　――は。承知しました」

そう頷いた騎士たちが、この事態に気が付けるはずもないのだった。

アルノルトは、あくまで普段通りに振る舞い、夥《おびただ》しい血を流していることなど誰にも悟らせない。

（アルノルト殿下が負傷を隠していらっしゃる。私がここで騒ぎ立てて、知らしめる訳には……）

もうすぐ船が燃え落ちる。騎士たちは樽の水を撒き、リーシェたちが避難するための道を確保してくれた。

『リーシェさま、そちらの女性をお任せください。彼女の避難は我々が！』

「お願い、いたします……」

なんとかそう返事をしたリーシェは、アルノルトの袖をぎゅっと掴んだ。

薬師人生でも狩人の人生でも、騎士の人生でも多くの怪我人を見てきたはずだ。それなのに、指が震えている。

「…………」

アルノルトは少し目を眇め、リーシェを安心させるように手を添えて、やさしく撫でてくれた。

こうしてリーシェたちは、炎に包まれる船を後にしたのである。

第四章

いまから数時間前、ラウルの元に『運河に浮かぶ船が火災に遭った』という情報が入ったとき、ラウルは強烈なまでの違和感を覚えた。

(船火事だって？　それも、あのふたりが運河まで出向いているタイミングで都合良く……)

この国の未来の皇太子夫妻は、夕食後にふたりで外出をしている。周辺を警備するための騎士が数名呼ばれるも、ラウルは騎士ヨエルの監視もあり、この屋敷に残ったのだ。

従者のオリヴァーや近衛騎士《このえきし》たちが慌ただしく交わす情報によれば、火事が起きたというその時刻、アルノルト・ハインと婚約者のリーシェは炎の傍《そば》にいたらしい。

(まさか、殿下の警戒していた『例の事態』でも発生したか？)

ラウルは階段の手摺《てす》りに頬杖《ほおづえ》をついて考えたあと、自らの思考を否定した。

(……それはない。だとしたら、こんな程度の騒ぎで済むはずねーもんな)

エントランスで指示を出すオリヴァーを見下ろす限り、燃えているのは船一隻で間違いなさそうだ。そして何よりその場所には、アルノルト・ハインとあの少女がいる。

(俺の優先すべきはあっちじゃない。あの化け物夫婦が直々に現場の指揮を執ってるって話だ、これで事態が沈静化しない方が有り得ないだろ)

何故《なぜ》か胸騒ぎがする中で、ラウルは自身にそう言い聞かせた。

しかし日付が変わった頃、屋敷の階段を登ってきたリーシェの顔色を見て、その考えを改める。

「ラウル……！」

「…………」

先ほど湯浴《ゆあ》みを済ませたはずのリーシェの頬は、冬の湖に入ったかのように白かった。

偶然を装ってリーシェを出迎えようとしていたラウルは、寝室のある階へ向かうリーシェが焦っており、それでいて力が入っていないことをすぐに見抜く。

（何か異変が起きているのを周りに気取られないように、必死でいつも通り振る舞ってんな）

本当なら入浴する心境ですらなかったのだと、濡《ぬ》れたままの珊瑚《さんご》色の髪が物語っている。リーシェが戻る少し前、アルノルトが上階の寝室に戻った気配を、ラウルはもちろん察していた。

（殿下の命令に背いてでも、俺も行くべきだったか？　……後悔しても、今更どうしようもない）

舌打ちしたい気持ちになりながらも、ラウルはリーシェに向かって告げる。

「誰も上の階に近付くなって、俺から使用人や騎士たちに伝令しといてやるよ」

「！」

「皇太子妃さまがお疲れだからとかって、オリヴァーさんと一緒に口裏合わせりゃいいだろ？」

先ほどから、屋敷内にオリヴァーの姿も見えない。

リーシェ自身が人払いをすると話が大きくなるが、騎士としてのラウルが『殿下のご婚約者さまの不調で』と伝えれば、リーシェが隠したがっていそうな『何か』は目立たずに済むはずだ。

「ありがとう、ラウル……！」

「どーぞごゆっくり。良い夢を」

適当な挨拶をしながら手を振るも、上階に駆けてゆくリーシェが足を踏み外さないか、実は気が気ではない心境だった。

いつも気丈なはずのリーシェが、それほど焦燥に駆られて見えたのだ。

（……さて）

眠ったヨエルが起きてくる前に、一通り済ませておかなくてはならない。ラウルは足音を立てず、階段を下ってゆくのだった。

＊＊＊

リーシェはここまで、必死に動揺を押し殺してきた。救出した女性の手当てをして落ち着かせ、燃え盛る船からの避難誘導を手伝い、アルノルトと別行動で動き回ったのだ。

ようやく滞在中の屋敷に戻れてからも、煤《すす》だらけの体では怪しまれると、もどかしさを抑えて湯浴みをした。ラウルに隠すことは諦めたものの、他の人々には決して気取られなかったはずだ。

「アルノルト殿下……！」

「――――……」

そうしてリーシェが飛び込んだ寝室では、アルノルトはいつもと変わらない涼しい顔をして、寝台に腰を下ろしていた。

その手には書類を持っている。彼が生きていることと、それでも安静にしていてくれないことに、リーシェは泣きそうな気持ちになった。

「駄目です、横になっていてくださらないと……！」

寝台の傍に駆け寄って、アルノルトの足元の床にぺたんと座る。ほとんど力が入らないリーシュを見下ろして、アルノルトがあやすように頬へと触れてくれた。

「お前が取り乱す必要はない」

「ですが、お怪我《けが》が」

「すでに止血は済んでおり、それほど深くない傷だと判断した」

刺された場所と出血量を考えて、リーシェはふるふると首を横に振る。

「私にも確認させてください」

「……リーシェ」

「殿下ご自身での手当てが不安だというわけでは、ないのですが。どうか……」

傷口という弱点を他人に見せることを、アルノルトはきっと嫌うだろう。それでもリーシェは彼を見上げ、寝台のシーツをきゅうっと握り込んだ。

「……お願いです、殿下……」

「…………」

リーシェの泣きそうな顔を見て、アルノルトが手にしていた書類を寝台に置いた。

アルノルトは腕を交差させるように自らのシャツの裾を掴《つか》むと、そのまま一気に裾を持ち上げ、脱ぎ捨てる。

すると彫刻のように美しく、引き締まった上半身が露《あら》わになった。

襟口から頭を抜いたとき、髪が乱れたのが煩わしかったのか、アルノルトはふるっと首を振ってそれを直す。腰の辺りは細身に見えるのに、男性らしい筋肉のつき方をしたその体は、しっかりと鍛えられているのがよく分かるものだ。

平時に見ることになっていたら、きっと恥ずかしくてひどく動転していただろう。

それでもいまのリーシェには、芸術的なまでに均整のとれた体を前にしても、強い心配と焦燥の感情しか湧いてこない。

痛ましい傷跡が二箇所あり、ひとつは古傷となった首筋だ。

そしてもう一箇所は、真新しい包帯が巻かれたその腹部だった。

「ほら」

「！」

アルノルトはリーシェの手を取ると、自らの手を上から重ねる形で包帯に触れさせる。

「――好きにしろ」

「ありがとう、ございます……」

許しを得て、リーシェは確かめるために包帯を解《と》いた。

けれども包帯の結び目は、どうやら少し特殊な形をしている。これは恐らく戦場を経験したアルノルトが身につけた、独自の結び方のようなのだった。

床に座り込んだままのリーシェは、時間を掛けて結び目をほどく。それを見兼ねたらしきアルノルトが、リーシェの代わりに包帯を緩めてくれた。

衣擦《きぬず》れの音と共に包帯が外れ、おうとつのはっきりした腹筋が現れる。

リーシェのまなざしは、その側腹部に刻まれた傷口へと釘付《くぎづ》けになった。

「……っ」

サイドテーブルの傍に置かれた消毒薬を手に取る。この薬はオリヴァーに頼み、リーシェの荷物からアルノルトに渡してもらったものだ。リーシェはそれで手を清めながら、アルノルトにねだる。

「目を閉じてください。殿下」

「…………」

するとアルノルトは何も言わず、リーシェの望むまま瞑目《めいもく》してくれた。

リーシェは彼に痛みを与えないよう、慎重に傷口の周囲に触れる。そしてアルノルトの肌を、つうっと優しくなぞって問うた。

「私がいま何をしたか、お分かりになりますか？」

「……上から下に、指先でなぞった」

感覚はあるようでほっとする。

傷口の周辺は明らかに熱を帯びていたものの、内出血による変色も少ない。リーシェはもう一方の手でアルノルトの手首を握り、脈拍を確かめた。

（少し速い。……けれど刺されてすぐの状況下としては、落ち着いている方だとも言えるわ）

アルノルトが強い痛みや苦しみを感じていれば、心臓の鼓動は乱れているはずだ。アルノルトの顔をじっと見つめても、リーシェを淡々と見下ろす表情に変化はない。

傷口の血は確かに止まっていて、切り口を見れば角度も浅かったようだ。

リーシェは甲板に落ちた短剣の刃を思い浮かべる。赤色に濡れていた範囲から、何処《どこ》までが刺さったのかを推測した。

「やさしく、ゆっくりと押しながら動かします。痛むのは、ここまでですか？」

「……ああ」

（この角度で短剣が刺さって、痛みのある範囲が本当にここまでなら。アルノルト殿下の仰《おつしや》る通り、傷は深刻なものではないとも言えるけれど……）

それにしても、血が止まるのが早すぎる。

アルノルトが苦痛を堪《こら》えている状態を、リーシェが見落としているだけなのだろうか。だとすれば見逃す訳にはいかないと、念入りに確認しようとしたときだった。

『――女神の血が』

「！」

アルノルトの声で、思わぬ言葉が紡がれる。

「恐らくは、傷の治りを早くしている」

女神の末裔《まつえい》であるアルノルトは、無表情に少しだけ自嘲的な笑みを滲《にじ》ませて、リーシェに尋ねた。

「……そう言えば、真に受けるか？」

「…………」

リーシェが知っている限り、アルノルトは現実的な思考を持った男性だ。

本来ならば冗談でも、こんな発想をするような人物ではない。ましてやそんな戯れを、他人に告げたりもしない。

けれどもリーシェの頭の中で、いくつかのことがはっきりと結び付いた。

（アルノルト殿下の、首筋の傷も……）

左の首に無数に付けられたのは、惨《むご》たらしいまでの刺し傷だ。

何度も繰り返し刺された傷跡を思えば、命が助かったことさえ奇跡である。たとえ一命を取り留めても、こんな場所を滅多刺しにされていれば、身体機能に悪影響が出る危険性は高い。

けれどもアルノルトは、傷跡のことなど誰にも悟らせず生きている。

それどころか、卓越した剣技すら身に付けて、過酷な戦場で敵《かな》う者はいないのだ。

（お小さい頃のアルノルト殿下が、並大抵ではない努力をなさったのは間違いないわ。けれど、そもそも殿下がお持ちの治癒能力が、常人よりも格段に優れているのだとしたら？）

思い出すのは侍女人生で、ミリアに仕えていたときのことだ。アルノルトの母方の血縁者であるミリアも、同じく女神の血を引いている。

（ミリアお嬢さまも。お転婆で、あちこち元気良く動き回っていらっしゃるのに、擦り傷や痣《あざ》はあんまり無くて）

リーシェはこくりと喉を鳴らす。

（女神の血が特別な治癒力を持っているのだとしたら、辻褄《つじつま》が……）

「…………」

アルノルトはそんなリーシェを見下ろして、ふっと息を吐くように穏やかに笑った。

「──お前がそうまで本気にするとは、思わなかった」

「だ、だってこうなると、他に理由が考えられません。事実、あんな風に刺されたとは思えないほどの傷の浅さで……」

「つまり理由はどうであれ、傷が浅いこと自体は納得したんだな？」

「それは……！」

アルノルトの言う通り、この目と指で確かめた。これが通常の診察であれば、患者に微笑《ほほえ》んで『安心してください』と励ましている場面だ。

けれどもリーシェの心臓は、嫌な早鐘を打ち続ける。

（……分かっているのに、すごく怖い……）

診察の間は集中していて、指先すら震えることはなかった。

それなのに、こうして少しでも安堵《あんど》が混じると、途端に強い恐怖心が襲ってくる。

「ごめんなさい。アルノルト殿下」

床に座り込んだリーシェは、寝台に座ったアルノルトの膝に縋《すが》り付くように上半身を伏せた。

「私を、庇《かば》って下さった所為《せい》で……」

「…………」

小さな溜《た》め息《いき》が上から聞こえる。かと思えばアルノルトは身を屈《かが》め、あやすようにリーシェを抱き起こした。

そのままアルノルトの膝に乗せられ、されるがままに抱き竦《すく》められてしまい、目を丸くする。

「っ、アルノルト殿下……？」

アルノルトはその腕の中に、リーシェをぐっと強く抱き込んだ。

膝に横向きで座らされ、上半身で向かい合うような体勢だ。傷のことが頭から離れないリーシェは、慌ててそこから逃げ出そうとした。

「い、いけません殿下！　お怪我に障ります……！」

「そう思うのなら、大人しくしていろ」

「う……」

そう言われてしまっては、無理にここから動けるはずもない。

せめて傷口に負担が掛からないようにしつつ、リーシェは少しだけ力を抜く。するとアルノルトは、まるでリーシェをあやすかのように、大きな手でとんとんと背中を撫《な》でてくれた。

（この、触れ方……）

出会って一ヶ月ほどの頃、リーシェがテオドールに誘拐された翌日に、初めてアルノルトと同じ寝台へ入ったときのことを思い出す。

あのときのリーシェは、アルノルトを眠らせるために傍にいた。

彼に触れ、心臓の鼓動と同じ間隔でとん、とん……と撫でながら、これは心を落ち着かせる触れ方だと告げたのだ。

いまのアルノルトは、それと同じ触れ方をしてくれている。

自分の命が危うかった状況で、痛みもまだある中にもかかわらず、何よりもリーシェのことを優先しているのだ。

そのことが、泣きたくなるほどによく分かった。

「お前に、あれほど怯《おび》えた顔をさせるつもりはなかった」

「……っ」

燃え盛る船上で、アルノルトに恐れを見せてしまったのだろう。

何か言いたいのに、形にすると泣きじゃくってしまいそうだ。それを必死に堪えていると、アルノルトはやさしい声でこう尋ねる。

「……俺のことを、叱ってみるか？」

「……！」

リーシェが慌ててふるふると頭を振ると、アルノルトは吐息だけで小さく笑った。それがリーシェの耳殻に触れて、ほんの少しだけくすぐったさを感じる。

「お前の身が守られたという事実に対して、お前が俺に謝罪することなどは、ひとつもない」

その言葉に、リーシェはやっぱり泣きたくなってしまう。

「……アルノルト殿下がお怪我をされたという、大きな事実が、抜けています……」

それだけ必死に伝えながら、ぐちゃぐちゃになっている感情を懸命に抑えようとした。

けれども上手《うま》く出来なくて、上半身を晒《さら》しているアルノルトの背中に腕を回す。直接触れる肌は滑らかで、温かく、血が通っていることがよく分かった。

「……私は」

決して顔が見られないよう、アルノルトの左の首筋に額を押し当てる。

「アルノルト殿下が傍に居てくださる限り、なんでも出来る気がするのです」

「…………」

リーシェが顔を擦り寄せたのは、アルノルトの古い傷跡が残る場所だ。甘えたふりをしてみても、声が震えているのは気付かれているだろう。

「人は誰かと手を取り合った分だけ、強い力を発揮すると信じていました。――けれどヨエル先輩が、アルノルト殿下は、ひとりきりで戦った方が強いお人だと」

ヨエルに告げられたその言葉を、はっきりと思い出すことが出来る。

『本当は君なんて、アルノルト殿下には不要なはずなんだよね』

『だっていらないでしょ？　あのひと俺より強いもの。それなのにわざわざ君の『作戦ごっこ』に協力して、君を守って、君のために手間をかけてあげているなんて』

ひとりで戦った方が強い人を、リーシェは確かに知っている。

（ヨエル先輩……）

天才剣士であるヨエルは、リーシェを庇って死んでしまった。

（ヨエル先輩がどれほど強かったのか、私が誰よりも知っている）

確かにあの戦場においては、アルノルトの方が格上だった。けれどもヨエルひとりで戦っていたのであれば、王子たちが逃げ切るまでのあいだ生き延びることは出来ただろう。

そうすればヨエルが城に残る理由はなくなり、殺されずに済んでいたかもしれない。

「……アルノルト、殿下」

アルノルトの膝の上で抱き締められたまま、リーシェは問い掛けを押し殺した。

(私が死んだあとの、それぞれの未来で。――あなたはどのような人生を、辿《たど》りましたか)

リーシェに知ることが出来たのは、自分が死ぬまでのことだけに過ぎない。

(やさしいあなたが戦争をしてまで得たかったものは、手に入りましたか?)

皇帝アルノルト・ハインは戦争を起こし、各国を侵略していった。

それが完遂されたのか、凶行は途中で止められたのか、それすらリーシェには分からないのだ。

(あなたは)

これほど人生を繰り返していても、なにひとつとして。

リーシェは震える指を伸ばし、アルノルトの側腹部で熱を持つ、傷口の傍にそうっと触れる。

(……死なないで、生きて、いられましたか……)

「…………」

アルノルトが死ぬことを、これまでに想像したことはなかった。

皇帝アルノルト・ハインの力は圧倒的で、誰も敵うことがないのだと、ある意味で信じていたからだ。

けれどもいまのリーシェの中には、その恐怖がはっきりと刻まれている。

「私がお傍にいると、アルノルト殿下の強さに翳《かげ》りが出てしまいます」

リーシェは再びアルノルトの背に腕を回し、ぎゅうっと縋り付く。

「……リーシェ」

「そうではないと、仰ってくださるのなら」

ほとんど泣きそうな声でねだるのが、ずるいことだと理解していた。

このやさしい婚約者に向けて、リーシェはこんな我儘《わがまま》を紡ぐ。ぐずった幼子のようなものだと自覚しつつも、駄々を捏《こ》ねた。

「お願いですから。……どうか、もう二度と」

首筋の傷跡にくちびるを寄せ、小さな声で懇願した。

「……絶対に、怪我なんてしないで……」

「――……」

アルノルトは、リーシェの頭にその手を添える。

「もう二度と、か」

ただ触れるだけというよりも、抱き寄せるようなやり方だ。僅かに苦笑するような吐息を交え、口元をリーシェの髪にうずめる。

「──すまなかった」

「……っ」

我が儘をやさしく甘やかし、リーシェにそうやって詫《わ》びながらも、決して頷《うなず》いてはくれなかった。

（……アルノルト殿下の瞳に映る、ご自身の未来は……）

果たせない誓いを立てる人ではないと、リーシェが誰よりも知っている。多くの隠し事を持とうとも、アルノルトはリーシェとの約束を破らない。

その誠実さを信じているからこそ、かなしかった。

（このお方の望んでいることは、遥《はる》か遠い戦争の果てにあって）

ゆっくりと目を閉じると、滲んだ涙が溢《あふ》れそうになる。リーシェはそれを堪え、アルノルトに額を擦り寄せた。

（いまの私には、決して届かない。……七度の人生を重ねても、まだ遠い……）

それでも、ひとつの覚悟をする。

（私のこれまで得てきたすべてを、アルノルト殿下の未来のために）

「…………」

リーシェが心の中で結んだ決意を、アルノルトが知るはずもない。

それなのにアルノルトは、リーシェが縋るのを厭《いと》うことなく、何度も頭を撫でてくれる。

「……もう少しだけ」

アルノルトが新しい包帯を巻き直し始めた。それを手伝いながら、リーシェはアルノルトの首筋に額を押し付け、懇願する。

「殿下のお傍にいても、いいですか」

怪我をしているときに他人が傍に居るのは、アルノルトの望むところではないかもしれない。救出した女性をリーシェが手当てしている間、アルノルトの治療は彼自身が行ったのも、恐らくはそれが理由だろう。

けれどもアルノルトは、リーシェの左手に自身の右手を絡めながら、許してくれる。

「ああ」

「……」

ほっとして、更に彼へと甘えたくなった。

「……ずっとでも？」

「構わない」

我ながら強張《こわば》っていた体から、ほんの少しだけ力が抜ける。リーシェは小さな子供がするように、ぐりぐりとアルノルトに頭を押し付けた。

アルノルトは少しだけ笑ったのかもしれない。その表情を見ることは出来なかったが、代わりに指同士を繋《つな》いであやされる。

リーシェは、自身の感情がぐずぐずと溶けて双眸《そうぼう》に滲むのを感じながら、涙声になるのを誤魔化して呟《つぶや》く。

「こうしてぎゅうっとしていたら、いつもより少し、殿下のお身体《からだ》が熱いです」

「……そうか」

アルノルトの体温がリーシェより低いことを、何度も触れて知っている。その肌が僅かな熱を帯びていることは、負傷と無関係ではないだろう。

「お熱が、あるのかも……」

「…………」

リーシェを膝に乗せていたアルノルトが、リーシェを抱き込んだまま後ろに倒れ込む。

「あ……！」

ぽすんという柔らかな音と共に、アルノルトは仰向《あおむ》けになった。その上にうつ伏せに乗せられる体勢になったリーシェは、彼の状況を思って慌てる。

「いけません、お怪我に障ります……！」

「──もう、血は完全に止まっている」

「！」

そう言われて息を呑《の》み、体を起こして側腹部の傷口を見遣《みや》る。巻き直した包帯の下に隠れていて正確な判断は出来ないが、確かに赤色は滲んでいない。

（……本当に、女神の……？）

「…………」

アルノルトがリーシェの後ろ頭に手を添えて、視線を傷口の辺りから外させた。

リーシェは再び抱き寄せられ、アルノルトの上にもう一度うつ伏せになって、頭を撫でられる。

上半身を晒したアルノルトの体に触れていることは、冷静になればとても恥ずかしいはずだ。けれどもいまのリーシェには、温かさと共に安心を感じられた。

（心臓の、音）

ゆっくりと目を眇《すが》めながら、リーシェは安堵を口にする。

「……殿下の引いていらっしゃるその血が、命を守って下さったのですね……」

「────……」

リーシェの言葉に、アルノルトは少しだけ驚いたようだった。

「アルノルト、殿下？」

「……お前の考えは、いつも思わぬ見方を持っている」

アルノルトの指が、リーシェの薬指にある指輪をなぞる。

「女神の血が及ぼす影響の記録については、伝承と事実が入り混じったものばかりだ。クルシェード語で書かれた聖典を読み漁《あさ》ったこともあったが、断定は出来ない」

以前にアルノルトが話してくれたことだ。幼い頃のアルノルトは、女神の言語であるとされるクルシェード語を、独学で身につけたのだという。

どれほど難解な言語であっても、アルノルトにとっては母に纏《まつ》わるものだ。

大人ですら投げ出すような本を、小さなアルノルトはひとりぼっちで、ずっと静かに読んでいたのだろう。

「──あの男」

アルノルトが呟いた言葉に、リーシェは船上で対峙《たいじ》したフード姿の人物を思い浮かべる。

（あの人物は、殿下のお母君のことを知っていた……）

リーシェは少しだけ身を起こし、仰向けでこちらを見るアルノルトの首筋へ指を伸ばす。先ほど秘密で口付けた傷跡に触れ、少し掠《かす》れた声で尋ねた。

「この傷は、お母君に……？」

出会ったばかりのころ、初めての夜会でこの傷を見て、仔細《しさい》を尋ねたことがある。

あのときのアルノルトは、何も答えてくれなかった。けれどもいま、目の前にいる彼は、リーシェが泣きたくなるほどに穏やかな声音で紡ぐ。

「――そうだ」

「…………っ」

以前から推測していた想像を肯定されたことが、かなしかった。

（アルノルト殿下が、小さくて幼い子供の頃に）

従者のオリヴァーから語られたのは、彼が初めて出会ったアルノルトのことだ。ほんの九歳のアルノルトの首には、血の滲んだ包帯が巻かれていたという。

（こんなにたくさんの傷が残るほど、幾度も突き立てられた跡……）

そのことを想像すると、リーシェの瞳は潤んで揺らいだ。

アルノルトの口から、母について語られたことへの緊張はある。それから、どうしてそんな状況が生じたのかと確かめたい気持ちもだ。

けれどもリーシェが真っ先に口にしたのは、それを尋ねる言葉ではなかった。

「痛かった、ですよね」

「……リーシェ?」

リーシェを庇って刺された際も、アルノルトはまったく表情を変えていない。

けれど、痛みを何も感じないはずはないのだ。

(実のお母さまによって)

その傷跡を指でなぞりながら、リーシェはぎゅっとくちびるを結んだ。

(殿下は、どんな想《おも》いの中で……)

「…………」

アルノルトは小さく息を吐くと、リーシェの頭を柔らかく撫でた。

「痛みのことは、ほとんど覚えていない」

「殿下」

リーシェが口に出来なかった問い掛けを、アルノルトは掬《すく》ってくれたのだろう。

「――鮮明なのは、その直後に母后《ぼこう》を殺した記憶の方だ」

「……っ」

思わず息を呑んだリーシェのことを、大きな手がやさしく撫で続ける。

「お母さまは、どんなお方だったのですか……?」

皇城の一画には、アルノルトの母のためらしき東屋《あずまや》が残されていた。大切に使われた痕跡など見えない、静かな場所だ。

「それを判ずる材料は、持ち合わせていないな」

アルノルトの青い瞳が、ほんの僅かに茫洋《ぼうよう》とする。それはまるで、遠くの景色を思い出すような色合いだ。

「俺の知る母后は、虚《うつ》ろな人形のようだった」

彼が比喩を使った物言いをすることは、とても珍しい。

リーシェがその瞳を見詰めていると、筋張って美しい形の指が、リーシェの横髪を梳《す》いてくれる。

「俺を見ると取り乱すので、死の直前までまともな会話をしたことはない。声を聞いた記憶は乏しく、視線が合ったのも数える程度だ」

その声音に、アルノルトの感情は窺《うかが》えない。

アルノルトはなんでもないことのように淡々と、リーシェの疑問を埋めてゆく。

「あの日、偶然に鉢合わせた母后の動揺を引き起こした。俺が全身血にまみれていて、それが契機になったのだろう」

「血……？」

「生まれたばかりの妹を殺し、そのままの姿で『塔』に戻った為《ため》だ」

「…………！」

現皇帝の重ねた所業を、リーシェは以前教わっていた。

各国の姫君を人質として嫁がせたアルノルトの父は、自身の血を色濃く受け継いだ『条件』に当てはまる子供だけを生かし、それ以外の赤子を殺したのだという。

アルノルトは幼い頃から『世継ぎ』として、その殺戮《さつりく》に従わなくてはならなかったのだ。

「母后は一見すれば冷静に、穏やかな様子で歩み寄って来た。俺が帯びていた剣に、一度視線を向けた以外は」

リーシェの脳裏に、光景が浮かぶ。

女神の血を引く巫女姫《みこひめ》だったアルノルトの母は、菫《すみれ》のような淡い紫色の髪だったと聞いた。アルノルトと似た面差しを持つのなら、目を見張るほどの美貌を持った女性だったのだろう。

普段は『人形のよう』と称されるその母君が、血まみれになった幼いアルノルトに、自らの意思で歩み寄ろうとしたのだ。

そのとき小さなアルノルトは、血に濡れた姿のままで、どんな表情をしたのだろうか。

「俺が、判断を誤った結果だ」

アルノルトが、静かに目を伏せる。

「――母后は微笑み、俺が生まれたことを呪う言葉を口にして、俺に刃を突き立てた」

「……っ！」

リーシェが大きく瞳を揺らしたのを見て、アルノルトは右手でリーシェの頬をくるんだ。

「お前がそんな顔をする必要は、何処にもない」

「……ですが……」

「覚えていないと言っただろう。ただ、それだけのことだ」

「……っ」

リーシェはくちびるを結び、小さく首を横に振る。聞き分けのないリーシェを柔らかなまなざしで眺め、アルノルトは告げた。

「母后が最後に貫いたのは、自らの喉だった」

アルノルトの双眸は、波の消えた海のように凪《な》いでいる。

「母后の血を浴びる中で、もう一度呪いの言葉が告げられた記憶がある」

「……殿下」

「母后はすぐに死ぬことは出来ず、苦しんだ。助かる見込みのない傷でありながら、女神の血による治癒力が、却《かえ》って苦痛を長引かせたのだろう」

九歳の幼いアルノルトが、そのとき何を選択したのか、リーシェははっきりと理解した。

「……殿下は、お母さまを苦しみから解放するために……」

それこそが、母を殺したと語った理由なのだ。

それと同時にアルノルトが、生まれたばかりの弟妹を殺《あや》めたとされる仔細にも気が付く。アルノルトはただ従わされたのではなく、恐らくは選ばされたのだろう。

母と同じように、赤子たちを絶命させた方が救いがあるような状況に陥らせ、アルノルトに剣を握らせたのではないだろうか。

（私との結婚を望んで下さったアルノルト殿下が、私を『無理やりに嫁がせた』と、ご自身のことを悪《あ》し様《ざま》に仰るのも……）

リーシェは少し俯《うつむ》いて、アルノルトの首に縋るように腕を回す。ぎゅうっと抱き付き、アルノルトの首筋に再び額を埋《うず》めると、彼も柔らかく抱き締め返してくれた。

「……泣かないでくれ」

小さな声で囁《ささや》かれる。このような懇願の物言いも、アルノルトには珍しいものだ。

リーシェはそれを分かっていながらも、駄々を捏ねてアルノルトに額を擦り寄せた。するとアルノルトは、囁くように名前を呼ぶ。

「リーシェ」

まるで、リーシェの髪へと口付けを落とすかのように。

（お母君や、生まれたばかりのご弟妹を手に掛けることを強いられて。……その出来事すらも当たり前のように、ご自身の罪として認めていらっしゃる）

リーシェから見れば、それは紛れもないやさしさだ。

「……ご幼少の砌《みぎり》、多くの血が流れた、その日々が」

声が震えるのを堪えながら、リーシェはゆっくりと紡ぐ。

涙の雫《しずく》はまだ、零《こぼ》れていない。アルノルトはリーシェが描く刻む言葉の先を、穏やかに待ってくれていた。

「殿下にとっての、婚姻なのですね……」

「…………」

彼の父は、戦争で世界中を侵略した。

そうしていっときの和平と引き換えに、幾人もの花嫁を人質として差し出させた。生まれた赤子の殆《ほとん》どが殺され、妃《きさき》たちの怨嗟《えんさ》の声が渦巻く中で育ったアルノルトは、青い瞳でその光景を見据えてきたのだ。

「だからこそあなたは、妃ではなく私という人間を尊重し、自由と望みを与えて下さる……」

アルノルトは、緩やかにリーシェの髪を撫でた。

「そうではない」

「……？」

その指が、リーシェの耳や頬にも触れる。

アルノルトの首筋に顔を埋めていたリーシェが顔を上げると、互いの視線が重なった。海の色をした瞳が、リーシェをずっと穏やかに見詰めてくれていたのだ。

「俺はただ、好ましいだけだ」

アルノルトはリーシェの後ろ頭に手を回し、改めて抱き寄せる。

「お前の自由が」

耳元で囁く掠れた声音は、貝殻から聞く美しい潮騒《しおさい》のようだ。

「――誰もが望む最善のために、あらゆるものを巻き込んで手を引く、その強さが」

「……っ」

アルノルトはいつもそうだった。

リーシェがこうありたいと思う生き方を、当たり前のように肯定してくれる。

彼自身はそれが難しいであろう人生の中で、リーシェが何度人生を繰り返しても大切にしたいと望むもの、リーシェが選んだ生き方を大切にしてくれるのだ。

（……たとえ、私と敵対しようとも）

コヨル国との同盟を否定した際、あるいは聖国で大司教さまを殺めようとした際ですら、リーシェが足掻《あが》くことを禁じることはなかった。

（強くて、やさしいお方）

アルノルトは今も、花嫁としてこの国にやってきたリーシェのことを、自身の目的に巻き込んだと考えているだろうか。

（……この人に恋をしていると、伝えたら……？）

よぎった思考を、リーシェはすぐさま押し殺す。

（――いいえ、だめ）

恐らくは、それでもアルノルトの考えは変わらない。締め付けて重い枷《かせ》となり、歩みの邪魔にだけはなりながらも、決して止めることは出来ないはずだ。

「……私の願いを、ひとつだけ」

叶《かな》えて欲しいとは口にしない。

それでもアルノルトに告げたくて、リーシェは紡いだ。

「もしもこの先。私が、たとえば二十歳になる頃に、命を落とすことがあったとして――……」

「聞きたくない」

アルノルトの声が、リーシェの言葉を遮る。

まるで我が儘を言うかのような物言いも、リーシェの話すことを拒むような声色も、やはりアルノルトが普段見せることはないものだった。

けれどもリーシェは、それを叶えない。

（ごめんなさい）

アルノルトが願ってくれたのに、その先を告げる。

自らの命がとても脆《もろ》いことを、リーシェは痛いほど知っていた。

「……たとえ、死んでも」

アルノルトはこれまでのすべての人生で、リーシェが殺される理由となった男だ。六度目は直接手に掛けられた、そのときの痛みを思い出しながら祈る。

「その次の人生も、アルノルト殿下のお嫁さんになりたいです……」

「――……」

珊瑚色の髪を梳いてくれていたアルノルトの指が、息を呑むかのように止まった。

（この人生も、生き延びたいという願いが叶わなかったとして）

リーシェは、指輪を嵌《は》めた方の手でアルノルトの手を取って、互いの指同士をきゅうっと繋ぐ。

（そのまま私の命が終わるのではなく。また繰り返すことが、出来たとしたら）

これまでは、死んであの日に戻る度、たくさんの可能性に胸を躍らせてきた。積み重ねてきた日々を失って、また始まりに戻ったのだとしても、目の前に広がる景色の全てが選択肢なのだと感じていたのだ。

けれどもリーシェはもう、七回目の人生で与えられた、このたったひとつを願ってやまない。

（……八回目の人生も。九回目の人生も、十回目も）

他を選ぶことは、もう二度と出来ない。

そのことを、不自由だとすら思わなかった。

「アルノルト殿下の、お傍に居たい」

「……リーシェ」

これから先のどんな人生にも、アルノルトが居てほしい。

こうして手を繋ぎたいと、そう望んでしまいながら、祈りを重ねる。

「お願い、殿下……」

リーシェはいつかの礼拝堂で、アルノルトに『妻になる覚悟』を告げた。そのとき、アルノルトは不意の口付けと共に、そんなものは不要だと答えたのだ。

「……覚悟ではなく、願いなら」

絡めた指に籠る力が、弱々しいことに自覚はあった。

「叱らずに、許して下さいますか……？」

「………」

アルノルトの手が、繋いでいるリーシェの手をやさしく繋ぎ返す。

傷跡のある首筋に擦り寄せていた顔を、恐る恐る上げた。アルノルトは、海の色をした青い瞳でリーシェを見つめて目を眇める。

礼拝堂で口付けをしたあのときと、同じまなざしだ。

（『分かった』と、やさしく頷いて欲しいのに）

心の中で再び願う。

けれども彼がくれたものは、それとは違った形をしていた。アルノルトは静かに目を閉じると、指同士を絡めたリーシェの左手を引き寄せて繋ぎ直す。

「――――！」

そうして薬指の指輪の傍に、柔らかな口付けが落とされた。

「……殿下……」

リーシェとアルノルトのふたりにとって、それは求婚の際に交わすものである。

この世界の何処にもない決まりだった。

それでもアルノルトからは指輪を贈られた際に、リーシェからは夫になってほしいと懇願した夕暮れの海辺で、同じように薬指へのキスをしたのだ。

アルノルトが、そのことを忘れているはずもない。

けれどもリーシェの瞳は、どうしても震えてしまう。このキスが、リーシェの願いを拒むものではないからこそだった。

（言葉での約束は、下さらない——……）

それなのにアルノルトは、リーシェのことをもう一度抱き締める。

「リーシェ」

「…………っ」

その腕に込められた力に、願いのようなものを感じた。けれどもアルノルトは、それを決して口にはしない。

ただ、心臓の鼓動が聞こえるだけだ。

（お父君のあり方を厭っていらっしゃるのに。それでも私に求婚し、傍に置いて、拒まないでいて下さる）

そしてアルノルトはその事実すら、自身の罪だと捉えているのだろう。

（……本当に、とてもやさしい人……）

その温かさにどうしても涙が滲んで、とうとう堪えられなくなった。

リーシェにはただただ、アルノルトのやさしさだけが、とても寂しかったのだ。

（アルノルト殿下にもう二度と、痛みを覚えてほしくないのに）

リーシェのために傷を負わせてしまった。

アルノルトはリーシェを見つめながら、頬に触れた手の親指で、濡れた睫毛《まつげ》を柔らかになぞるのだ。

「……っ」

「リーシェ」

やさしく名前を呼ばれ、ふるふると首を横に振る。

それからしばらくの間、リーシェはいつかアルノルトの前で泣きじゃくった夜のように、溶けそうなほど甘やかされた。

けれど何度も撫でられても、やさしく名前を呼ばれても、零れる涙が止まりそうにない。

そうしてしばらくの間、こんなにもやさしいアルノルトを、困らせ続けてしまったのだった。

＊＊＊

「……落ち着いたか？」

「……はい……」

アルノルトのための治療箱を片付けて、肌のあまり出ていないナイトドレスに着替えたリーシェは、ぐずっと鼻を鳴らしながら彼の枕に頭を沈めていた。

アルノルトは服を着て、リーシェと並べた枕を使用している。

夏用の軽い上掛けは、ふたりで入っていると温かすぎるような気もした。それなのに、アルノルトの体温が心地良い所為で、リーシェはここを動けない。

「本当に、一緒に寝かせていただいて良かったのですか……？」

おずおずと尋ねれば、アルノルトからは平然とした声音が返ってくる。

「お前が自分の部屋に戻り、大人しく休息を取るならば構わないが」

「う……っ」

「夜通し俺から離れないつもりなら、傍で起きているのではなく、せめて眠れ」

いつかの夜、リーシェが毒矢を受けたときと、完全に立場が逆転している。

あのときはアルノルトの方が、寝ずの番でリーシェを介抱しようとしていた。だからこそリーシェは、アルノルトも眠らなくては駄目だと駄々を捏ねて、同じ寝台で寝てもらったのだ。

（私のしたことを、殿下にそのまま返されてしまうなんて……）

口元まで上掛けに潜ったリーシェは、ちらりとアルノルトの様子を窺う。

沢山の我が儘を言ってしまった気恥ずかしさと、先ほどまでのかなしさが混ざり合い、複雑な感情だ。

（言葉で説得するのではなく、確かな形でお見せする必要があるのだと、そのことは分かっていたはずだわ。——傷付かないで欲しいと泣いて願うのではなく、証明するの）

自分に言い聞かせ、上掛けを握り締める。

（やさしい殿下が、傷を負ってでも成そうとしていることが、戦争の果てにあるものなのであれば。私はどうしてもそれをお止めして、他の可能性を捧《ささ》げたい）

リーシェは改めて覚悟をしながら、思考を巡らせる。

（やっぱり皇都に戻ったら、婚儀の前にあのお方に……）

そんなことを考えながらも、リーシェは横向きに寝返りを打ち、アルノルトの方へと向いた。

「殿下……」

仰向けのアルノルトが、まなざしだけでリーシェを見遣る。

「傷はもう、安定していますか？」

不安が表情に出てしまうリーシェに向けて、アルノルトは柔らかな声で教えてくれる。

「問題ない」

「……私を心配させまいと、そう仰って下さっているのでは」

「包帯を巻き直したのはお前だ。傷口をよく見ただろう」

「でも、先ほどのお熱は……？」

「…………」

するとアルノルトはリーシェの顔の傍に、その左手をぽんっと置いた。

「触れてみろ」

「！」

どきりと心臓が跳ねるものの、それを表には出さないように努める。

シーツの上を辿るように、リーシェはゆっくりと手を伸ばした。するとアルノルトの手に柔らかく触れた途端、彼の手に捕まってしまう。

「びゃ……っ」

「……」

目を閉じたアルノルトがリーシェの手を、彼自身の頬へと押し当てる。

そうして、すりっと軽く擦り寄せた。

「～～～っ」

アルノルトが甘えているようにも見えながら、リーシェが甘やかされているようでもある仕草だ。

それからゆっくりと目を開く。世界で一番美しい青の上に、長い睫毛の影が落ちた。

「――お前の方が、温かい」

「そ、れは……っ」

アルノルトの体温は、いつもリーシェより低いのだ。けれども今は、単純な体温差だけではなく、他の要因もあるのかもしれない。

(さっきは、平気だったはずなのに……!!)

そもそも先ほどまでのアルノルトは、上半身の肌を晒していた。その姿を見てしまったどころか、膝や寝転がった体の上に乗せられて甘やかされたことを冷静に考えると、どんどん顔が熱くなってゆく。

(もしかして、とってもはしたない振る舞いをしてしまったのでは……!?)

むにむにと口を噤《つぐ》んでいるリーシェを見て、アルノルトがおかしそうに目を眇める。

「……は」

そうやって穏やかに笑うのに、手は離してくれないままだ。やさしくて時々意地悪なアルノルトは、眠るために指輪を外したリーシェの薬指を、確かめるように指先であやす。

「お前の表情は、本当によく変わるな」

「んむむむ……」

言い返せないことが悔しかったが、いつも通りのやりとりに安堵もしていた。アルノルトの怪我は、どうやら落ち着いて来ているようだ。

リーシェは自分からも弱く握り返すと、繋いだ手を通して密《ひそ》かに祈る。

（……殿下の痛みが、早く和らぎますように）

そして、アルノルトに告げた。

「船から保護したあの女性は、近衛騎士の皆さまが立ち会う室内でお休みになっています。治療が終わりましたので殿下のご指示通り、オリヴァーさまに後をお願いして参りました」

燃え盛る船を降りたあと、アルノルトは自身の治療をする前に、臣下たちへ的確な命令を出してくれた。アルノルトの負傷を表沙汰にしないためにも、リーシェはそのまま女性の方に付き、擦り傷などの手当をしながら落ち着かせたのだ。

本当は女性よりも、リーシェの方こそが冷静ではなかっただろう。

気を抜けば指が震えそうになるのを押し隠し、近衛騎士の前でも普段通りに振る舞った。事情を知っているであろうオリヴァーが、女性たちを保護している屋敷に訪れてくれたときの安堵を思い出す。

『リーシェさま、あとは自分めにお任せを。我が君から仔細はお伺いしましたので、船が燃えるに至るまでのお話を聞き出せたらと存じます』

『ありがとうございます、オリヴァーさま』

『いいえ、滅相も。……我が君が自室で仕事をしていましたら、お止めいただけましたらと』

冗談めかしたオリヴァーの物言いは、リーシェを落ち着かせるためのものだったはずだ。そんなアルノルトの忠臣に向けて、リーシェは口を開く。

『オリヴァーさま。彼女が私に話して下さったのは――……』

そのときオリヴァーに説明したことを、いまここで隣にいるアルノルトにも伝えた。

「船に現れたフードの男性は、シャルガ国で女性に手引きをしたお方と同一人物のようです」

女性はあのとき船上で、そのことを確信したようだ。

「彼女も顔ははっきりと見えなかったようですが。声や体格から、非常に可能性は高いようで」

「……」

「金色の髪に、濃い水色の瞳をお持ちだと。騎士の皆さまにも特徴は伝えつつ、変装される危険性を考慮し、まずは骨折などの負傷箇所を念頭に捜索していただいています」

あの状況で、アルノルトは男の腹を刺し、腕の骨を砕いている。それは、髪や瞳の色以上に隠しにくい特徴だ。

けれど、楽観視はまったく出来なかった。

「あの男は恐らく、逃げおおせるだろう」

「……はい」

リーシェもアルノルトと同じ意見だ。

近衛騎士たちは優秀だが、対峙したあの男の動きで分かる。なにせ、いくら負傷してリーシェを庇いながらの戦闘だったといえども、アルノルトがすぐには捕らえられなかったのだ。

（なおかつ『あの高さの船から運河に飛び降りる』という逃げ方を、躊躇《ちゅうちょ》せず選べる人物。ラウルがその場に居合わせて追っていれば、追跡できたかもしれないけれど……）

騎士のような強さと、狩人《かりゅうど》のような機動力を持った相手だ。近衛騎士たちが全力を尽くしてくれたとしても、あの男は事前に対策を講じているだろう。

「女性に名乗った彼の名前は、サディアスと――ですがこれも、偽名のはず」

だが、あの男が最後に残した皮肉こそ、彼について分析する手掛かりになる。

「……アルノルト殿下が、お母君に似た面差しをお持ちなのは、事実ですか……？」

「…………」

こんな問い掛けをすることも、リーシェには少々抵抗があった。

アルノルトが最後に見た母は、きっと凄惨な姿をしていたはずだ。思い出させたくないと感じたのが、表情に出てしまっていたのだろう。

「！」

仰向けの姿勢だったアルノルトが、リーシェの方へと寝返りを打つ。

隣に枕を並べていて、お互いの手は繋いだままだ。こうすると、お互いに間近で向かい合うような体勢になる。

傷口に響かないかが心配になったものの、刺された右腹部が上になる形のため、寧《むし》ろ負担は少ないのかもしれない。

「客観的には、そう言える」

「……」

アルノルトはリーシェをあやすためか、その体勢で指同士を深く絡めた。

美しい形をしたアルノルトの指は、日常的に剣を握るために、少しざらざらとしている。関節や骨のラインがしっかりとしており、それも含めて芸術品のようだ。

指にしっかりと力が込められているのを感じて、リーシェは自然と目を細めた。

「では。……あの男性は、アルノルト殿下のお母君が、巫女姫だと知っている人物……？」

「あるいは母后が嫁いで来たあとに、直接会ったことがある人間だということになるな」

先代の巫女姫ともなれば、何処かに肖像画などが存在していてもおかしくない。だが、先代巫女姫こそがアルノルトの母親であることは、大きな秘密として隠され続けているものだ。

あのフードの男が巫女姫としてではなく、アルノルトの生母としてその顔を知っていたとしても、そんな人物は限られてくるのではないだろうか。

「父帝の妃たちが暮らしていた塔は、父帝の居住区を経由しなければ出入りが出来なかった」

アルノルトの言葉に、月を背にした現皇帝の影を思い出す。

静かだが凄《すさ》まじい殺気を纏《まと》ったあの男性と、至近距離で対面した訳ではない。にもかかわらず、あの場の空気は凍《い》てついて、呼吸すら上手く出来ないほどだった。

「行き来をするのは世話係の女性だけだったが、いまは妃も世話係も、全員死んでいる」

不穏当な状況に眉根を寄せつつ、リーシェは答える。

「あの男性が殿下のお母君を知る機会があるとすれば、やはりガルクハインにいらっしゃる前に巫女姫として……？」

「その場合は、クルシェード教の幹部と関わりがある男ということになるな」

リーシェはこくりと喉を鳴らした。

「クルシェード教との繋がりと、遠い海を渡る航海技術を持ち、貴族たちを相手にした商いが出来る人物……」

そんな風に口にしてみると、なんだか既視感を覚える。

（……そこに加えて騎士のような戦闘術と、狩人のような身のこなし。なんだか）

僅かに顔を顰《しか》め、内心で訝《いぶか》しんだ。

（私に、似ている――……？）

無意識に、アルノルトの手をきゅうっと握り込む。

「リーシェ？」

「……いえ」

青い瞳にじっと見据えられると、何もかも悟られてしまいそうだ。無表情のアルノルトの双眸は、濡れた刃のように透き通っている。

「サディアスと名乗るあの男性がただの奴隷商ではないことは、もはや明白です」

リーシェは先ほどの考えを誤魔化す代わりに、並行していた別の思考をアルノルトに差し出した。

「この国際的な人身売買事件は、想定を超えて入り組んだ問題で……こうなるとやはり、気掛かりなのは」

ここしばらくの出来事を思い浮かべながら、口にする。

「あの男性が、ガルクハインに害をなす人物である可能性です」

アルノルトは、ほんの僅かに目を伏せた。

(西の大国ファブラニアの王室は、ガルクハインの贋金《にせがね》を作って流し、国力を弱らせようとしたわ。国王ウォルター陛下ご本人の考えではなく、入れ知恵した存在があるはず)

暗躍が窺えるのは、それだけではない。

(その存在は、私の元婚約者であるディートリヒ殿下にも、計略を手に近付いていた。恐らくはこれすらも、アルノルト殿下に危害を加え、ガルクハインを陥れるための罠《わな》)

ガルクハインは強力な軍事力を持った大国であり、この世界に存在するすべての国の歴史を左右できる。その事実は、未来を見るだけでも明らかだ。

それを警戒する者や、利用したいと考える者、滅ぼしたいと願う者だっているだろう。

「あの男性は、きっと……」

「――――……」

アルノルトは目を眇めたあと、体勢を変える。

「いずれにせよ」

「ひあっ？」

思わず声を上げてしまったのは、アルノルトがリーシェの顔を覗《のぞ》き込み、お互いの額がこつんと重なったからだ。

「まずは、お前の望みを叶える方が先だ」

アルノルトは、繋いだ手の力をするりと緩めた。それぞれの指を絡めるのではなく、リーシェの手をやさしく包む繋ぎ方に移しながら、こう続ける。

「人身売買の被害者を、無事に救出したいのだろう。であれば、それに注力する方が効率が良い」

「仰る通りでは、ありますが……」

指先が、ゆっくりとリーシェの爪の付け根をなぞる。

その触れ方が、少しだけくすぐったい。それはまるで、ささやかな手遊びのようだ。

アルノルトがこんな風に人に触れるのだという事実を、前世では想像したこともなかった。

「今日のお前は、体に負荷を掛け過ぎだ」

「う。……アルノルト殿下にだけは、言われたくないです……」

今回は、リーシェの方が正論だ。

リーシェが拗《す》ねた顔をすると、今度こそ繋いでいた手が離れた。かと思えばアルノルトは、その大きな手でリーシェの頬に触れる。

「んん……っ」

耳の傍をくすぐるように指で辿られ、リーシェはふるりと首を竦めた。

けれども抵抗はしなかったことを、きっとアルノルトにも気付かれている。そんな恥ずかしさに襲われながらも、リーシェはおずおずと彼を呼んだ。

「アルノルト殿下」

「なんだ」

「……今日は少し、甘えたさんなのでは……？」

すると、アルノルトはひとつ瞬《まばた》きをして、リーシェを見た。

（だってなんだか先ほどから、たくさん触れてくださっていて。……それから……）

一緒の寝台に入ってからは、リーシェを落ち着かせるためでありながらも、アルノルト自身が戯れのために触れているかのようだった。

「やはり、お怪我が障っているのかも……」

「…………」

「体勢がお辛《つら》かったりしませんか？　仰向けも横向きも痛むようでしたら、負荷を分散するような形で寝ていただくのが良いのですが」

用意されているのが冬用の上掛けであれば、丸めることで姿勢の助けにもなっただろう。しかし、薄手の夏用や枕ではそれも難しい。

リーシェは少し考えて、もぞもぞとアルノルトの方に身を寄せた。

「……リーシェ？」

「だ……抱き枕があれば、苦痛も軽減出来るはずでして……」

意を決し、青い瞳を見つめて告げる。

ここで一番『抱き枕』として使いやすいのは、恐らくリーシェ自身だ。

「……私のことを、どうぞ殿下のお好きに抱いてください……」

「――――……」

すると、無表情のアルノルトが目を伏せる。

かと思えば、先ほどまで丁寧に触れてくれていた指で、わしわしと髪を撫でられた。

「んんんん……っ!?」

リーシェは小さな頃、大好きだったぬいぐるみを、加減出来ずに撫で回したことを思い出す。

この触れ方は、甘えられているのでもあやされているのでもなく、どちらかというと叱られているような意図を感じた。

「やっ、殿下……！」

「……お前は……」

アルノルトはようやく手を止めたあと、物言いたげに小さく息をついた。

「ご、ごめんなさい」

いくらなんでも不便な提案だ。リーシェの抱き心地が良くなくて、却って傷口の負担になる可能性もある。

「少しでも、殿下の眠りが穏やかであれば良いのですが。……私に出来る事が、あまりにも少なくて」

「……」

どれほど薬の知識を得ても、侍女として看病する方法を学んでも、まだまだ足りないのだと痛感する。深い傷を負った誰かを癒すことは、女神でもない限り難しい。

「…………分かった」

アルノルトの青い双眸に、温かな温度が宿っている。

くしゃくしゃになったであろうリーシェの髪を、今度はやさしく梳きながら、アルノルトはこう言った。

「少し借りる」

「え…………」

次の瞬間、その腕の中に抱き込まれる。

「……っ」

片方の手はリーシェの腰を引き寄せ、もう片方の手は背中へと深く回された。リーシェの顔はアルノルトの胸元へとうずまり、あまりにも彼の存在が近いことに息を呑む。

（アルノルト殿下の、体温が……）

包み込まれてしまったリーシェは、耳まで熱く火照るのを感じた。アルノルトに重みを少し預けられて、リーシェへと縋るような触れ方に左胸が疼《うず》く。

心臓が鼓動を打つ度に、彼に恋をしている事実を思い知った。心がきゅうっと苦しくなって、リーシェはアルノルトのシャツを小さく握り込む。

『お前に甘えているのは、確かだな』

「……殿下……？」

アルノルトは、リーシェの額にくちびるを触れさせて囁いた。

その続きは語られない。けれども彼が考えていることを、リーシェは汲《く》み取ってしまう。

（私を妻にすることも、そのために傍に置いてくださっていることも。……この方には『目的』があって、その手段のひとつだと以前、仰った……）

アルノルトは、どうしても自身を許さない。

いまのリーシェが彼との婚姻を望んでいようとも、自分自身と父帝の所業を厭うアルノルトにとって、これはリーシェを犠牲にした結婚なのだろう。

（……私はあなたの目的にとって、誰よりも邪魔な存在になり得るのに）

アルノルトの戦争を止めて、彼をやさしい未来に連れて行きたいと、そんな目的を明かすつもりもない悪妻だ。

リーシェはアルノルトの背に腕を回し、自分からもぎゅうっと縋り付く。アルノルトが少し驚いた気配がしたものの、その手は大切に髪を撫でてくれた。

「アルノルト殿下が、怖い夢を見ませんように」

「……リーシェ？」

リーシェに触れて眠ると、おかしな夢を見なくなると教えてくれた。

どうか今夜もそうであってほしいと、リーシェは願う。

「あなたが、ご自身のそんなささやかな幸福を、望んで下さる日が来ますように……」

「――――……」

アルノルトの心音を聞きながら目を閉じると、大きな手が頭を撫でてくれた。

彼が眠るまで起きていたかったのに、体がゆっくりと温かな海に沈んでゆく。愛《いと》しい温かさに頬を寄せて、リーシェはいつしか寝息を立て始めるのだった。

「…………」

僅かに体を離したアルノルトが、眠ったリーシェの左手に指を絡めたことを、当然ながら知ることは出来ない。

「そんな幸福は、望まない」

リーシェに届くことのない彼の言葉が、淡々と紡がれる。

「――だが」

アルノルトは目を伏せると、リーシェの薬指に口付けを落とし、こんな風に告げた。

「……いつか、お前が俺の願いを叶えてくれ」

その声音は冷たさと、仄かな昏《くら》さを帯びているのだった。

第五章

その朝、朝食の支度が終わった厨房《ちゅうぼう》の片隅を借りたリーシェは、くつくつと煮える鍋の傍《そば》で調薬を行なっていた。

（まずは、眠り薬の効果を相殺する効能を強める配合から）

ジリス草の葉とクロレイン草の下処理は、昨日のうちに済ませてある。持ち歩き用に乾燥させていた葉を水に浸し、その上でしっかりと水気を取っておいたのだ。

それらを大きなすり鉢に入れて、ペースト状になるまで擦り潰す。続いてこちらも乾燥させていた赤いネヴィラの実を割ると、中の種を取り除いた。

（種は体を温める効果があるから、別の薬用に取っておいて……）

すり鉢の中にネヴィラの実を追加すると、さらによく擦り潰した。続いて、フィルンツの花蜜が煮えている鍋の蓋を開ける。

湯気が一気に上がると共に、厨房は特有の甘い香りに包まれた。大きな木のスプーンで搔《か》き混ぜながら、すり鉢の中にある薬草のペーストをゆっくりと加えてゆき、気泡が入り過ぎないよう慎重に混ぜる。

（綺麗《きれい》な緑色！　完成する頃には琥珀《こはく》のような色合いになっているなんて、この段階では想像が付かないわね。それにしても……）

鍋の中身を混ぜながら、リーシェはちらりと後ろを振り返る。

「あの……」

そして、リーシェの後ろをうろうろと観察して回っている青年に声を掛けた。

「ヨエルさまは、一体こちらで何をなさって……？」

「ん……」

かつての先輩であるヨエルは、相変わらず眠そうな目でリーシェの鍋を覗《のぞ》き込み、瞬《まばた》きをした。

先ほどから、リーシェがテーブルや鍋の前へと移動する度に、ヨエルは後ろをトコトコとついてくる。さらにその後ろでは、ヨエルの監視をしなくてはならないラウルが、椅子に座って静観の構えを取っているのだった。

「君こそ一体、何をやってるの……？　朝ごはんじゃ、ない」

「朝ごはんは料理人の皆さまが腕を奮ってくださって、お客さま用の食堂に並んでいるはずですよ。私のこれは、お薬でして」

「薬」

「はい！」

リーシェは頷《うなず》き、自信満々に胸を張った。

「私が囮《おとり》になって捕まる際、眠り薬を飲まされても効かないようにするための解毒薬です！」

「……皇太子のお妃《きさき》さまが、自分が囮になって捕まる用の薬作り……？」

「え？」

ヨエルからは非常に胡乱《うろん》げな顔を向けられて、瞬きをする。リーシェがラウルを見遣《みや》ると、どちらかといえばヨエルに賛成といった顔をしていた。

「麗しのお妃さま。あんたのアルノルト殿下は当たり前に受け入れてるけど、それが普通の反応」

「わ、私はまだ皇太子妃じゃないし、私の殿下ではないもの……」

一応は反論しておくものの、論点がそこではないのは承知している。だが、攫《さら》われた女性たちやヨエルが飲まされていた眠り薬は、この薬を事前に飲んでいれば抗《あらが》えるはずなのだ。

（本来なら効き目を確認するために、事前に眠り薬を飲んだ上で試しておきたいところだけれど）

眠り薬の入手や調薬は難しそうなので、仕方がない。

しっかりと実験していない状況はミシェルにやさしく叱られそうだが、薬師人生では、『己の経験と勘に胸を張れ』という師匠ハクレイの教えも授かっている。

（あとは使用される量ね。事前に皇城から持ち出しておいた分だけではなく、ここで作り足すのは必要としても……）

リーシェがちらりと一瞥《いちべつ》したのは、もうひとつの鍋だ。

こちらの鍋で煮ているのは、眠り薬の解毒薬ではない。まったく別の薬草で作っている、鎮痛の効果を含んだ傷薬だ。作り置いて常備しているものと同じだが、この薬が最も強い効能を持つのは、調薬における最後の加熱から二十四時間以内なのだ。

リーシェが目を覚ましたとき、アルノルトはまだ眠っていた。そうっと腕の中から抜け出しても、覚醒の気配がなかったのである。

無防備な寝顔を見下ろしたときのことを思い出して、胸の奥がきゅうっと疼《うず》いた。

（安心して、穏やかに眠って下さっていたのかしら。……いいえ、負傷の所為《せい》で消耗されている可能性も……）

だが、心配な気持ちをここで顔には出せない。

皇太子が刺されて負傷したことは、国にとっての一大事だ。ましてやアルノルトの強さは、軍事的な抑止力としても働いている。

アルノルトが負傷を表に出さないのは、恐らくそれが理由だろう。そのためリーシェも、いつもと変わらないように振る舞うよう心掛ける。

そんなリーシェの心情を知らないはずのヨエルは、眠そうにひとつあくびをした。

「俺が早起き、したのはね」

ヨエルが鍋の中身を覗き込むも、興味がありそうなそぶりは全く見えない。

「今日は作戦会議、やるんでしょ？　もうすぐ剣で戦えると思ったら、なんかわくわくして目が覚めた……」

（騎士人生でも、遠征前の作戦会議のときは比較的早めに起きていらっしゃいましたものね……）

リーシェは必死で起こしていたつもりだったが、ひょっとするとそうした特別な日であれば、間に合う時間には起床してくれたのだろうか。

そんな考えが浮かんだものの、どう考えても寝癖に寝ぼけ眼で会議室に現れる姿しか想像できなかった。現にいまのヨエルは、赤い癖毛がいつも以上にふわふわだ。

（剣を握っていないときのヨエル先輩は、こんなに危なっかしいのに）

リーシェは不意に思い出す。あれはまだ、六度目の人生でもアルノルトが父を殺していない、ガルクハインが戦争を起こす前のことだ。

『海戦に持ち込むことが出来たら、俺たちの国の勝ちだよ』

その日の演習は、船がいくつも浮かべられた大海原で行われた。

訓練の相手は、シャルガの同盟国である砂漠の国ハリル・ラシャである。

あちらの一番大きな船には国王ザハドの姿もあり、リーシェは時折彼のことを懐かしく見上げながらも、ヨエルの話を真剣に聞いていた。

『俺たちの船は誰にも負けない。そしてその船には、世界で誰よりも海戦に通じる騎士団が乗っているんだもの』

両翼を広げた鳥のような陣形の中で、リーシェたちの船はくちばしとなる先端に配置されている。

風の動きは追い風だが、潮の流れは真逆だった。

『潮の流れは俺たちに不利。ただし、陣形は考えうる限りの最善』

演習が始まれば、この船は真っ先に相手と交戦する。敵船の中に真っ先に突っ込み、そこで戦闘が始まるのだ。

『陸での戦いと違って、揺れる船から落とされて死ぬって危険もあるけど。……ルーも今日まで散々、落ち方の練習したもんね？』

『はい！　何度か海面にお腹《なか》を打ちつけたり気を失ったりしましたが、お陰で自信があります!!』

元気いっぱいに答えると、それを聞いていた周りの騎士たちが苦笑した。

『初めての落下訓練で、ルーシャスみたいに躊躇《ちゅうちょ》なく飛び降りる奴《やつ》も珍しいよなあ。というか、ヨエル以外では見たことがない』

『さすがはヨエルにとって初めての「後輩」だ。先輩譲りだな？　ルーシャス』

『ちょっと、先輩たち……。俺のこと揶揄《からか》ってるでしょ』

少し拗《す》ねた顔をしたヨエルは、改めてリーシェを振り返る。

『お前の傍に居てあげるのは、今日はここまでだよ。ルー』

双方の王が乗った船の甲板で、訓練の開始を知らせる旗が上がる。王たちは戦いに参加しないものの、臣下たちの戦闘をそこで見守り、有事に備えた戦略を考え続けるのだ。

『始まったら、俺はお前も置いて行くから』

『え！　ですがヨエル先輩、僕とふたり一組で行動するようにと団長が……!!』

『演習でも戦場。いくらお前でも、誰かと組んだら弱くなる』

無数に浮かんだ船の帆が、両軍ともに一斉に広がる。ぱんっと音を立てて張った帆が風を受け、一気に前進を始めた。

『――死なせないためには、ひとりで戦う』

（っ、本当に速い船……！）

海上とはいえ、こんなに重い船体が進む速度に息を呑《の》む。今日の波は高く、荒れ始める手前のうねりを帯びていて、非常に揺れた。

『来るよ』

『……っ』

想像していたよりも早く、演習相手の船が眼前に迫っている。リーシェは一度身を伏せ、甲板に張られた縄を掴《つか》むと、訓練した通りに衝撃に備えた。

次の瞬間、大きな衝撃が船を襲う。

まるで落雷や崖崩れ、地震などの天災を思わせる揺れだ。厳重に固定したはずの樽《たる》などの浮き具が、いくつも振り飛ばされて海に落ちる。

（掴まった腕が、千切れそう。……だけど……!!）

リーシェは直ちに体勢を立て直し、甲板を蹴って前進した。

誰よりも小柄で身軽な分、素早く動けると教わったのだ。けれども次の瞬間、リーシェの目の前には、遥《はる》かに自由な背中が見えた。

（……ヨエル先輩……）

すでに剣を抜いていたヨエルが、騎士のマントを翻して駆ける。

『お前の先輩をよく見てろよ。ルーシャス』

先輩のひとりが、自慢の弟を見せびらかすかのように笑った。

『あれが、我が軍の自慢の斬り込み隊長さまだ』

『――――……！』

太陽を反射した波の飛沫《しぶき》が、星屑《ほしくず》のようにきらきらと光る。剣を抜き、真っ先に道を切り拓《ひら》くヨエルの後ろ姿に、リーシェは心が躍るのを感じた。

敵船に飛び降りたヨエルの背中を、迷わずに追い掛ける。あの日の演習は、不利な配置だったにもかかわらず、シャルガ国の勝利に終わった。

「……ヨエルさま」

七度目の人生を送る今世のリーシェは、後輩としてヨエルの世話を焼くことはない。そしてヨエルも、先輩だからと稽古をつけてくれることや、リーシェに戦術を教えてくれる訳ではない。

それが分かっていて、鍋を混ぜていたスプーンを置く。

「ヨエルさまにしか出来ないお願いが、あるのです」

そう告げると、ヨエルは想像した通りの答えを発した。

「やだ」

「ふふっ」

かつてを思い出しながら、リーシェは続ける。

「どうかそう仰《おつしや》らず。──実はこのお願いとは、特殊な環境下での戦いを指します」

すると、ヨエルはぴくりと反応してリーシェを窺《うかが》った。

「……剣術の？」

「ヨエルさま、正統な剣術での戦闘はもちろんですが、遊戯のような制約下での戦いにも興味がおありでしょう？」

「………………」

リーシェはにこりと微笑《ほほえ》んで、くちびるの前に人差し指を当てる。

「アルノルト殿下との手合わせの場をご用意することも、少し先になりそうですので。その分是非とも遊んでいただきたいのです」

「…………………」

ヨエルがどんなことを喜ぶか、リーシェは既に知り尽くしているのだ。

それからもうひとり、狩人集団《かりゅうど》の頭首であって飄々《ひょうひょう》として振る舞うこの人物が、それなりに世話焼きだということも。

「ラウルが手伝ってくれるのも心強いわ。……これも私の知る限り、世界で『ラウルにしか出来ないこと』だから」

「……おいおい、麗しのお妃さま……」

ラウルは何処《どこ》かげんなりした顔で、苦笑のような表情を浮かべて言った。

「人たらしをいい加減にしておかないと、あんたの殿下が色々と怖いぞ」

「どういうこと？」

リーシェが首を傾《かし》げても、ラウルは仔細《しさい》を教えてくれない。そして薬が完成した頃、朝食や朝の支度を終えた面々は、屋敷にある談話室へと集まったのだった。

＊＊＊

アルノルトの朝の支度を手伝ったリーシェは、昨日よりもさらに傷口の治癒が進んでいることに安堵した。談話室まで一緒に向かい、ふかふかの椅子がいくつか並べられる中で、アルノルトの隣に座る。

（ヨエル先輩、眠そうだわ）

シャルガからの客人という扱いになるヨエルは、少し離れた向かいに着席していた。

（こう見えてもヨエル先輩の中では、やる気を出していらっしゃる方なのよね。雰囲気がわくわくしていらっしゃるし……）

作戦会議のような場所に、ヨエルは不向きと言えるかもしれない。とはいえこの人身売買にまつわる一件は、シャルガ国からの協力要請から始まったこともあり、シャルガの使者であるヨエルは必要だ。

アルノルトの傍に控えたオリヴァーが、こんな風に切り出した。

「改めまして、昨日の情報共有を」

アルノルトは肘掛けに頬杖《ほおづえ》をついていて、その様子は普段と変わらない。治癒が進んでいることや、リーシェの痛み止めが効いていることもあるだろうが、何よりアルノルトの忍耐力が強いのだ。

（とはいえラウルは間違いなく、殿下の負傷に気が付いているわね……）

扉の横に立つラウルをちらりと見れば、ラウルはその手を狐《きつね》の形にして動かす。おどけた振る舞いをしていても、その観察眼は一流の狩人のものだ。

「サディアスと名乗った人物は、シャルガ国で貿易商を名乗っていたそうです」

アルノルトを刺したフードの男性『サディアス』は、昨晩の想像通りに見付かっていない。

とはいえその痕跡は、今も引き続き捜索されていた。オリヴァーは、彼自身が纏《まと》めたらしき数枚の書類を手にしながら続ける。

「金髪に水色の瞳。大層美しい顔立ちで、令嬢の多く参加する夜会に姿を見せたのが始まりらしく……貴族のどなたかの知人ではなく、別の商人が連れてきたようですね」

「オリヴァーさま。紹介者の商人については……？」

「『キュレッタ商会』と。少なくともガルクハインには、この名の商会は出入りしておりません」

オリヴァーは、リーシェが知りたい情報を揃《そろ》えてきてくれている。アルノルトが傍に置く従者の優秀さを実感しながら、リーシェは返した。

「それではアリア商会のタリー会長にお願いして、商会同士の繋《つな》がりから調査いただきましょう。サディアスと名乗る男性が『商人』かどうかは怪しくとも、間接的に関わったお方を洗うのは有効かと」

「……改めて、リーシェさまが広げて下さった人脈は、つくづく得難いものですね」

オリヴァーは神妙に述べたあと、頷いた。

「お手数ですが後ほど、アリア商会に向けてリーシェさまからのお手紙を頂戴したく」

「はい。会長は皇都にいらっしゃるはずですので、すぐに用意いたしますね」

オリヴァーは礼を言いながら微笑み、報告を続ける。

「サディアスは商人として有能で、さまざまなご令嬢の心を射止めていったそうですよ。しかし彼女たちの誘いには乗らず、今回の被害女性にだけ心を許したような様子で、少しずつ交流を深めてきたと」

「あーあ。……常套手段《じょうとうしゅだん》だな」

ラウルがそんな風に呟《つぶや》いて、視線を集めた。ひょいと肩を竦《すく》めたラウルは、必要であれば主君のための暗殺や誘拐にも手を染める、狩人の頭首としてこう話す。

「人間を攫うのに、一番有効な方法だよ。連れ去りたい人間の信用を得て、被害者自ら誘拐犯に追従させる。醜悪な方法だよなあ」

「ラウル君の言う通り。……結果としてあの女性は奴隷船に監禁され、ガルクハインまで連れてこられた後ですら、『サディアス』を疑いきれなかったようです」

アルノルトが目を眇《すが》め、オリヴァーに確かめた。

「救出後の被害者を休養させていた宿の中に、部外者の侵入は無かったとみて間違いないな」

「ええ。彼女が夜にひとりで抜け出したのは、事前の示し合わせがあったようですね」

「約束、ということですか？」

そのことを予想していなかったので、リーシェは意外さに瞬きをした。

「ええ。『仮に君たちが途中で見付かり、第三者に「救出」という名目で捕らわれた場合、抜け出して一番大きな船を探して』と告げられていたそうです」

「そこまで、用意周到に……」

リーシェは眉根を寄せ、アルノルトを見上げる。

「アルノルト殿下。この人身売買は、やっぱり」

「——目的は、人間を売り買いすることではない」

アルノルトの口にしたその言葉は、リーシェの考えと同じだった。

「んん……？」

ふわふわと眠そうな様子のヨエルが、ことんと首を傾げる。

「なんで。攫った女の子たちを、売ってるんでしょ？」

「もちろん、そういった目的も窺えるのは事実なのですが。そもそもが、『商人』としては有り得ない動きを取っているのです」

人を攫って売り買いする相手を、商人と呼ぶのは抵抗がある。けれどもリーシェの心情に関係なく、奴隷商が『商う人』である限り、生じている矛盾は看過できない。

「……このやり方では、決して『商い』になりません」

リーシェは眉根を寄せ、不気味さを抱く理由をヨエルに告げる。

「そもそもが、シャルガ国からガルクハインは遠過ぎます。航海に掛かる日数が多いほど、危険と費用は増すばかり」

六度目の人生で戦争が始まった際、リーシェたちが仕えたシャルガの王は、ガルクハインとの交戦まで猶予があると判断していた。

計算違いではあったものの、その考えは決して浅慮ではない。皇帝アルノルト・ハインがシャルガの軍船を手に入れていなければ、侵略にはもっと時間が掛かったはずだ。

「それに対し、奴隷を売って得られる利益が少なすぎるのです」

「……？」

リーシェの説明に、ヨエルは首を傾げた。

「奴隷って高く売れるんでしょ……？　俺、うちの王さまに聞いたことあるよ。色んな国の王族や貴族だけじゃなく、お金持ちが買う。需要はすごく大きい。近海の怪しい船を捕まえたら、攫われた人たちが船倉いっぱい閉じ込められてたって」

ヨエルの言葉に、アルノルトが端的に説明を返す。

「それはあくまで、一般的な奴隷商の事例だろう。だが、無選別に膨大な人数を集めて売り捌《さば》く手法と、今回の件は異なる」

それこそが、囮役をリーシェが買って出た理由でもある。

「なにしろ狙われているのは、未婚である貴族の令嬢ばかりです」

ヨエルがぱちりと瞬きをした。

「……それが欲しいって言っている人を、客にしてるんでしょ？」

「人を売り買いするにあたり、そういった限定的な条件を求めるお客さまがいらっしゃる可能性は否定いたしません」

難しい条件をつけてくる取引相手がいることを、リーシェも身に染みて分かっている。

「ここで考慮するべきは、相手のそういった要望を受けて動く商人が、現実的にどれくらい存在するかという点です」

「……高い金額を出して、欲しがる人がいても。高い費用と危険を冒して、仕入れてくれる人がいるとは限らない？」

「ヨエルさまのお察しの通りです」

商いにおいては、すべての行動で利益を出さなくてはならない。

「私が仮に、奴隷商という罪に手を染めた商人であろうとも、そのような商いに注力しようとは思いません。……何かの『ついで』でもない限り」

「……そっか」

「そもそもシャルガで攫い、ガルクハインで売る行為は、商人からすれば『効率的ではない』行動ですから。売るために赴いたガルクハインでも、人を攫って仕入れをするくらいの効率化は最低限必要なほどで……」

奴隷商たちはその動きを取っている。商人として、ある程度の計算を基に動いている証拠だ。

「ですがそれすらも、多くの費用と人手を使い、危険と隣り合わせの航海では割に合いません」

「分かった」

ヨエルはごしごしと目を擦《こす》りながら、先ほどまでより少しだけはっきりした声で言う。

「じゃあ、本当に『ついで』なんだ。それか女の子を売る商売も、大きな計画のひとつってこと」

「恐らくは」

リーシェはアルノルトを見上げ、ガルクハイン国としての視点で見えることを尋ねる。

「アルノルト殿下。この一件、シャルガ国からは正式な形で、ガルクハインへの協力要請が来ているのですよね？」

「そうだ。シャルガの侯爵が使者となり、国王の署名が入った書簡を届けに来た」

「……では。その書簡を受け取られたのは、アルノルト殿下ではなく……？」

アルノルトは恐らく、リーシェが確かめたいことをすべて理解しているだろう。

青色をしたアルノルトの双眸《そうぼう》に、暗い光が揺れる。彼は僅かな笑みを浮かべると、予想通りのことを口にした。

「――父帝だ」

（……やっぱり……）

こくり、と小さく喉を鳴らす。

（国王陛下からの正式な書簡は、当然ガルクハインの皇帝陛下に届けられる。けれど、こうして実際に動いていらっしゃるのはアルノルト殿下で……）

この運河の街に訪れた最初の日、アルノルトが人身売買を調べていたことについて、こんなやりとりを交わしている。

『この一件も、お父君には内密に動かれているのですか？』

『耳に入れるとなおさら面倒だ。あの男がどのような思惑を持つか、おおよそ予想はついている』

あれは、アルノルトだけがこの件を知っているという意味ではなかったのだ。

（皇帝陛下は、シャルガ国からの協力要請を握り潰したんだわ）

ヨエルやラウルがこの場にいるため、はっきりと言葉にはしない。けれどリーシェの考えを、アルノルトは見通しているだろう。

（そんなことをなさった理由は、いくつか考えられる。けれど、これまでアルノルト殿下から教えていただいた話を鑑みると、皇帝陛下の目的のひとつとして挙げられるのは……）

リーシェは一度口を噤《つぐ》み、敢《あ》えてこんな形に言い換えた。

「『サディアス』を名乗る男性は奴隷商ですが、主な目的は今回の奴隷売買ではないと思われます。仕掛けようとしているのは、この事件によって生じてしまう、シャルガ国とガルクハイン国の決定的な関係悪化」

ぎゅっとドレスを握り込み、俯《うつむ》いて呟く。

「戦争の火種を、撒《ま》き散らすこと……」

この出来事は、アルノルトが未来で起こす戦争に繋がっているのだ。

壁に背を預けていたラウルが、小さな声で呟く。

「戦争屋。……死の商人か」

それは、出来れば聞きたくない言葉だった。アルノルトは目を伏せ、淡々とした声音で言う。

「船上で対峙《たいじ》したあの男は、優れた短剣を所持していた。腕のいい鍛治職人を揃えたこの国でも、あれほどの剣を作れるものは少ない」

アルノルトを刺した短剣を、間近で観察できた訳ではない。しかし、炎の中で見た刃の輝きだけで、あれが上質な作りをした剣であることは断言できた。

（アルノルト殿下の傷口が塞がりやすかった理由のひとつは、短剣の刃がよく切れるものだったたか

らだわ。切れ味の良い刃よりも、切れ味の悪い刃による傷の方が、傷口は酷《ひど》くなって治りも遅い）

敵が持っている武器の質が、女神の血による治癒を助けたのだ。複雑な思いがあるものの、いま議論するべきことは他にある。

「あの男性は、武器を扱う商いをしているはずです。それも、ただの武器屋ではなく……」

アルノルトが、つまらなさそうに口にした。

「──国同士の諍《いさか》いを煽《あお》り、起こした戦争によって利益を上げる。その類の商人だ」

「……っ」

このときリーシェが浮かべたのは、ひとつの不穏な想像である。

（……アルノルト殿下の『敵』では、ないのかもしれない……）

昨晩の船上での出来事で、リーシェは思い込んでいた。サディアスを名乗るフード姿の男性は、アルノルトに害をなす存在なのだと、そんな判断をしていたのだ。

けれど、それは間違いだったのかもしれない。

（未来のアルノルト殿下は。……『皇帝アルノルト・ハイン』は、そうではなく寧《むし》ろ）

思わずこくりと喉が鳴る。

（……あの男性を、自ら配下に加えたのではないかしら──……？）

だからこそ未来のアルノルトは、シャルガ国の船を手に出来た可能性がある。

（シャルガの造船技術を持った職人が、偶然に巻き込まれてガルクハインに売られた訳ではないのかもしれない。……明確な意図を持って、アルノルト殿下というお方に、戦争のための船を献上したと考える方が妥当……）

錬金術師ミシェルが、火薬を渡す相手にアルノルトを選んだときと同様だ。

（アルノルト殿下は『死の商人』を魅了したのだわ。世界への戦争を仕掛け得る、そして歴史を大きく動かす、そんな存在として――……！）

リーシェが身を強張《こわば》らせた理由は、さすがに気付かれなかったと信じたい。

（いまの私は、アルノルト殿下がやさしいお方だと知っている。だからこそ、手段を選ばないお方だとも……）

心臓が嫌な鼓動を刻むのを顔に出さないよう、リーシェは短く息を吐いた。

（――それでも、変えてみせる）

そんな意志を込め、隣のアルノルトを見上げる。

（これまでの人生とこの七回目は、決定的に異なるもの。私がアルノルト殿下のお傍に居て、あの男性の凶刃から庇っていただく出来事が発生したからこそ、未来は変わっているはず）

少なくとも、現段階でのふたりは敵同士だ。

アルノルトの味方を増やしたいリーシェにとって、敵対者がいる事実に安堵《あんど》するのは不本意だった。けれど、リーシェだってあらゆるものを利用しなければ、アルノルトには勝てない。

『どうあっても、手段を選ぶべきではありません』

あらゆる意味を込めた言葉を、心から慕う人へと告げる。

「思えばガルクハインを狙う存在は、ガルクハインへの不穏当な働き掛けを行なう際、常に他国を巻き込む形で策を講じていました」

「……」

「それらがガルクハインを陥れるためではなく、国家間の争いを呼ぶためのものだとしたら……。他にも様々な手段を講じているはずで、火種は広がる一方です」

アルノルトは小さく息を吐くと、リーシェのことを見下ろして目を眇めた。

「お前が囮になって被害者の救出に向かうことは、必要だと？」

その表情を見て、リーシェは気が付く。

アルノルトは皮肉のような物言いをしたが、実際の感情はそうではないのだ。

「……ガルクハインの問題に、私を利用しているとお思いですか？」

「…………」

アルノルトが少し眉根を寄せるも、リーシェにはそれがおかしかった。

「ふふ。だとしたら、それは誤りです」

「なに？」

アルノルトが何かを間違えることは、リーシェから見れば珍しい。だからこそ彼を見上げ、にこりと微笑む。

「私には責務があるはずで、そのことをとても誇らしく思っていますから。だって」

青い瞳を見つめ、はっきりと告げた。

「私は、まごうことなき殿下《ガルクハイン》の花嫁でしょう？」

「――――……」

海の色をした双眸は、真《ま》っ直《す》ぐにリーシェを見据えている。

妻としての覚悟をすることを許されなくとも、願うことを許容されなくとも、その事実は決して変わらないのだ。リーシェは堂々と胸を張り、両手に作った拳を掲げる。

「それに、ご安心ください！　女性たちがどのような縛られ方をしていたか、最初の奴隷船からお助けした際に観察済みですから。同様の捕まり方であれば、縛られたままでも縄抜け出来ます！」

「……そういう話をしているのではない」

「ははは。アルノルト殿下も、リーシェさまには敵《かな》いませんね」

傍らで見ていたオリヴァーが、楽しそうに声を上げて笑った。アルノルトが面倒臭そうに一瞥すると、「失礼いたしました」とまだ笑っている。

リーシェは胸を張り、アルノルトの妃として彼に告げた。

「果たしてみせます。被害者の方々を救出するだけでなく、シャルガ国とガルクハインの友好のためにも」

「――――……」

アルノルトが、ゆっくりと目を伏せる。

「お前が囮として連れ去られた後のこちらの動きを、近衛騎士《このえきし》たちと詰めている最中だ。それでもなお、不測の事態が予想される」

青色の瞳は、窓の外に流れる運河を見遣った。

「奴らは逃亡を図るだろう。最終的な主戦場は、船上となる可能性が高い」

アルノルトの言葉に、オリヴァーが同意する。

「船や海での戦いとなると、厄介ですね。陸上とは勝手が異なりますし、こちらの船の性能も問題となります」

「アルノルト殿下、オリヴァーさま。その件なのですが」

リーシェはふたりを順に見遣り、にこっと笑った。

「現時点で考えうる、最も心強い味方がこちらに」

「………………」

そうしてリーシェが視線を向けた先には、じっとリーシェを眺めるヨエルの姿があるのだ。

リーシェは知っている。シャルガ国の天才剣士ヨエルがどのような人物で、どんな風に強いかを。

「この世界で最も、船を用いた戦いに強い国の騎士さまです。お力を貸して下さると、約束していただきました」

「リーシェさま……」

オリヴァーが驚いてリーシェを見下ろす。アルノルトが眉根を寄せたその隣で、リーシェは『囮』として講じる一案を、アルノルトたちにも説くのだった。

＊＊＊

その日の午後、リーシェは運河の街の船着場で、あちこち忙しく働き回っていた。

「どなたか、お酒がまだ足りないという方はいらっしゃいませんかー！」

大きな声でそう叫ぶと、賑《にぎ》わっている人々の中で手が上がる。よく日焼けした腕の逞しさは、力仕事を生業にしている人のそれだ。

「リーシェさま！　お言葉に甘えてもう一本、いただいて帰っても？」

「はい、もちろんです！　皆さま昨晩は消火にご協力いただき、本当にありがとうございました！」

近衛騎士に手伝ってもらいながら、木箱から取り出した瓶を渡す。リーシェが先ほどから酒を配っているのは、この運河から海に出る船乗りたちだ。

彼らは深夜の船火事に対応したあと、そのまま明け方の漁に出て、ようやくいま落ち着いた時間を過ごしている。朝の会議が終わったあと、リーシェは酒などをさまざまに買い込むと、そのまま船着場へと出向いたのだ。

「ささやかなお礼となってしまいますが、好きなだけお持ちください。お酒は苦手な方がいらっしゃいましたら、果物などもたくさんありますので！」

「おお。もしかすると、こいつは南大陸の酒では？」

リーシェが酒瓶を手渡すと、船乗りたちは目を輝かせた。

「なかなか通な酒をお選びだ、分かっていらっしゃる！」

「ふふ。よろしければ皆さまも、ガルクハインでお勧めのお酒を教えていただけませんか？　特になるべくご家庭で親しまれているような、お値段の張らないものの情報を集めているのです」

「庶民の味ってことですかい？　へええ、未来のお妃さまが意外だなあ！　酒にはこいつが詳しいんですよ。な？」

「任せてください！　高貴なお方の口に合うかは分かりませんが、この国の定番といえば……」

そんな風に船乗りたちと交流しながら、せめてものお礼を伝えてゆく。

近衛騎士たちに手伝ってもらうのは申し訳なかったが、『アルノルト殿下からのご命令でもありますので』と伝えられたため、有り難く手を借りることにした。

当然のように酒宴が始まり、リーシェは加われないものの、傍《はた》で見ていてとても楽しい。船乗りたちの歌を聞き、その踊りを見て拍手をしながら、箱の中身をすべて配り終えた頃のことだ。

「お妃さまはほんとーに、人をたらしこむのがお上手で」

「ラウル！」

少し離れた木箱の上に座っていたリーシェは、ラウルが引きずってきたヨエルを見下ろした。ヨエルはすやすやと、健やかな寝息を立てている。

「ヨエルさま、力尽きてしまったのね……」

「いや、常に割とこんな感じだけどな？」

ラウルはそう言うが、今日のヨエルは会議中もずっと頑張っていただけではない。あくまでヨエルの基準でとはいえ、今朝方は驚異的な早起きだったのだ。

「船乗りたちは大満足みたいだが、あんたも殿下も何考えてんだか。これで皇太子妃さまの評判がまた上がったろうが、不審者が現れたばっかだってのに」

「あの男性がここで私を狙って出て来てくれるなら、却《かえ》って有り難いくらいだわ。それに、近衛騎士の皆さまが居てくださったし」

近衛騎士たちは、木箱などの片付けをしてくれている。リーシェも手伝おうとしたのだが、休んでいてほしいと頑《かたく》なに固辞されてしまった。

「昨日の夜から明け方までの運河や海に、変わったところはなかったみたい」

「……船乗りからの情報収集も兼ねていたとは、恐れ入る」

肩を竦めたラウルを見上げ、リーシェはそっと尋ねる。

「ラウルはアルノルト殿下やオリヴァーさまから、『サディアス』を名乗る男性の動きについて聞いている？」

「あー。逃走経路として考えられる可能性は全部答えたけど、殿下は本人が見付かることを期待してなさそうだったな。残留品とか、目撃者の証言を集めることに重点を置いてる」

ラウルもやはり、それに同意見のようだ。

「水の中に逃げ込んだ獲物を追うときは、水滴を利用するのが定石なんだが。それを目視で確認するのに、この街の白い石畳は厄介だ。色で濡《ぬ》れている状態が判別できない上に、逃亡は明かりの少ない夜と来ている」

「その上に夏の季節で、海風が乾燥を助けるものね……ずぶ濡れの人とすれ違っても、昼間と違って分からないわ」

「ま、水の中で息絶えた可能性もあるけどな。腕の骨が折れてるような状況であの高さの船から飛び降りて、着衣で泳ぎ切れるのも相当だ」

リーシェも狩人の人生において、体を隠す色のローブを着用したまま小川の浅瀬に身を伏せて、『獲物』を待ったことがある。

最も辛《つら》かったのは寒さだが、意外にも体力を奪ったのは、水の流れに引っ張られる着衣の重みだ。

繊維とはそもそも重量を持ち、それが水を含むと尚更《なおさら》で、水中の抵抗も多く発生する。

「――この次は、逃さずに追うわ」

リーシェが小さな声で呟くと、ラウルは大きな溜《た》め息《いき》をついた。

「え？」

「そうやって自分も最前線に立つ前提で物事を考えるの、本当に夫婦そっくりだな」

ずいっとリーシェに近付けられた顔は、ラウルにしては分かりやすい呆《あき》れ顔《がお》だ。

「そんなことより、囮になっても無事に戻ってくる方法を考えることに集中するべきでは？『リゼお嬢さま』」

「……ええ」

リーシェは頷き、左手の薬指につけた指輪に触れる。

「どれだけ心配を掛けてしまうかは、よく分かったから」

「よろしい」

ラウルがやれやれと肩を竦めたとき、石畳に放置されていたヨエルが身じろいだ。

「ようやく起きたか眠り姫。おーい」

しゃがみこんだラウルが、ヨエルの頬をぺちぺちと軽く叩《たた》く。ヨエルは思いっきり嫌そうに顔を顰《しか》めたあと、もそりと起き上がった。

「おはようございます。ヨエルさま」

「………………」

瞬きをして目を擦ったヨエルが、すんすんと鼻を動かす。

「……やっぱり。さっきの、この香り」

首を傾げると、ヨエルはリーシェを見上げてさらりと言った。

「君、昨夜はアルノルト殿下と一緒に寝たの？」

「────……」

ラウルがごほっと咳《せき》をする。リーシェは少し固まったあと、告げられた言葉の意味を理解して動揺した。

「え!?　ど、どどど、どうして……!!」

アルノルトの寝室で過ごしたことは、なるべく隠して過ごしたつもりだ。

婚儀の前にそのような振る舞いは避けるべきことであり、アルノルトに迷惑が掛かる上、そもそもとても恥ずかしい。もしやラウルも察しているのかと彼を見ると、ラウルはぱっとリーシェから視線を逸《そ》らした。

ヨエルは、リーシェが動転する様子を不思議そうに眺めながら、なんでもないことのように言う。

「君の、花みたいな匂い。さっきの会議でアルノルト殿下からも、同じ香りがしたし」

（……っ、お風呂の……！）

怪我人《けがにん》の寝室へ入るにあたり、あちこち汚れた状態で近付くのは悪化を招く恐れもあったため、昨晩のリーシェは、婚儀の美容支度にと渡された桃密花の美容石鹸《せっけん》を使ったのだ。

「そ、れは、その」

アルノルトの傷が心配だったという理由の共寝だが、それをヨエルに説明することは出来ない。こうなると、ただただふたりで一緒に眠っただけだということになってしまう。

慌てていると、ラウルが含みのある言い方でリーシェを励ました。

「まあ、夫婦なんだし問題ないんじゃねーの？」

「だから！　ま、まだ夫婦じゃ……っ」

「夫婦」

ヨエルは「ふうん」と目を細めると、何処かむすっとした調子で言う。

「……まあ。いいけど……」

「ヨエルさま？」

「はいはい、それじゃあそろそろ準備しようぜ。船乗りたちへの謝礼と聞き込みも済んだなら、もうここに用はないだろ？　お妃さまのご依頼を果たすためにも、まず色々と調達しなきゃならない材料があるもんで」

「そうね。けれどその前に、やっぱり片付けを手伝って……」

リーシェが木箱から降りたとき、これから帰るらしき船乗りたちが、機嫌良くリーシェに手を振った。

「リーシェさま！　美味《うま》い酒をありがとうございました。結婚式とそのお祝いのパレード、俺たち全員必ずお祝いしに行きますんで！」

「馬鹿、皇太子さま夫婦のは『婚姻の儀』って言うんだよ！　――本当にご結婚おめでとうございます、未来の妃殿下に乾杯！」

船乗りたちはそう言って、リーシェに向かい架空の杯を掲げる仕草をする。リーシェはその気持ちが嬉《うれ》しくて、微笑んだ。

「皆さま、ありがとうございます！」

去ってゆく船乗りたちの背中を見送りながら、改めて背筋を伸ばした。

（アルノルト殿下の妃として。『皇太子妃』という職業に、全力で挑むわ）

それから間も無く、リーシェが攫われる『約束』の日が訪れたのだった。

＊＊＊

その日、運河の傍らにある屋敷で行われた商談に、『リゼ』というひとりの令嬢が現れた。

昼間の外出だったこともあってか、彼女は護衛を伴わず、侍女をひとり連れてその場所にやってきたらしい。そして商談中、ドレスの試着にと小部屋に案内されたあと、忽然《こつぜん》と姿を消したのである。

しかし、令嬢が消えたことは決して大きな騒ぎにはならず、ベゼトリア街はいつも通りの午後を迎えたのだった。

＊＊＊

「――……」

奴隷商人たちの気配が遠ざかったあと、薄闇の牢《ろう》に閉じ込められたリーシェは、双眸をぱちりと開いて起き上がった。

手首は後ろ手に縄で縛られ、足首も同様に固定されている。布の猿轡《さるぐつわ》を咬《か》まされたまま、リーシェは自身の状態を確かめた。

（ここまではなんとか、想定通りね）

令嬢『リゼ』を演じた商談で、出されたお茶を飲み終えたリーシェは、ドレスの試着室へと案内された。そこで気絶したふりをしたところ、見事にこの牢へと運び込まれたのである。

（多少は乱暴に扱われることも覚悟していたけれど、痣《あざ》ひとつ出来なかったわ。商品を大切に扱う鉄則が守れるのに、どうしてこんな犯罪を……）

清らかな令嬢のみを扱うという条件ゆえか、衣服を乱されることもなかった。リーシェは息をつき、眉根を寄せる。

（武器を隠し持っているかどうかすら探られない。……奴隷に対する警戒心が薄過ぎるわ）

違和感を覚えるものの、それをこうして利用しているのも事実だ。

牢の中から周囲を見回しても、光源は鉄格子の向こうにあるランプしか存在しない。リーシェはもぞもぞと牢の隅に寄ると、一緒に連れてこられた侍女姿の人物を、後ろ手に小さく揺り起こした。

（ヨエル先輩……）

「んむ……」

侍女の衣服に身を包んだヨエルは、眠そうに身じろぐ。

袖口の膨らんだブラウスと、随所にフリルのついたエプロンで、男性らしい体格を少しでも隠す格好だ。男性としては華奢《きゃしゃ》で小柄といえども、そのままでは女性に見えにくい部分を、ラウルの助言によって工夫した。

これこそが、リーシェによるヨエルとラウルへの頼みごとだ。ヨエルの顔立ちは中性的で、女性の格好をしてラウルによる化粧を施せば、問題なく女性にも見える。

（先輩！）

「んむ……」

ヨエルを起こすことを一度諦めた代わりに、ヨエルの耳元になんとか手を伸ばした。

（……届いたわ！）

彼の耳からそっと外したのは、金属製の耳飾りだ。

実のところ、この耳飾りは小さな刃と開錠ピンを組み合わせたものになっていて、縄を切ったり鍵穴を細工したりといった用途に使える。

リーシェが『たまたま』この街に持ち込んでいたものを使い、手持ちの耳飾りに組み合わせただけだが、なかなか優秀な働きをしてくれそうだった。

（縛られるとき、手首の交差具合や位置を工夫した甲斐《かい》があったわ。これだけ可動域が確保できれば、縄を切る動きも……）

耳飾りにした刃を指先で摘《つま》み、鋸《のこぎり》のように前後へと動かして、手首を縛っていた縄に切り込みを入れてゆく。

ある程度のところで手首を捻《ひね》り、回すようにして引っ張ると、ぶつんと大きな手応えがあった。

両手が自由になったリーシェは、猿轡を解いてから足首の縄も切る。その上で同じくヨエルの猿轡を取ると、先ほどよりも大きな動きで揺さぶった。

「ヨエルさま。……ヨエルさま」

「……」

ヨエルがゆっくりと目を開ける。その双眸は相変わらず眠そうだが、これはいつものことだった。

「よかった。解毒薬はヨエルさまにも、問題なく効いていますね」

「……君」

「手首の縄を引っ張るように、両手に力を入れていただけますか？　その方が早く切れますので」

起き上がったヨエルは、リーシェの言う通りにしてくれる。まずは手首の縄を切り、続いて彼の足首も自由にすると、ヨエルは奇妙なものを見るまなざしを向けてきた。

「君って何者なの？　『侍女の方もどうぞ』って出されたお茶を飲んだのに、眠くなんなかった……。後ろ手に縛られた状態で、この小さな刃を使うのも簡単なことじゃないし」

『拘束手段が縄だったのが幸いでしたね。これが鉄枷《てつかせ》なら、開錠用のピンがあってもそれなりに時間は掛かったでしょうし』

「捕まえた人間に対する管理が甘いのは否定しないけど。捕虜に最低限やるべきことは――……」

ヨエルが言おうとした言葉に、リーシェも重ねる。

『『目を離さずに監視。身体検査を行い、服を脱がせ、拘束した手足を柱に括《くく》って四肢を折れ』』

リーシェとヨエルの声がぴったり揃うと、ヨエルは目を丸くする。その後に、ますます奇妙なものを見るまなざしをした。

「君、本当に何者？」

「ふふ」

騎士人生で団長からこの言葉を叩き込まれたとき、ヨエルは訓練場の片隅で、変わらずに眠っていたように思う。

しかし実際は、きちんと団長の言葉に耳を傾けていたのだろう。そのことを今になって知ることが出来て、なんだか嬉しかった。

「……まあ、戦えれば俺はなんでもいいや。このひらひら服、もう脱いでいいよね？」

ヨエルは侍女の制服を脱ぎ捨てると、中に着ていた薄手のシャツとズボン姿になる。リーシェと同じように脚へと隠した短剣は、少々不満のようだった。

「こんなに身体検査が雑なら、もっと長い剣でも持ち込めた気がするけど」

「見つかっては一大事ですから、このくらいで。……ですがやはり、攫ってきた対象への警戒心が薄すぎますね」

リーシェは鉄格子の前に膝をつくと、外側に手を伸ばして鍵穴を探る。二本のピンを差し込み、耳をつけて音をよく聞きながら、ヨエルとの確認を続けた。

「私たちが攫われた地点を、ラウルが監視してくれていました。事前に準備が出来ている状態でラウルが追えば、私たちを見失うはずはありません」

「えー……。じゃあ、俺が戦う前に助けが来ちゃう……？」

「残念ながら、それは難しいかと」

ひとつだけのランプで照らされた薄暗い場所は、よくよく見れば牢ではない。

「なにせここは、船の中」

リーシェたちを閉じ込めているのは、鉄の檻《おり》だ。

「――恐らくは既に運河を出て、海の上です」

ここが船内であることは、ヨエルも分かっていただろう。そしてリーシェたちの周りには、他にも十数個の檻があり、それぞれに女性が眠っている。

ヨエルは「ふうん」と小さな声で呟き、まるで遊ぶかのように、鉄格子へぐりぐりと額を押し付ける。

「海や船って、そんなに戦い難《にく》いんだ」

「特殊な動きを求められますから、是非ともヨエルさまのお力を貸していただきたいのです。とはいえ」

鍵穴に差し込んだピンが、金属をがちゃんと弾《はじ》くような感触がある。開いた檻の扉を開けたリーシェは、改めて周囲を見回した。

女性たちが眠らされているのは、監禁中に騒がないようにするためだろうか。体力は温存出来ているかもしれないが、やはり心身の健康面が不安だった。

「まずは何よりも、この方々の救出を最優先に」

「………………」

「ヨエルさま。戦いの前に、女性たちの安全確保に少しだけご協力をいただけないでしょうか？」

そんな風に願いながらも、聞き入れてもらえる可能性は低いと分かっている。

後輩ではないリーシェの言葉は、きっとヨエルには届かないのだ。彼はすぐにでもこの船倉を出て、剣を抜こうとするだろう。

ヨエルが『生きている』ように瞳を輝かせるのは、剣を扱っているときだけだ。

（私を置いて行くと、そう仰るかしら。……騎士人生の、あの頃のように）

けれどもそのとき、ヨエルが緩やかな瞬きをして言う。

「……いいよ」

「え」

思わず目を丸くすると、ヨエルは柱に掛けられたランプを取り、近くの檻の前にしゃがみ込んだ。

「俺に剣以外のことを頼む人、初めて会った」

（……そうだったかもしれないわ。だけど私には『後輩』として、ヨエル先輩に抜け道を教わったり、軽食を作っていただいた経験があるから……）

戦場で組んでもらえることは珍しくとも、それ以外で助けてもらったことは何度もある。

リーシェにとっては大切な記憶であり、ヨエルを心から先輩と慕える所以《ゆえん》だ。

（もしかして、頼られて喜んでいらっしゃる？）

これから檻を開けるリーシェのために、手元をランプで照らしてくれているのだろうか。

じっとリーシェを見つめ、ヨエルは首を傾げた。

「俺、ちゃんと『待て』出来るよ。えらい？」

「……ええ」

リーシェは微笑み、ヨエルの傍に膝をついて、よく見える鍵穴にピンを差し込んだ。

「ありがとうございます。ヨエルさま」

「ん」

ヨエルは貴族家の生まれで、歳《とし》の離れた兄と姉がいる。この人生では後輩として出会わなかったから、年下のリーシェに対しても、末の子の気質を全面に出してくるのかもしれない。

（……いいえ。後輩としての私にも、ごく自然に甘えていらっしゃったわね）

そんなことを懐かしく感じながら、リーシェは檻を開けた。

女性の健康状態を確かめると、足首の縄だけ切る。それから女性の負担にならないような縛り方で、手首の縄と繋いで鉄格子に結び付けた。

「ねえ。どうして君、この人たちの縄を完全に解かずに、檻に結び直してるの？」

「これから戦闘が始まったあと、奴隷商人が女性たちを連れて逃げようとしたり、海に落としたりするのを防ぐためです」

この街に来て最初に遭遇した奴隷戦でも、彼らはアルノルトに敵わないと見た途端、女性を連れて逃げようとしていた。

「この眠りの深さからしても、起こして一緒に逃げていただくことは難しそうですし。ヨエルさま、私は残りの檻を開けて参りますので、縄の方をお願い出来ますか？」

ヨエルの協力もあり、全員の健康確認はすぐに終えることが出来た。

すぐに手当が必要な人は居ないようだが、髪や爪が荒れていて、貧血気味の傾向が見られるのが気掛かりだ。

「さて。お待たせしました、ヨエルさま」

リーシェは立ち上がり、ドレスの裾に隠し持っていた短剣を手にする。

「上に参りましょう。私たちでこの船の操舵《そうだ》を奪い、ガルクハインの船が来るまで留《とど》めます」

「待って」

ヨエルははっきりとした声で、リーシェを引き留めた。

「俺はこの先、ひとりで行くよ」

そう言って、扉に向かおうとしたリーシェよりも前に出る。ヨエルは振り返り、リーシェからランプを受け取りながら言った。

「君は俺よりも弱いけど、俺は君のことを守りながら戦わない。だから」

扉に手を掛けたヨエルが、リーシェを一度だけ振り返る。

「君はここで、女の子たちを守るために残ってたら？」

「…………私は」

リーシェが答えようとしたのを、ヨエルが遮った。

「分かってるよ。お互いに協力して、手を取り合って進むべきだって思うんでしょ」

恐らくヨエルは、これまで何度もそう言われてきたのだろう。

戦場で連携を取って戦うことも、騎士が作戦通りに動くことも、勝利のためには必要だ。騎士の人生でのリーシェだって、ヨエルにそう説いたことがある。

それでもいつだって置いて行かれて、ようやく本当に一緒に戦えたと思ったときには、リーシェのために死なせてしまった。

「そんなことをしたら、弱くなる」

「ヨエルさま」

「絶対に。俺は、ひとりで……」

リーシェはそんなヨエルを見上げ、迷わずに告げる。

「ここでの私の役割は、あなたの自由を守ることです」

その瞬間、ヨエルが息を呑んだ。

「ヨエルさまはヨエルさまの道を、おひとりで突き進んでください。私はその道を邪魔するものを、排除する役割に回ります」

「……君」

「どうか私を振り返らず。それでいて、不要なものはすべてお任せを」

ヨエルの戦い方がどんなものであるか、リーシェは知っている。

剣術の天才で、縦横無尽に駆け回って、戦場で誰よりも瞳を輝かせる。リーシェにとっての『先輩』であるヨエルは、そんな剣士だ。

「私を守る必要も、私と一緒に戦っていただく必要もありません。あなたがおひとりで戦うことを、お手伝いします」

「俺のこと、怒らないの」

「もちろんです。だって」

リーシェは、アルノルトのことを思い出しながら微笑む。

「『自由にやれ。それを後押しする』と言っていただけることの心強さを、よく知っていますから」

「……！」

こうすることが、死なせてしまった罪滅ぼしだとは考えない。けれどもヨエルから貰《もら》ったものを、リーシェだって返したかった。

たとえ、あの人生で一緒に過ごした『先輩』には、もう二度と届かないとしてもだ。

「さあ。ヨエルさま」

ヨエルの代わりに扉を開き、リーシェは告げる。

「ここは、あなたの戦場です」

「――……」

ヨエルはリーシェを見つめたあと、手を伸ばす。

「！」

どうしてか、ヨエルにくしゃりと頭を撫《な》でられた。そのやり方に少しだけ騎士の人生を思い出して、リーシェは目を丸くする。

そしてヨエルは、窓から羽ばたく鳥のように、薄暗い船室から飛び出した。

扉の向こうにはふたりほどの気配がある。ちょうど、船乗りたちが様子を見に来たのだろう。

こうした違法な船の船乗りは、戦闘を前提にした海賊たちで構成されていることが多い。腰には舶刀を提げていて、通常の船員たちとは違っていた。

彼らはヨエルの姿を見て、不思議そうに立ち止まる。一体何が起きているのか認識出来ないほどに、ヨエルの動きは素早かったのだ。

「……っ!?」

彼らの手にしたランプの灯《あか》りが、短剣の刃に反射した。

一気に懐へと踏み込んだヨエルは、その柄頭《つかがしら》を相手のみぞおちに叩き込む。身を低くし、体重を掛けて捩《ね》じ込むようにする、重心移動がとても上手《うま》い。

「ぐっ!!」

「てめえは……!!」

船乗りのひとりが倒れると共に、動転したもうひとりが剣を抜いた。けれどもその瞬間にはもう既に、呆気《あつけ》ない悲鳴を上げて倒れる。

「……ん」

ヨエルはぺろりと自分のくちびるを舐《な》め、好物を前にした子供のように目を輝かせた。

「あんまり強くなかったけど、久々の、剣だ……」

(……相変わらず、迸《ほとばし》る雷のような剣術……)

ヨエルの為《ため》にランプを高く掲げていたリーシェは、こくりと喉を鳴らす。

空に走った稲妻が、一瞬で敵を蹴散らす様子を見た心境だ。一撃に重さを感じるアルノルトの剣術とはまったく違う、それでいてやはり『天才』の剣だった。

だが、見入ってばかりもいられない。

「ヨエルさま、こちらの船刀を!」

「!」

ふたりの船乗りから借りた剣は、刃が三日月のように曲がったものだ。そのうちの一本をヨエルに投げて、リーシェはもう一本を自ら取る。

短剣よりも長く、剣よりも船内の戦いに適した作りの剣は、騎士人生の訓練で使ったこともあった。リーシェはその柄を握り込むと、ヨエルの後ろに現れた三人目の剣を受け止める。

「――――……」

以前に止めたアルノルトの剣に比べれば、こんな衝撃はなんでもない。リーシェはそのまま刃の向きを変え、力を受け流すように相手の剣を滑らせた。

「な……っ」

三人目の船乗りが目を見開く。バランスを崩した男を前に、リーシェはすかさず身を屈《かが》めた。

「ヨエルさま！」

「…………」

リーシェが合図をするまでもなく、ヨエルがとんっと床を蹴る。身軽に跳躍したヨエルは、鞘《さや》を抜かない船刀を、相手の額に振り下ろした。

「があ……っ」

ヨエルが着地するのと共に、船乗りが倒れる。リーシェは立ち上がりつつ、間近で目の当たりにした戦いに息を吐いた。

（鮮やかな動き……！　さすがはヨエル先輩だわ。こうして傍で見ているだけでも、新たな学びが沢山ある）

身のこなしの軽さと筋力が両立する体だからこその戦いだと、分かっていても憧れを抱く。けれどもそんなヨエルこそ、リーシェのことを訝《いぶか》しそうに眺めていた。

「……変な子」

「ヨエルさま？」

「誰かと一緒にやって、戦いやすいなんて思ったこと、ないのに」

「！」

その言葉に、彼の『後輩』だったリーシェは嬉しくなってしまう。とはいえ、その感情に浸る余裕はない。

「……参りましょう。上にある気配が遠いので、甲板まではまだ何層も…………あ！　お待ちくださいヨエルさま！」

再び駆け出すヨエルを追いながら、リーシェは彼をひたすらに補佐した。

ランプと剣を手に駆け上がり、途中で対峙した相手を失神させる。なるべく仲間を呼ばれないようにと心を砕いたものの、騒ぎが大きくなるにつれて、船乗りや船員たちが集まり始めた。

敵が多勢になるほどに、ヨエルは瞳を輝かせる。熟練度が高い相手を見付けては、真っ先にそちらへと勝負を挑むのだ。

ヨエルが見向きもしなかった敵は、リーシェが対処することを繰り返した。ヨエルの剣術には独特の拍があり、まるで舞踏のようでもあるが、リーシェならそれを把握出来ている。

「あちらの敵は私が引き付けます！　ヨエルさまはどうぞ、お好きなように！」

「ケーキの苺《いちご》。他よりちょっと、美味《おい》しそう……」

明らかな手練《てだ》れを前にしても、ヨエルは独特の感想を述べるばかりだ。そんな彼らしさに苦笑しつつ、リーシェは船室の扉を押し開けて、そちらに多勢を誘い出す。

「この女……!!」

彼らはそんな風に蔑むが、狭い場所ではこちらが有利だ。

ランプを素早くテーブルに置き、代わりに両手へ一本ずつの船刀を握る。二本の刃を使った戦いでも、船室を荒らさないように気を付けた。

「ぐあっ!!」

最後のひとりが倒れ込んだあと、リーシェは浅い息を吐きつつも気が付く。

「……この海図……」

ここは日頃、航海士が船のための資料を保管する部屋なのだろう。壁面に張り出された一枚の海図に、リーシェは顔を顰めた。

(印の付けられた箇所。これは)

近付いて、指で触れる。示されているのはコヨル国に最も近い、ガルクハイン北の港町だ。

「……シウテナ……?」

それは、未来でアルノルトに処刑される『忠臣』ローヴァインが治める街だった。

「ねえ。次行くよ」

「っ、はい!」

すぐに切り替えたリーシェは、慌ててヨエルを追う。ヨエルがリーシェに声を掛けてから上を目指したのは、意外なことでもあった。

捕らえようとしてくる敵を倒しながら、操舵を奪うべく甲板を目指す。不安定な縄梯子《なわばしご》を使って上に登りながら、この階には窓があることに気が付いた。

（もうすぐ甲板……！　けれど）

丸窓の外が白く濁っている。ようやく甲板に立ったとき、リーシェは顔を顰めた。

「……霧が……！」

「…………」

ヨエルがリーシェに背を向けて立ち、辺りを見回す。

甲板の周辺は目視できるため、それほど濃くはない霧だ。しかし海の向こうになると、何があるかは分からない。

（この霧では、増援の船が私たちを見付けられないかもしれないわ）

そんな覚悟をし、船刀の柄を握り込む。船倉での異変をとうに察知している大勢の船乗りたちが、リーシェたちの前に立ちはだかった。

「追っ手を警戒していたが。まさか、船内に潜り込んでくるとはな」

（敵も、準備をしているとは思っていたけれど……）

リーシェはヨエルの背に呼び掛ける。

「ヨエルさま。私のことはお気になさらず」

こちらを一瞥したヨエルが、小さな声で返事をした。

「……分かってる」

それから駆け出したヨエルに向かい、敵が一斉に斬り掛かる。

（数が多い！）

リーシェはすかさず短剣に持ち替え、ヨエルを狙う船乗りの顎に鞘付きで投げる。人体の急所を強く打ち、男が昏倒《こんとう》したものの、これではひとり減らしただけだ。

（弓矢が必要だわ。それに、この揺れが収まらないと……）

先ほどから、船が異様に揺れている。見れば、甲板の先の船尾にある舵《かじ》を取った男たちが、わざと船体を揺らすように舵輪《だりん》を回しているのだ。

（舵輪の方を目指す。そのためには）

経路を計算しようとしたそのとき、リーシェは背中に鳥肌が立つのを感じた。

「……え」

霧で隠れた海の中に、小さな島のような影が現れる。

それは、一隻の船だった。

霧の中から浮かび上がったそれは、ぼろぼろに破れた帆を纏っている。

船首に彫り込まれた女神像は朽ちかけ、抉《えぐ》れた右目で微笑んでいた。その女神像と目が合った気がして、リーシェは絶句する。

（――まるで、幽霊船）

けれどもそうでは無いことは、甲板に蠢《うごめ》く人の姿で分かった。

新しい帆や木材の上に、わざと古びたものを被《かぶ》せ、荒くれ者に向けられる警戒心を削《そ》ごうとしている。打ち捨てられた船を装った、紛れもない海賊船だ。

リーシェはぐっと眉根を寄せ、すぐさま叫ぶ。

「敵の援軍です!!」

「!」

あちらの船から重石《おもし》付きの縄が投げられる。甲板の手摺《てす》りに絡み、引き寄せられて、船体が再び大きく揺れた。

「ん……っ」

「ヨエルさま!」

ヨエルが足を置いた場所に、倒れた船乗りの体がある。バランスを崩したヨエルの上に、敵の剣が振り翳《かざ》された。

(駄目……っ!)

脳裏によぎるのは、リーシェを庇ってくれたアルノルトの姿だ。

それから騎士での人生のこと。リーシェの盾になったヨエルは、リーシェを見て笑った。

リーシェはヨエルの前に飛び込み、船刀で船乗りの腕を斬り払う。

「ぐあっ!!」

傷を負った腕を押さえながら、船乗りが後ずさった。

けれどもこれでは駄目なのだと、リーシェが誰よりも理解している。

「この女、よくも!!」

別の男がリーシェに手を伸ばし、髪を掴もうとした。痛みを覚悟したその瞬間、目の前に剣尖《けんせん》が翻る。

「────……」

（先輩……!?）

リーシェを押し退《の》けたヨエルが、船乗りを斬った。

悲鳴が上がり、男は甲板に倒れ込む。けれども揺らぐ船の中、ヨエルは先ほど崩したバランスを、完全には立て直せていない。直後に再び船体が揺らいで、傾いた甲板をヨエルが転がった。

「いっ、た……！」

今度の揺れは、現れた船から多くの船員たちが飛び降りてきた衝撃によるものだ。

（この状況……）

リーシェとヨエルが分断される。女であるリーシェよりもヨエルが先に囲まれたのは、負傷をしたと判断されたからだ。

「ヨエルさま、お怪我は!?」

「…………っ」

（頭を打っていらっしゃる……！　受け身は取っていたはずだけれど、すぐには……）

リーシェは握り締めた船刀を頭上に構え、こちらに襲い掛かってきた男の攻撃を回避する。足を払い、揺れを利用して転がしたあと、船刀の鞘で首裏に一撃を加えた。

（突破して、まずはヨエル先輩の下《もと》へ）

ヨエルは立ち上がれないながらも、手にした船刀で応戦している。反射神経を利用して甲板を転がり、上半身を起こそうとしながら、大勢を相手取っていた。

その人垣に突っ込んだリーシェは、二本の船刀を繰りながら目の前の三人を気絶させる。動きを妨害してくる船の揺れを、反対に利用しながら動き、次のふたりの頭同士を強くぶつけた。

「こいつら……！　陸の人間が、この揺れの中でここまで動きやがるとは!!」

「ヨエルさま、こちらに手を！」

「いい、から。……君は、さっさと、逃げなよ……」

甲板に這《は》いつくばったヨエルは、肩で必死に息をしている。リーシェの手を掴もうとはせず、頭を打ったことによる眩暈《めまい》と戦っているようだ。

「俺はもう、君を、助けない。……助けられない。だから」

「構いません！　いまだけはどうか、おひとりで戦おうとなさらないで……!!」

「いらない」

上から刃を突き立てられそうになったヨエルが、そちらを見もせずに船刀で薙《な》ぐ。すぐさま甲板を転がって次を回避するも、その戦い方では限界があるはずだ。

「ヨエルさま！」

「行ってよ。じゃないと、ほら……」

ぼやけた双眸を海に向けて、ヨエルが目を眇めた。

「──次の敵が、来る」

「…………！」

霧の中から現れたのは、更なる船だ。

「俺が戦う。俺が、ひとりで」

「……いいえ」

「そうじゃなきゃ、俺は」

「いいえ、ヨエルさま！」

新たに現れたその船を、リーシェは見上げた。

船乗りたちも驚いて、そちらを見ている。この船よりも一回り大きな船、そのマストの先に掲げられたのは、朽ちた幽霊船の旗ではない。

「あれは――……」

ガルクハインの国旗として描かれる、鷲《わし》の旗だ。

リーシェがそれを見付けた瞬間、誰かが甲板から飛び降りてくる。目の前に降り立ち、リーシェの傍にいる船乗りたちを一瞬で斬り捨てた人物は、青色の瞳をこちらに向けた。

「リーシェ」

薄暗い霧の中にあっても、彼の瞳は透き通った海のようだ。

リーシェにとっての愛《いと》おしい声で、いつものように尋ねてくれる。


「――怪我は無いな？」

「アルノルト、殿下……!!」

リーシェの声が震えたのは、アルノルトの顔を見られた安堵からだけではない。

助けに来てくれたのだと分かっている。それでも数日前に負わせてしまった怪我のことが心配でたまらず、我が儘《わまま》のようなことを口にしてしまった。

「殿下はいらっしゃらないで下さいと、お願いしたのに……！」

「承服しないと俺も言った」

「……っ」

アルノルトはそう言いながら、リーシェを彼の方に抱き寄せる。

直後に強い揺れに襲われて、なるべくアルノルトに負担を掛けないよう身構えた。すぐさま体勢を立て直したリーシェに、アルノルトが手にしていたものを渡してくれる。

「！」

それは、リーシェのための弓矢と剣だ。

剣は二本あり、もう一本はヨエルの分だろう。閉所ではない甲板で戦うならば、舶刀よりも攻撃範囲の広い剣が有利だ。

「ありがとうございます、殿下！」

リーシェがどんなときに何を欲しがるか、アルノルトは理解してくれている。船乗りたちは突然現れたアルノルトを睨《にら》み、襲い掛かろうとした。

「くそ！　なんだてめえ、は――――……っ!?」

怒鳴り声が途切れたのは、声の主が倒れたからだ。アルノルトは冷ややかなまなざしを敵に向けたあと、ヨエルを見遣る。

ふらついて立ち上がったヨエルは、浅い呼吸を繰り返しながらも、重心を低くして強く剣を握り込んだ。敵がヨエルに剣を振りかざすが、ヨエルはすぐさまそれを躱《かわ》して斬り返す。

(この状況下なのに、ヨエル先輩の剣速が上がっている……!?)

ヨエルの身のこなしを見たアルノルトが、ほんの僅かに目を眇めた。

「ヨエルさま、こちらを！」

「……っ」

リーシェが投げ渡した剣を、ふらついたヨエルが頭上で受け止める。朦朧《もうろう》として見えるのは、気の所為ではないだろう。

「殿下！　ヨエルさまは私を助けて下さったのです。恐らくは手当てが必要で、長くは戦えません」

「この船の揺れが止まれば、近衛騎士を投下できる」

リーシェは頷き、弓に弦を張った。ここからは帆柱に遮られ、舵を取る男たちをそのまま狙うことが出来ないものの、ヨエルやアルノルトの補佐には使える。

「――舵輪を獲《と》るぞ」

「援護いたします。くれぐれも、ご無理はなさらないよう！」

敵へと向かうアルノルトの傍で、リーシェは矢をつがえた。

＊＊＊

（……なんで？）

アルノルトとリーシェの姿を見たヨエルは、信じられない思いでいっぱいだった。

先ほど強くぶつけた頭が痛み、目の前が眩《くら》んで吐き気がする。ただでさえ気持ちが悪いのに、船がひどく揺れて掻き回され、最悪の気分だ。

それでもヨエルの四肢は迫ってくる殺気に反応し、意識せずとも自然に動く。そんな中で視線が向いてしまうのは、ヨエルを殺そうとしている敵よりも、手を組んでいる相手の方だった。

（『アルノルト殿下』が、あの子を守ってる。……そんなことをすれば、弱くなる、はずなのに）

だってヨエルは、身に染みて分かっている。

『──ヨエル。お前は本当に、剣の天才だとしか言いようがない』

ヨエルがまだ幼かった頃、貴族の子供たちが剣を習うための学びの場で、指導者の騎士はそう言った。

剣術を最初に教えてくれたのは、歳の離れた兄だ。

子供の頃から様々なことが面倒で、眠っているばかりだったヨエルにとって、初めて『楽しい』と思えることだった。

起きているときは常に剣のことを考え、兄が家にいるときは付き纏って、相手をしてくれるまで譲らない日々だ。兄は辛抱強く付き合ってくれたが、家を継ぐための勉強が本格化してきた頃に、こんなことを教えてくれたのである。

『俺の習っていた剣術指導に通ってみるか？　周りはみんな年上ばかりだけど、ヨエルならきっとついていける』

ヨエルは姉に送り届けられ、自分より五歳も六歳も年上の『先輩』たちと剣を学んだ。

けれども指導が始まって三日目で、数十人は居た周りの年長者たち全員に、ひとりで勝ってしまったのだ。

『ヨエル！　お前、本当にすごいな！』

先輩たちは口々に言い、ヨエルの頭を撫でてくれた。本当に子供だった当時の自分は、それを純粋に誇らしく感じていたと思う。

『ヨエルがこの国の騎士として、俺たちの後輩になってくれたらいいな』

『お前と一緒に戦えると考えると、いまから心強いよ』

『……せんぱいたちと、一緒に戦う……』

ヨエルはそれが楽しみで、ますます稽古に夢中になった。

先輩たちが休んでいるときも、ひたすら木剣を手元で振る。身長が伸びるかもしれないと聞いて嫌いな牛乳を飲んだり、体力をつけるために走り回ったりと、今からでは考えられない日々も過ごしたのだ。

『せんぱいたち、一緒にやる……？』

そう尋ねると、彼らは苦笑しながら首を横に振った。

『その鍛錬は、ヨエルだから出来るのさ』

『そうそう。俺たちにはもっと、自分に合った方法がある』

そんな言葉を素直に信じたが、手合わせの手応えは変わらない。

それどころかヨエルが強くなるほどに、周囲は弱くなってゆくように感じた。差が開いたからそう感じるのではなく、彼らの動きは明確に、鈍くなりつつあったのだ。

そして、九歳になったヨエルは理解した。それは、この国の騎士になるなら必要な『船上での剣』を学ぶ為に連れ出された、海の上でのことだ。

『た、助けてくれ……!!』

沖に出た船は、海賊船に襲われた。

こちらは戦場経験が無いとはいえ、未来の騎士を目指して剣を学んできた子息ばかりだ。けれど、ヨエルの想像していたような光景はなく、ヨエルはその場所で呆然《ぼうぜん》と立ち尽くしていた。

『ヨエル、早く!!』

『…………』

年長者たちが、泣きながらヨエルに叫んでいる。

『おい、どうしたんだよヨエル……!?』

指導者であった引退騎士は、真っ先に刺されて意識を失っていた。

『先輩』たちはそれを助け起こすのではなく、一番小さなヨエルに剣を押し付けると、海賊たちの前に突き飛ばして言ったのだ。

『お前は天才だろ!?　なあ、海賊なんてひとりで倒せるよな!?』

『…………』

一緒に戦えるなら心強いと、そう笑ってくれたはずだった。

けれども彼らはたった今、ヨエルだけを敵の前に押し出すと、怒りすら滲《にじ》ませて声を張り上げる。

『早くお前が、俺たちのことを助けてくれ……!!』

(…………あーあ……)

ヨエルは何も、ひとりで戦えと言われたことが悲しかったのではない。

(俺の所為で、弱くなったんだ)

そのことを、はっきりと学んでしまった。

(強い人間が弱い人間を守ると、弱くなる。――守る方も、守られる方も)

海賊たちはヨエルがひとりで倒し、指導者の手当てもした。陸に戻ってから褒められて、『俺たちのためにありがとう』と抱き締められても、もはや受け入れる気にはなれなかった。

(……俺が、あの人たちを弱くした……)

ヨエルがここに居合わせなければ、きっと彼らは死んでいた。

だからヨエルは、決めたのだ。

(戦うときはひとりだ。無闇に他人を気にして頼る人は、いつか本当の戦場に出たときに、あっさり死ぬ)

誰かと一緒に戦うのは、自分よりも強い人だけにしなくてはならない。

そうしないと、ヨエルに頼って死んでしまう。

（俺はこれ以上、剣で誰かに褒められなくていい。訓練も、もうしない。……こんな奴に命を預けられない、信用できないと思われた方が、マシだ）

誰かと一緒に戦うことをやめると決めてから、ヨエルの剣はますます精度を増した。騎士に求められる連携や、陣形を組んで動く『正しい剣術』が、元々合わなかったのだろう。

（強い人は、弱い人が足手纏いで弱くなる。弱い人も、強い人に依存して弱くなる）

そのはずだったのだ。

けれどもいま、船上で戦うアルノルト・ハインとリーシェの姿は、ヨエルの考えと違っていた。

（守りながら戦っているのに、アルノルト殿下はどうして強いの？）

信じられない思いにぐらぐらと揺れながら、ヨエルも目の前の敵を斬り伏せる。

アルノルトだけではない。リーシェだって、先ほどまでよりも安定した振る舞いで矢をつがえて海賊を倒していた。

（あの子も。ひとりで戦っているときの足音よりも、ずっと強い）

頭を打った吐き気を押し殺しながら、ヨエルは目を眇める。

（それに。……俺と一緒に戦っていた時よりも）

アルノルトと共にいるリーシェは、ヨエルにもはっきり分かるほど、凛《りん》とした強さを纏っていた。

＊＊＊

弦を引き絞ったリーシェは、ヨエルに斬り掛かる敵の脚を射貫いて動きを止め、アルノルトの後を追った。

ひどく揺れる船の中、アルノルトの戦い方は、船での戦いはそれほど経験したことがないのが信じられないほどに安定している。

(途方もない剣術の腕だけでなく、体の使い方も……!)

近衛騎士を置いて、アルノルトひとりだけが踏み込んできたのも頷けてしまう。幾人もの船乗りが襲い掛かり、別の船から次々と現れようと、アルノルトの表情は変わらないのだ。

(けれど)

甲板には、木箱や樽などが転がっている。敵は船体が揺れる度に移動する障害物を陰に、こちらへと近付いてくるだろう。

(私の、やるべきことは……!)

リーシェは弓を肩に掛け、近くに立つ帆柱の縄梯子を掴んだ。

ある程度の高さまで登ると、振り落とされないよう縄梯子を片手に絡める。その状態で再び矢をつがえ、アルノルトの前にいる敵を射貫きながら叫んだ。

「二メートル先、十一時の方向、木箱裏にあと二名!」

「────……」

アルノルトは即座に木箱を蹴り、勢いを付けて前に飛ばす。

隠れていたふたりの男が昏倒した瞬間、リーシェはその木箱の上に飛び降りると、その高さから見える樽の陰に矢を射《う》った。

舵のある船尾までは三十メートルほどだが、敵がまだ湧いてくる。ヨエルの方を注意しつつ、リーシェはふたりに向けて叫んだ。

「舵輪の回転は面舵《スターボード》！　次は左を外側にして傾きます!!」

アルノルトが数人の敵を斬り、彼の傍らを空けてくれる。

「リーシェ。来い」

「はい、アルノルト殿下！」

リーシェがその空間に飛び降りると、一拍遅れて船が揺れた。

アルノルトがリーシェの腰を掴む。先ほどまで乗っていた頑丈な木箱が、大きな音を立てて帆柱にぶつかった。

すぐさま離れ、互いに剣を取り、揺れによって重心を崩した敵を斬る。リーシェはアルノルトの隣に立つと、剣から再び弓に持ち替えた。

（何本か矢を無駄にしたわ。たとえこの霧と揺れの中でも、ラウルなら絶対に外さないのに）

「リーシェ」

リーシェを背にして守ってくれながら、アルノルトが敵に向けて剣を構える。

「賊は止める。舵を取るあの男を、舵輪から剝がせるか」

（……矢は、残り一本……）

舵輪を保持する船乗りは、霧の向こうに霞《かす》んでいる。けれどもリーシェは胸を張り、アルノルトに背中を預けて答えた。

「――お任せください！」

「……ああ」

柔らかな声を向けてくれたのは、リーシェの思い上がりなどではない。

（こうして私を守ろうとすることが、アルノルト殿下の弱みになるかもしれない）

アルノルトを負傷させたことで、リーシェはその事実を痛感した。

（本来のアルノルト殿下は合理的で、必要な人だけを傍に置くお方。オリヴァーさまも、ラウルも、殿下が選んだ……）

リーシェはしっかりと深呼吸をし、矢をつがえる。

（コヨル国との技術同盟も、シグウェル国との造幣技術提携も、ミシェル先生をお許しになったことも同じ。――『死の商人』をお認めになっても、なんらおかしくはないわ）

リーシェがこの街で止めたとしても、アルノルトはいつか必ず、シャルガ国のような軍船を手に入れるだろう。

火薬とは違う。海軍技術は他国にあって、ガルクハインに欠けているものだ。アルノルトは、自国に足りないものを分かっていて放置するような為政者ではない。

（だからこそ）

リーシェはゆっくりと目を眇め、鏃《やじり》の向く先を固定する。

揺らぐ船の中、少しでも法則性を探りながら、自身の体幹を安定させることに努めた。

「おいおい嬢ちゃん、あいつを弓で狙ってやがるのか!?　ははっ、当たる訳が……ぐあっ！」

リーシェだけでなくヨエルのことも、アルノルトが守ってくれると信じている。たとえ傷のことが心配でも、すべてを彼に預けると決めた。

（これから先の未来で。……誰の目から見ても、明白にしてみせるわ）

そしてリーシェは呼吸を止め、全神経を集中させる。

（──『皇太子アルノルト・ハイン殿下は、妃が共にあった方が、お強い』と）

そう決めて、リーシェは敵を正面から見据えた。

（そうすれば、他ならぬアルノルト殿下が認めて下さる。……合理的なこのお方に、世界を滅ぼすための武器商人よりも、私という妃を選んでいただく）

そんな花嫁にならなければ、この先の世界は変えられないのだ。

（おひとりでの、血塗られた道なんて進ませない）

傍らのアルノルトに祈りながら、リーシェは矢から指を離す。

（……このお方に、私との未来を望んでもらう……！）

放たれた矢は、風のない霧の中を真っ直ぐに飛んだ。

鏃《やじり》が向かうのは、舵輪を握った男のすぐ横だ。

そんな場所に突き進めば、男には絶対に当たらない。だがそのとき、左に傾いていた船が揺り戻った。

「が……っ!?」

男の腕に矢が刺さり、悲鳴を上げて舵輪を離す。めちゃくちゃに回されていた舵が解放され、最後に一度だけ大きく揺れた。

「殿下、獲りました！」

「——総員」

アルノルトの淡々とした声が、それでもよく通る。

ようやくまともな戦地となった甲板へ、近衛騎士たちが一気に降りて来た。

（あと少し……！）

これだけの騎士が来てくれれば、負傷したアルノルトとヨエルをこれ以上戦わせずに済むはずだ。

けれども安堵はしていられない。囲まれていたヨエルの下《もと》に、残った敵が剣を振り翳そうとする。

「ヨエルさま！」

リーシェは駆け出そうとするものの、それをアルノルトに制された。

「必要ない」

「……！」

アルノルトの言う通りだ。ヨエルの剣は、まるで演舞の終わりのように円を描き、周囲の敵を一《いっ》閃《せん》したのである。

（ヨエル先輩……！）

霧の晴れ始めた船の上で、その剣が淡い陽光を反射する。

敵が倒れ、ヨエルの道が開かれた。そしてリーシェを見たヨエルは、なんだか安心したように微笑んだのだ。

（よかった……）

リーシェもほっとして息を吐く。駆け寄って来た近衛騎士が、リーシェとアルノルトに告げた。

「アルノルト殿下、リーシェさま！　船内に監禁された女性十一名を発見いたしました、ただちに我々で救助いたします！」

甲板の上に居た敵は、すべてが気を失って倒れている。アルノルトは剣を鞘に納めながら、リーシェに告げた。

「この十一人で、シャルガ国から行方不明と告げられていた人数が揃った。証拠品としてこの船と、もう一隻の船を押収する」

「ですが殿下。皆さまが乗っていらしたガルクハインの船は、急遽《きゅうきょ》手配していただいたものですよね？　一隻分の船員で、これだけの船を操船なんて……」

アルノルトが、ガルクハイン国旗を掲げた船を見遣る。

薄くなってきた霧の中、甲板から手を振る人たちを見付けたリーシェは、驚いて目を丸くした。

「消火を手伝って下さった、船乗りの皆さま！」

数日前、運河での船火事を消してくれた面々は、リーシェがお礼の酒を振る舞った人々でもある。

「あの狩人の提案があり、オリヴァーが臨時で雇う手配をした。――お前のためだと話したら、全員が生業を休んででもと手を挙げたらしい」

アルノルトは目を伏せて、柔らかなまなざしをリーシェへと注ぐ。

そして、こう紡いだ。

「お前の力だ」

「…………っ」

その言葉に、リーシェは胸がいっぱいになった。

実際はリーシェの力ではなく、人員の提案をしてくれたラウルや、交渉をまとめてくれたオリヴァーの手腕だろう。そもそもアルノルトやヨエルがいなければ、この作戦は成り立っていない。

リーシェの存在がアルノルトの強さに変わる日は、まだ遥か遠くだ。

（けれど、それでも……）

「！」

リーシェは手を伸ばし、アルノルトにしがみつく。

受け止めてくれたアルノルトの腕の中で、想《おも》いを精一杯に殺しながら尋ねた。

「お怪我はもう、痛みませんか？」

「…………」

周りに聞かれない距離で話すには、こうやって抱き付く他にない。とはいえそれは、自分への言い訳なのかもしれなかった。

「……ああ」

アルノルトはリーシェの髪を撫で、耳元で囁《ささや》く。

「お前のお陰で、もう消えた」

「……っ」

すぐに何かを返したら、声が震えるのを隠せない気がした。

リーシェはアルノルトの胸元に額を埋《うず》め、ぎゅうっとその衣服を握り締める。ようやく離すことが出来たのは、騎士たちよりも軽い足音が聞こえたからだ。

「――ヨエルさま」

「…………」

アルノルトの腕に収まったリーシェを見て、ヨエルが何故《なぜ》だか複雑そうに眉を顰《ひそ》めた。

「助けてくれて、ありがとう」

「あなたがそのように仰る必要は、ありません」

たくさん助けてもらったのは、これまでのリーシェの方なのだ。

それを口には出来ないが、リーシェは心から感謝している。返せるとは到底思えないほど、この『先輩』はリーシェにやさしかった。

「……アルノルト殿下と居る方が、君はずうっと強いんだね」

無表情だが穏やかな声音で、ヨエルはリーシェにそう告げる。

（もしかして……）

ヨエルがどんな想いで居たのか、リーシェは少しだけ分かったような気がした。

（先輩がひとりにこだわっていたのは、一緒に戦う相手の生存率を上げるため？）

真っ向からそう尋ねたら、ヨエルはきっと否定するだろう。リーシェがアルノルトを再び見上げると、彼はゆっくりと腕を解いた。リーシェはヨエルに告げる。

「ひとりで背負い、ひとりで戦おうとする強い人は、他者を傷付けたくない人だと知っています」

離れてゆく温度を惜しんでいることを、誰にも気付かれないように祈りながら紡いだ。

「だからこそ私は、強くあろうと思えるのです。――もう二度と、そのお方が傷付かないように」

「――……」

アルノルトが、静かに目を眇めた。

「そっか」

ヨエルは剣を腰に差しながら、彼には珍しい微笑みを浮かべる。

「……うん。悪くなかった」

剣を握っていた手を広げ、その手のひらを見下ろしてから握った。何かを確かめるような仕草のあと、ヨエルは剣の柄に手を置いて、満足そうに言う。

「誰かと一緒に戦うの、本当は憧れてたって思い出したよ」

「……ヨエルさま……」

前世のヨエルと共に戦えたのは、命を落とす前の一度きりだった。

騎士の人生で、リーシェのために死なせてしまったヨエルも、あの戦いで同じことを思ってくれただろうか。

（だとしても、償えるはずは無いけれど）

けれどもリーシェは、心から願う。

（アルノルト殿下をお止めする。ヨエル先輩のあんな死も、殿下の血塗られた未来も回避する。そのために、私は……）

アルノルトの袖をぎゅうっと握る。するとまるであやすように、アルノルトに髪を撫でられた。

もう一度しがみつきたいのを堪《こら》えながら、リーシェは笑う。その直後、『もう眠い』と呟いたヨエルが甲板に倒れ、船は大騒ぎになってしまうのだった。

エピローグ

ヨエルや女性たちの手当てを終えた後、滞在している屋敷に戻ったリーシェは、アルノルトと寝室に閉じ籠もっていた。

すべては傷口の経過を確認させてもらい、傷薬の塗り直しを行うためだ。

アルノルトは上半身の衣服を脱ぎ、寝台に座ってくれている。リーシェはその前の椅子に掛け、確認を終えてから顔を上げた。

「やはり『女神の血』の効力は、傷の急性期に発揮されるようですね」

傷薬を入れた小瓶の蓋を開け、専用の筆を浸す。アルノルトはさしたる興味もなさそうに、それでいてリーシェの話には耳を傾ける様子を見せた。

「殿下が負傷なさったあの夜は、驚くべき早さで血が止まりました。ですがそれ以降の治りは通常通りで、傷がすぐに塞がるなどの様子は見えません」

「そうか」

「やはり、動くと痛みがおありなのでは……」

アルノルトは隠すのが上手《うま》すぎるのだ。首の古傷のことだって、左右で動きの差があるはずなのに、そのことすらもなかなか気取らせない。

「本当に、ご無理をなさっていませんか？」

「…………」

リーシェはじっと見つめてみるも、アルノルトの表情は変わらなかった。

それどころかリーシェに手を伸ばし、その両手で顔をくるまれる。無言で頬をむにむにと押され、リーシェは慌てた。

「っ、もう、悪戯《いたずら》……！」

「は」

こちらは抗議をしたはずなのに、アルノルトは何故《なぜ》か楽しそうだ。リーシェはむっと右の頬を膨らませつつ、傷薬を塗ってゆく。

「お前こそ、体の何処《どこ》にも不調は無いな？」

「心身共に、傷ひとつありません。……あそこまで丁重に扱われるとは、思っていませんでした」

アルノルトが僅かに眉根を寄せる。だが、これは重要なことなのだ。

「あの船での私たちの扱いは、どう考えても奇妙です。商品として丁重に扱われながらも、隠した武器を探られることすら無く……やはり彼らの主な商いは、貴族令嬢だけを対象にした人身売買ではありません」

「――だろうな」

「それから。殿下に先ほどお話しした、海図の件も」

甲板の上で、リーシェはアルノルトに告げている。

「あの船は、シウテナに立ち寄る予定だったのです」

「…………」

アルノルトがここで何も答えないのは、実のところ予想した通りだった。現在ラウルが、あの船に残っていることには気付いている。

（シウテナは北の港町で、コヨルに向かう航路でもある。この街を出た船の行き先として、不自然ではないけれど）

アルノルトの傷口に、ガーゼを当てながら考えた。

（シウテナの領主はローヴァイン閣下。そして、アルノルト殿下がローヴァイン閣下にお見せになった冷たさは……）

奴隷商たちの背後には、『サディアス』を名乗る男がいる。恐らく武器商人であると思われるあの男にとって、国同士の戦争に次いで重要な儲《もう》け話《ばなし》は、内乱だ。

（これはまだ、想像でしかない。けれど、私が騎士候補生として十日間の訓練に潜り込んだ最初の日、ローヴァイン閣下はいらっしゃらなかった）

ローヴァインが訓練に加わったのは、二日目からなのである。

『若者はもっと育つべきだ。明日より私も君たちの指導に加わるが、よろしく頼む。――旅程が遅れ、今日の訓練には参加できなかったが、君たちの所感はどうだった？』

あのときローヴァインはそう話していた。

しかし、候補生への指導内容からも真面目さが窺《うかが》えるローヴァインが、訓練初日に遅れてくる理由とはなんだったのだろうか。

同じく律儀な人柄であるカイルはその翌日、アルノルトの計算していた通りの時間に到着し、城門を潜《くぐ》ったのだ。

(カイル王子への牽制《けんせい》のために呼ばれたローヴァイン閣下が、カイル王子の到着に間に合わないなんてあってはならない。それなのに旅程が遅れた理由を、とても悪い形で想像するなら――……)

包帯を準備する手が、少しだけ止まってしまう。

(ローヴァイン閣下が、この運河の街に立ち寄っていた可能性は?)

先日街で見掛けた船の中に、シウテナからの荷物を載せたものがあったことを思い出す。

やりとりのある船が着くのならば、ローヴァインが訪れてもおかしくはない。普段は領地を離れられない彼が、ガルクハインへの遠征の傍らに赴くのも自然なことだ。

(けれどローヴァイン閣下は、未来でアルノルト殿下に殺される)

その理由が、皇帝アルノルト・ハインの暴虐を止めたからではなく、他の大罪を目論《もくろ》んでいたからだとすればどうなるだろうか。

「リーシェ」

「!」

アルノルトの手が、包帯を持っていたリーシェの手に触れた。

「自分で巻く」

恐らくは、思考を読まれてしまったのだろう。リーシェは少々ばつが悪く、それに加えてどうしても手当てをしたかったので、アルノルトにこんな駄々を捏《こ》ねた。

「……一緒に巻きます」

「一緒に？」

「は、はい」

自分でも妙なことを言っている自覚はあるため、もごもごと口ごもりながら手を伸ばした。

胴体部の包帯は、他人よりも本人の方が巻きやすい。そのことをよく知っているため、リーシェはあくまでアルノルトを手伝う形で、それでも祈りを込めてゆく。

「早く、この傷が治りますように……」

「…………」

何度だってそんな風に繰り返すリーシェを、アルノルトはいつものように淡々とした、それでいて柔らかなまなざしで眺めた。

包帯を巻き終えたばかりの手が、そのままリーシェの頭を撫《な》でる。アルノルトに髪を梳《す》かれる心地良さに、リーシェは緩やかな瞬《まばた》きをした。

「でんか……？」

「……お前、眠いだろう」

決してそんなことは無い。ふるふると首を横に振るが、それでも繰り返し撫でられる。

「ね、眠くないです」

「どうだか」

「本当に！　……あ、あれ……？」

必死に否定するつもりが、なんだか瞼《まぶた》が重くなってきた。

「あの船火事の日から、お前が深く眠れていなかったのは知っている」

「…………っ」

その言葉に何も言い返せず、リーシェは俯《うつむ》く。アルノルトの手が触れているところから、温かさに蕩《とろ》けそうになってしまった。

「観念したか？」

「……はい」

『なら、夕刻まで眠れ』

どうして『夕刻』と告げられたのか、その理由はもちろん分かっている。

リーシェは瞬きをして俯くと、アルノルトの指を緩やかに握り、小さな子供のようにねだった。

「ここで眠っても、いいですか……？」

『…………』

小さく息をついたアルノルトに、もう一度頭を撫でられる。

「──ああ」

そう答えてくれたことが嬉《うれ》しくて、リーシェは無意識に微笑《ほほえ》んだ。

そして夕刻の少し前に目覚め、数多くの身支度を整えると、アルノルトと共にその場所へと向かったのである。

＊＊＊

夕暮れの直前、金色を帯び始めた日差しが差し込む窓辺で、リーシェはとても緊張していた。

着替えを手伝ってくれた女性たちは、最終確認を終えて退室している。鏡に映る自身をもう一度見遣《みや》り、背中までを確かめたところで、扉の向こうから声が聞こえてきた。

「リーシェ」

「！」

アルノルトに名前を呼ばれ、息を呑《の》む。

「……っ、お、お待ちください……！」

もう一度鏡を覗《のぞ》き込み、前髪をせっせと指先で整えた。髪は結わずに下ろしたままだが、実際の婚姻の儀と同じにするのではなく、却《かえ》って今日は編み込むべきだったかもしれないと悩む。

だが、ここであまり時間を掛けてもいられない。

（私のことよりも、アルノルト殿下……！　お怪我《けが》をなさっているのに、廊下であまりお待たせする訳にはいかないわ）

リーシェは深く呼吸をし、覚悟を決めて扉へと告げる。

「ど、どうぞ……！」

「――ああ」

ゆっくりと扉が開いてゆくように見えるのは、リーシェの心臓が爆《は》ぜそうな所為《せい》だろう。

試着用に設けられたその部屋に、アルノルトが入ってくる。彼は顔を上げ、そして真《ま》っ直《す》ぐにリーシェを見据えた。

片想《かたおも》いをしている相手のまなざしに、リーシェは頬が火照るのを感じる。

（…………っ）

アルノルトの青い瞳の中には、婚礼衣装を纏《まと》ったリーシェの姿が映り込んでいた。

淡く光を帯びているかのような純白のドレスは、リーシェの体のラインに沿った繊細なシルエットを描いている。肩や鎖骨まで露《あら》わになるデザインだが、透けたレースもふんだんに使われていて、肌を出す部分と覆う部分のバランスが絶妙だ。

花蜜によって磨かれた肌が夕暮れの日差しに照らされる、その輝きさえもドレスが強調してくれていた。床に広がった長い裾は、まるでミルクの水たまりのようである。

これほどの布を使っているのに、ドレスは空気を含んでいるかのように軽い。リーシェが動く度に、ふわりと優雅に波打った。背中が大きく開いているドレスだからこそ、裾との対比がよく映えるはずだ。

全体に施されている刺繡《ししゅう》と宝石は、この街の職人によるものである。

金糸と銀糸をふんだんに使い、立体的で細やかな刺繡がされていた。美しい花々と舞い遊ぶ蝶《ちょう》だけでなく、星屑《ほしくず》のように縫い付けられているのは、小さなダイヤモンドとサファイアだ。

「この、サファイアは……」

リーシェは恥ずかしさに俯きつつ、先ほど針子たちから聞いたことを話す。

「職人さんが気遣って下さったのです。私が大切にしている指輪に、青いサファイアが使われていると知ったからだそうで……」

「……」

「だから、その。ええと」

アルノルトが何も言わないため、落ち着かない気持ちになってきた。

（ひょっとして、おかしなところがあったのかも……!?）

そんな不安が一気に募り、リーシェは慌てて彼を呼ぶ。

「アルノルト、でん……」

けれどもそのとき、不意にぎゅうっと抱き留められて、リーシェはこくりと息を呑んだ。

「――これを」

「！」

耳元で囁《ささや》かれる声は、いつもより低い。

「どうしても、人前に出さなくては駄目か」

「…………！」

少しだけ熱を帯びたようなその響きに、リーシェの顔が一気に火照った。

何処か切実な触れ方は、腕の中に閉じ込められているような錯覚を与える。賛辞を向けられているのだと分かっていても、リーシェは念のためおずおずと尋ねた。

「に……似合って、いませんか？」

「そんな訳がない」

アルノルトはリーシェの髪を撫でながら、少しだけ掠《かす》れた声で紡ぐ。

「言っただろう」

その声はとても甘やかで、大切そうにリーシェへと告げてくれた。


「お前は俺にとって唯一の、美しいものだ」

「～～～……っ」


真っ直ぐな言葉を向けられたことに、体が熱くなるのを感じた。

腰の近くまで露出している自身の背中に、アルノルトの手が直接触れていることを意識してしまう。リーシェは髪を撫でられながら、火照りを隠すためにアルノルトへと顔をうずめた。

（『何度でもお嫁さんになりたい』という願いへの許しは、下さらない癖に……）

リーシェは恥ずかしくて拗《す》ねたのに、アルノルトにやさしく名前を呼ばれた。

「リーシェ」

恐らくは、つむじのあたりにキスをされる。

驚いてすぐさま顔を上げたら、アルノルトはなんでもない顔でリーシェを見下ろしていた。彼の戯れで、どれほどリーシェの心臓が壊れそうになるかを教えてあげたい。

「ううう――……っ」

「……そうか」

アルノルトは、リーシェを真摯に見据える。

「俺の言葉がまだ、足りないらしい」

「！」

そんなはずはないので、リーシェは慌てて首を横に振った。

しかし先日の誕生日、婚儀のために必要な練習として、アルノルトに贈り物をねだった身だ。好きな人にドレス姿を褒めてもらう幸福を、あまり享受しすぎる訳にはいかない。

リーシェは、ぷるぷる震えてこう答える。

「……職権濫用に、なってしまうので……」

「……」

リーシェがそう答えたことの意味など、アルノルトが知るはずもないだろう。

けれどもアルノルトは目を眇め、リーシェの左手を取ると、指輪を嵌めた薬指の先にキスを落としてくれた。

「ん……っ」

婚礼衣装から肌を晒した肩が、びくりと跳ねる。

リーシェは思わずアルノルトの袖を握り締め、願ってしまった。

「……もう一度……」

こんな風にねだるのは、とてもずるくていけないことだ。自覚していたのに止められなかったことを、アルノルトに叱られたりはしなかった。

けれどもアルノルトは、指先への口付けを繰り返すのではなく、リーシェの顎《おとがい》を指で掬う。

「――――！」

くちびる同士が重なるキスに、リーシェは目を丸くした。

それからすぐに細めてしまう。左胸がきゅうっと締め付けられて、さまざまな感情が綯い交ぜになり、アルノルトと指同士を絡めた。

（『練習のキスをもう一度』と、殿下にはそう伝わったのだわ。きっと、ドレス姿で練習をしたがっていると思われて、だからこそ……）

そのことが分かっていても、柔らかな口付けを繰り返されて心が疼く。一度くちびるが離れ、すぐさま再び重ねられて、リーシェは目を瞑った。

それから数回繰り返しても、ちっとも上手になれた気がしない。何度目かの口付けが終わったあと、リーシェは熱っぽい吐息を零して、思わずアルノルトにぎゅうっと縋り付き顔を隠す。

「……意地悪……」

たくさんの言葉を押し殺し、どうにかそれだけを言葉にした。

アルノルトはリーシェの頭を撫でて、まるで何もかも分かっているかのような、そんな柔らかい声で告げる。

「――そうだな」

「……っ」

本当に、やさしくてとても意地悪な人だった。

『練習』のために口付けをしてくれるところ。それなのに、キスがちっとも上手にならないリーシェのことを、翻弄するようなキスをくれるところもだ。

〈いまの私が何よりも望む、アルノルト殿下との幸せな未来だけは、決して約束して下さらない〉

だからこそリーシェは、どうあってもそれを手に入れたい。

「アルノルト殿下におねだりしたいことがございます。……私が、あなたの花嫁となるために」

「……リーシェ？」

リーシェはアルノルトに回した腕の力を強くすると、こう口にした。

「あなたのお父君に、会わせて下さい」

「――――……」

＊＊＊

その夜、ガルクハインの皇都シーエンジスに、馬車の行列が到着した。

細部にまで装飾の施された馬車は、すべての馬にも華やかな馬具が付けられている。馬車の中で足を組み、鮮やかな色合いのクッションに頬杖《ほおづえ》をついたその男性は、上機嫌で杯を飲み干していた。

「この都に訪れるのも、こうしてみれば久方ぶりだな」

先ほどから楽しんでいる酒は、彼が道中で旅をして来た国々において、庶民が好んで飲むというものだ。その地の民に根付いた酒を味わい、彼らの風習に想いを馳《は》せるのは、この男性がよく楽しむ飲み方でもある。

「それにしても、あのアルノルトが妻を娶《めと》るとは」

金色の杯を傍らに置いて、彼は上機嫌に目を細める。

「俺の後宮の話を聞き、蔑みの目で見てきたアルノルトの気を変えたのは、一体どのような女性だろうな？」

砂漠の国ハリル・ラシャの国王ザハドは、くつくつと喉を鳴らして笑った。

「――お目に掛かるのが、楽しみだ」

つづく

番外編

甘やかな練習、繰り返し重ねる

練習を繰り返すことの大切さを、リーシェはとてもよく知っている。最初は上手《うま》く出来ないことも、諦めずに挑戦し続けていれば、上達への道が見えるかもしれないのだ。

だからこそ皇都へと戻る馬車の中、リーシェは頬を赤く火照らせつつも、アルノルトの左手を見つめていた。

隣に座るアルノルトは、リーシェの肩に頭を載せて眠っている。

数十分ほど前までのアルノルトは、いつものように馬車の中でも書類仕事をしていた。リーシェも膝にハンカチを広げ、新しく仕入れた薬用花をせっせと処理していたのだが、不意に肩へと重みが載せられたのだ。

『……アルノルト殿下……？』

先ほどからアルノルトの瞬《まばた》きが、緩やかなものになっていることには気が付いていた。けれどもまさか、こんな風にリーシェへ身を預けて眠ってしまうとは思わない。そのため最初はどきどきし、緊張して仕方がなかったのだが、柔らかな寝息を聞きながら少しずつ落ち着いた。

そしていま、リーシェはアルノルトの左手に触れようと手を伸ばしつつも、すぐにはっとしてそれを止める。

「――――……」

それから自身の左手を見下ろし、手の甲を上にして持ち上げると、自分で薬指に口付けてみた。

（んんん……）

なんとなく、これでは失敗している気がする。くちびるを離して首を傾《かし》げ、ほんの少しだけ角度を変えたリーシェは、もう一度自らの右手に口付けた。

「………？？？」

これもやっぱり違っていて、手の甲をじっと観察しながら瞬きを繰り返す。リーシェは再びアルノルトを見遣《みや》ると、無防備に膝へと置かれた彼の左手にまなざしを向けた。

（やっぱり、もっとたくさん……）

改めて自身の手の甲へキスを重ねようとした、そのときである。

「………何をしている」

「ぴゃあ!!」

リーシェの右手が、アルノルトの左手に捕まった。

「も、申し訳ありません！　起こしてしまいましたか……!?」

「いや」

アルノルトにとっては、想定時間内の仮眠だったのだろう。けれども彼は身を起こさず、リーシェに頭を預けた体勢のままで指同士を絡める。

「ひわ……っ」

「リーシェ」

寝起きの少し掠《かす》れた低い声が、リーシェの間近で紡がれる。

甘えているのか甘やかされているのか分からない触れ方は、あの怪我《けが》をさせてしまった船火事の夜以来、アルノルトが時々見せるものだ。

名前を呼ぶことで、先ほどの質問を繰り返されたと分かっている。リーシェは観念し、少し口ごもりながらも白状した。

「……アルノルト殿下は、お上手だったなあと思いまして……」

「……何がだ？」

「う。ええと、その」

緊張し、絡められた指に少しだけ力を込める。

「私の手の甲への、口付けが…………」

「――――……」

あのキスを何度も思い出していたのだと、そう明かしてしまったようで恥ずかしい。

アルノルトが身を起こしてリーシェから離れ、こちらを見下ろしてきたのが分かる。反対にリーシェは俯《うつむ》いて、確実に赤くなっている顔を隠した。

「……上手いも下手もないだろう」

「あ、あると思います……！　私とは、全然違うので」

とても具体的には説明できず、曖昧な物言いをする。指同士を絡めた手が離れないままであることを、意識するような余裕すら無い。

リーシェがアルノルトの手の甲に口付けをしたのは、ヴィンリースの海岸でのことだ。あのときに、誓いを立てて落としたキスは、アルノルトよりもずっと拙いものだった。

「……ですから、自分の手で練習を、しておりました……」

「…………………」

消え入りそうな声になったものの、アルノルトには伝わったようだ。

（こんなに訳の分からない『練習』をしていたなんて、呆《あき》れられてしまったのではないかしら）

そのことがとても不安になる。

アルノルトはしばらくリーシェを眺めていたが、やがて繋《つな》いだ手を持ち上げると、彼の左手をリーシェのくちびるへと寄せた。

「ほら」

「え……」

リーシェが慌てて見上げれば、無表情なアルノルトと目が合う。

「よ、よろしいのですか？」

「好きにしろ」

「……！」

これはつまり、アルノルトの左手を『練習』に使っても良いということだ。

リーシェのこんな思い付きに、どうやら付き合ってくれるらしい。恥ずかしさとくすぐったさに、後ろめたい気持ちが少し混じる。

（このお方に恋していることを秘密にして、こんな風に触れるのは、ずるいけれど……）

それでもリーシェはアルノルトに甘え、繋いでいた手を引き寄せる。

緊張で心臓が早鐘を打ち、耳まで熱くなりながらも、アルノルトの薬指の付け根にキスをした。

「…………」

ちゅ、と小さな音を立てて、くちびるを離す。

やはり上手く出来ているようには思えず、リーシェはアルノルトを見上げる。淡々とリーシェを観察するアルノルトは、まなざしで許してくれたので、リーシェは再び彼の手にキスをした。

「……んん」

二回目の口付けも納得がいかず、思わず顔を顰《しか》める。

「んんん……？」

「…………」

指の繋ぎ方を変えて三回目、角度を変えて四回目と重ねてゆくも、やはりアルノルトのようには出来ない。

はむ、と試しにくちびるで食《は》んでみるものの、これはどう考えても違うと分かった。

「……殿下……」

「…………」

少しだけこつを教えてほしい。

降参の心境でアルノルトを呼ぶと、彼は溜《た》め息《いき》をついたあとに、繋いでいた指をするりと解く。

（……そうよね。何度も試させていただいたのだし、練習はもうお終《しま》い……）

少しだけ残念に思った瞬間、今度はリーシェの手を包むように繋がれて、目を丸くした。

「あ…………」


アルノルトが、リーシェの手の甲にキスをくれる。


「〜〜〜〜〜……っ！」

リーシェが重ねたのと同じ薬指に、そのくちびるを触れさせた。

やさしくて、口付けられたところが甘く溶けてしまいそうなアルノルトのキスは、やはりリーシェとは全く違う。

それなのにアルノルトは、リーシェの肌の表面に彼のくちびるを触れさせたまま、リーシェの目を見つめて告げるのだ。

「……俺とお前で、そう違わないと思うが」

「ぜ、ぜんぜん違います……!!」

心臓が爆《は》ぜそうになりながらも、リーシェはなんとかそう返した。

馬車が次の休憩地点に停《と》まるまでの間、もうしばらく練習を続けてもらう。

けれども、その度にアルノルトの口付けを意識していっぱいいっぱいになるリーシェの上達は、当分のあいだ見込めそうもない。

あとがき

雨川透子《あめかわとうこ》と申します。ルプなな6巻をお手に取っていただき、ありがとうございました！

今巻は、騎士人生で関わった人とのお話、そして新たな人物の登場の巻でした！

ラウルに続き、ヨエルは過去リーシェのことが好きだった人物です。リーシェ視点である本編では語られることがありませんが、今世での関係性も踏まえてご覧いただけましたら嬉《うれ》しいです！

アルノルトのデレ度（※恋愛感情の指数ではなく、感情表現度の指数）は、6巻エピローグ時点で10段階中のデレ度7になりました。この巻でリーシェに見せた一面も含め、まだまだこの先も熟してゆく関係性を見守ってください！

担当さま、イラストの八美《はちび》☆《す》わん先生、コミカライズの木乃《きの》ひのき先生、コミカライズの担当さま、いつも本当にありがとうございます！　皆さまのお力のお陰で、物語が日々広がっています！

そして2024年の1月7日から、ついにルプななのアニメが始まります！

物語の真相や結末までをすべてお伝えし、それらを繊細に盛り込んで、たくさんの方々に愛情を込めて作っていただいたアニメ！　皆さまの元にお届け出来るのが、本当に楽しみです。

原作も、これからますます全力で頑張って参ります。これからもよろしくお願い致します！

次巻予告
花嫁となるため、皇帝陛下への
謁見を申し出たリーシェ。
そしてアルノルトの幼馴染であり、
商人人生のリーシェの親友、
砂漠の王ザハドが
ふたりの前に現れる。
『ループ7回目の悪役令嬢は、元敵国で
自由気ままな花嫁生活を満喫する 7』
Coming Soon...

ループ7回目の悪役令嬢は、元敵国で自由気ままな花嫁生活を満喫する 6

発行　2023年12月25日　初版第一刷発行

著者　雨川透子

イラスト　八美☆わん

発行者　永田勝治

発行所　株式会社オーバーラップ
〒141-0031
東京都品川区西五反田8-1-5

校正・DTP　株式会社鷗来堂

印刷・製本　大日本印刷株式会社

ISBN　978-4-8240-0690-5 C0093

【オーバーラップ　カスタマーサポート】
電話　03-6219-0850
受付時間　10時～18時（土日祝日をのぞく）